婚約したら「君は何もしなくていい」と言われました

殿下の溺愛はわかりにくい！

柊 一葉
Ichiha Hiiragi Presents

fairy kiss

婚約したら「君は何もしなくていい」と言われました

殿下の溺愛はわかりにくい！

fairy kiss

プロローグ　祝福されない婚約式

王都の一等地にある、白いレンガ造りの建物に黄金の鐘が備えつけられた尖塔《せんとう》。二連アーチの門をくぐれば、双子の天使像が真っ先に目に飛び込んでくる。

ここは、王侯貴族だけが入れるノースリンクス神殿。戴冠式など国の慶事をはじめ、貴族らの婚約式や結婚式などを行う神殿の中でも、もっとも格式高い場所である。

まさか、私みたいな田舎の貧乏貴族令嬢がこんなに立派なところで婚約式を挙げることになるなんて想像もしていなかった。

「アリーシャ・ドレイファス伯爵令嬢。ようこそお越しくださいました。このたびはご婚約おめでとうございます」

「あ、ありがとうございます」

声をかけてきたのは、背の低い総白髪の神官様。その神聖な雰囲気は、まさに人生を神に捧げてきた神殿の長という印象だった。ただし、どう見ても引退しているはずのご高齢である。

そういえば、ここに来てから若い神官は一人も見ていない。ノースリンクス神殿といえば、若き神官や修道女たちが研鑽《けんさん》を積む場所として有名なのに、私がここに足を踏み入れてからほとんど人の気配を感じないし、片田舎の忘れられた神殿よりも神官の姿が見えなくて、今日ここで本当に婚約式が行われるのかと疑ったくらいだ。

そもそも婚約式をすると知らされたのは今朝のことで、喜びよりも戸惑いの方が遥《はる》かに大きい。

でも、使用人たちにばっちり支度もしてもらったし、こうして神官様が迎えに来てくださったし、どうやら婚約式はあるらしい。

「これから、クレイド殿下のいらっしゃるお部屋へご案内いたします」

神官様の口から婚約者の名前が出てきて、私は思わず身構える。

ついにこの時を迎えてしまった。

私は、これから第二王子のクレイド殿下とこの神殿で誓いを立てて婚約者になる。

まだ一度もお目にかかったことのない王子様と――。

「とても素敵なドレスですね。よくお似合いです。お嬢様のために、職人が心を込めて作り上げたのでしょうなぁ」

「そうでしょうか……?」

神官様に褒められて、私は気まずさから苦笑いを浮かべる。

今日袖を通した水色のドレスは、人生で初めて着るような豪華な衣装だった。

さらには大ぶりのダイヤモンドが輝くネックレス、揃《そろ》いで作られたであろう髪飾りやイヤリング、ブレスレットといった装飾品、さすが王家が用意してくれたものである。

これは高い……！　絶対に高い！

一つの傷もつけてはいけないという緊張感で、そわそわして落ち着かない。

長い金髪が宝石やレースに引っかからないよう、結い上げてもらっていてよかったとそこだけは安堵《あんど》する。

「殿下の想《おも》いが伝わってくるようです。愛するお嬢様のために、さぞこだわりをもって作られたのだとわかります」

「……ありがたいことです」

何も知らないおじいちゃん神官様は、当然のようにこのドレスがオーダーメイドだと思っている様子だった。

それもそのはず、王子様の婚約者が既製品を纏《まと》って婚約式に臨むなんて普通は思わない。

私たちの婚約は急遽《きゅうきょ》決まったのでこだわりのドレスを作っている時間はなかったものの、これは素晴らしい既製品だと心の中で感心した。

私の体にとてもフィットしていて着心地は快適、繊細なレースで仕立てられた首元も袖口もまったくきつくないのは、さすが王家が用意してくれた衣装だと思う。

あまりにぴったりすぎて「私ってそんなに標準サイズだったんだ」と驚いたくらいなので、オーダーメイドだと勘違いされるのもわかる。

「それでは、あちらへどうぞ」

世間話もそこそこに、殿下がお待ちだという部屋へ移動することに。

私はおじいちゃん神官様の後に続き、ドレスを傷つけないよう慎重に歩いていった。廊下はしんと静まり返っていて、窓の外から小鳥たちの囀《さえず》りが聞こえるほどだ。

この神殿は、深刻な人手不足なのかとちょっと心配になってくる。

「こちらです」

案内されてやってきたのは、木製の大きな扉の前。

この向こうに、婚約者のクレイド殿下がいらっしゃるらしい。

「いよいよね……」

ごくりと唾を飲み込み、緊張で破裂しそうな胸にそっと手を当て、深呼吸を繰り返す。

この婚約は、大臣たちが決めた政略的なもの。

王国には二人の王子様がいて、第一王子様にはすでにご婚約者様がいらっしゃる。

私のお相手であるクレイド殿下は、側妃《そくひ》様を母に持つ第二王子様だ。

まだ一度もお会いしたことはないけれど、クレイド殿下はこの国で一番の魔法使いだと有名で、国の安寧のため危険な魔物討伐を担っている。彼が率いる魔物討伐隊の功績を知らぬ者はいない。

ただしクレイド殿下の容姿は醜く、性格は冷酷で無情という噂《うわさ》だ。

クレイド殿下は社交界や式典にもまったく姿を現さないのでその真偽は不明だが、二十歳になる今まで婚約者が一人もいなかったという。

私は突然の婚約話に驚いたものの、耳に入ったときにはすでに父が返事をしていて何もかも決まった後だった。

ろくに準備する期間もなく王都へ向かうことになり、今朝王都に着いたばかりなのに「婚約式を行います」と聞かされるとは……。

人生何が起こるかわからないなと、しみじみ思う。

あぁ、これから王子様との初対面だ。次第に鼓動が速まり、扉の前で立ち止まり右手で胸を押さえる。

「大丈夫、きっと大丈夫」

私は何度も自分にそう言い聞かせた。

クレイド殿下は、私の住む辺境地域まで魔物の被害から守ってくれている人だ。私たちが恩恵を受けてきたことは事実で、心から感謝している。

どんな見た目だろうと、冷酷な性格だろうと、私が抱いているクレイド殿下への尊敬の念は変わらない。だから、私は大丈夫。

一つ気になるとすれば、それはクレイド殿下のお気持ちだ。

「殿下は私でいいと思ってくださるかしら……？」

いくら政治的な事情があったとして、こんな貧乏伯爵家の娘と婚約して本当にいいの？

財力なし、権威なし、しかも私は魔力もなければ容姿も平凡で、これといって人様に自慢できるようなものはない。その上……前の婚約者から婚約解消されもした。

私との結婚はクレイド殿下にメリットがなさすぎて、殿下がかわいそうで思わずため息が漏れる。

「ううん、でも私にも何かできることが……」

「あの、よろしいですか？」

「は、はい！」

ぶつぶつと独り言を呟《つぶや》いていた私に、神官様が尋ねた。

私はふと我に返り、慌てて顔を上げる。

「殿下のご婚約者様をお連れしました」

神官様がそう告げると、すぐに大きな扉が開く。

中には、殿下の従者がいた。彼は笑顔が穏やかな好青年で、私を見ると「お待ちしておりました」と丁重に迎えてくれる。

「失礼いたします」

いよいよ殿下とお会いするのだと思うと、心臓がまた一層ドキドキと鳴り始めた。長いドレスの裾を踏んでしまわないよう、気をつけながら部屋の中へと入っていく。

「殿下、アリーシャ嬢をお連れしました」

「――っ!! もうそんな時間か！」

部屋の中央に、黒と紺を基調とした盛装を纏った長身の男性が立っていた。

驚いて振り返ったその人は、蒼《あお》い髪を顔の右側で結んでいて、水色の瞳が印象的な美しい顔立ちの青年だった。

そのお姿は、気品があって理知的な雰囲気で、どう見ても素敵な王子様だ。

少し驚いた様子だったのにそれも一瞬のことで、すぐに凛々《りり》しい表情に変わり、まっすぐこちらを見つめている。

この方がクレイド殿下……？　噂と全然違う！

荒れた部屋に立つお姿も、王族の威厳を少しも失わない……って、なぜ部屋が荒れているの？

「…………」

「…………」

豪華な客室のような部屋は、アイボリーのクロスが傷だらけで、脚の折れた椅子が倒れている。

絵画と花瓶も、床に落ちていた。

部屋に突風でも吹いた？　強盗でも入った？

一体ここで何があったのだろうかと、私は混乱のあまり言葉が出なかった。

「おやまぁ、これはまた随分と散らかりましたなぁ」

神官様は、特に驚きもせずそう言った。

どうしてそんなに平然としているの？　年の功？　経験の差？　それとも、私が知らないだけで都会ではよくあることなの？

わからない。予想外のことが起こりすぎて、今何が起こっているのかわからなかった。

しかし、ここではっと気づく。

王子様の御前で、こんな風にぼんやりしていてはいけない。

私は慌ててカーテシーをする。

「初めてお目にかかります。アリーシャ・ドレイファスと申します」

「…………」

何も言ってくれない。頭を下げている私には、クレイド殿下がどんな表情なのかもわからない。

この無言の時間がつらかった。

もしかして、私のことをお気に召さなかった？

不満に思われていてもそれは仕方のないことで、申し訳なさが込み上げてくる。「やはり縁談を辞退するべきだったのか、いやでもそれはできなかったし……」と心の中で自問自答をし始めた頃、クレイド殿下が静かに言葉を発した。

「顔を上げてくれ」

「はい」

言われた通りに顔を上げる私。

そして、恐れ多くも殿下と目を合わせた瞬間――――。

「よくここまで無事で来られたものだな……！」

「っ⁉」

ぎらぎらとした恐ろしい眼差《まなざ》しと、怨念でも籠《こも》っていそうな低い声。

全然大丈夫じゃなかった！

この眼光を見るに、殿下は私と婚約したくなかったんだとわかる。

今にも殺されるのでは、と恐怖で腰が抜けそうになった。細く高いヒールが心もとないせいで、一歩後ずさって距離を空けることもできず、転ばずにそこに立っているのがやっとだった。

怖い。まだ死にたくない……！

頬がひくひくと引き攣《つ》り、私は涙を浮かべながら愛想笑いをするという奇妙な状態になってしまっている。

「す、すみません……すみません……」

消え入りそうな声で繰り返すも、殿下には届いていないみたい。彼は黙ったまま、私をずっと睨《にら》みつけていた。

婚約者との初対面で、まずは殺されないよう謝罪するはめになるとはどんな悲劇だろうか。

体が小刻みに震えるのを止めることはできなくて、クレイド殿下と見つめ合ったまま無情にも時間は過ぎていった。

第一章　ダメ男製造機令嬢、フラれました

ドレイファス伯爵家の男は、働かない。

物心ついた頃から、母や祖母、使用人たちからそんな嘆きを何度も聞かされてきた。

国の最西端にある領地は、大した資源はなく、危険な魔物が生息する森林も近い。領民も多くなければこれといった特産物もなく、税収はあまり期待できない。

我が家は、伯爵家といっても平民と似たような質素な暮らしぶりをしてきた。

だからこそ、領主としてがんばって働かないといけないのに――。

『人生は一度きりだ、芸術にこの一生を捧げたい！』

『お父様!?』

父は領地のことは家令や秘書に丸投げで、美術や音楽といった芸術の世界にどっぷりハマっている。妻子は新しい服一着を作ることも躊躇《ためら》うくらい貧乏なのに、父は高価な美術品や楽器を買い求め、財産を食い潰してなお、若手芸術家を支援するために借金を繰り返した。

ド田舎でひっそりした領地より華やかな王都が好きな父が、私たちの前にその姿を現すのは年に数回。領地の邸《やしき》に戻ってきたと思ったら、またふらりと出ていってしまうのが常だ。

そんな父との結婚生活に耐えきれなくなった母は、私が十歳のときに生家の子爵家へと戻ってい

った。若い頃は社交界の華だったという母は、いっときの恋愛感情で父に嫁いでしまったことを「人生最大の失敗」とよく嘆いていたっけ……。

残された私は、三つ年上の兄と一緒にがんばって伯爵家を再興しようと奮起したものの、兄もまた父にそっくりだった。

責任感などまるでなく楽しいことが大好きな兄は、計算が苦手で領地の収支報告書すら見たがらない。妹の私に泣きついてきて、結局は私が折れるという繰り返しだった。

そんな兄は、去年「吟遊詩人になるんだ！」と言って、放浪の旅へ出てしまった。

兄が父のように浪費家になる心配はしていたけれど、旅に出るのは予想外だった……！

またしても置いていかれた私は、落ち込む暇もなく領地運営の仕事や翻訳の内職に励み、どうにかして負債を減らそうと一心不乱に働いた。

唯一の希望は、『十八歳になればマクロス侯爵家に嫁げる』ということ。

領地が隣で、祖父同士が親友だったことがきっかけで、マクロス侯爵家の跡継ぎ・ロータルと私の婚約は幼い頃に結ばれた。

うちが爵位を返上せずにこれまでやってこられたのは、相手方からの援助があったことが大きい。

父は相変わらず遊び歩いているので、今後もあてにならない。兄も行方知れず。そんな状況では私ががんばるしかないのに、この国の法律では娘は爵位を継げず、領地と領民を守るには私が結婚することでマクロス侯爵家にうちをまるごと預かってもらうしかなかった。

苦渋の決断だったけれど、領民を苦しめるよりはずっといい。

家令と秘書、そして侯爵夫妻との話し合いを重ねた結果、それが一番いいだろうということで話は落ち着いていた。

しかし、それもすべて無に帰してしまう。

いよいよあとひと月で十八歳になる、という時期になり婚約は解消されることになった。

広さだけはある庭に落ち葉が舞い始めたある日のこと。婚約者のロータルがうちを訪ねてやってきて開口一番こう言った。

「アリーシャ、君との婚約はなかったことにさせてもらう」

ドレイファス伯爵家の応接間で、連れてきた立会人も眉を顰《ひそ》めるような傲慢な態度を取る。

ロータルが私にこんなに冷たい声を浴びせるのは初めてで、一体何があったのかと驚いてすぐに返事ができなかった。

つい先日会ったときにはいつも通り優しかったのに……。

ダークブラウンの髪は変わらず艶やかで、女性たちがうっとりするような整った顔立ち。「お願いがあるんだけれど」というセリフがお決まりの彼は、こんな風に私を蔑みの目で見てくるような人じゃなかった。

婚約解消を告げられたことよりも、彼の変わりようが信じられなかった。

「なぜ……?」

少しの間を置き、ようやく私が声を発する。

ロータルは、呆れた顔で説明した。

「当然だろう?　誰が好き好んでこんな貧乏伯爵家の娘と結婚したいと思う?　これまで我が家の恩恵に与《あずか》れたことを、せいぜい感謝するんだな」

私だって、彼の立場なら婚約解消したくなるのはわかる。でも、それにしてもなぜ今？

うちが貧乏なのはずっと前からで、突然貧乏になったわけじゃない。私との婚約が嫌なら、最初からそういう態度を取ってくれればよかったのに……。

今までの優しい笑顔は何だったの？

会いたいって、言ってくれた言葉は何だったの？

疑問が顔に出ていたのだろう。ロータルはそれを察して、鼻で笑った。

「はっ、まさか僕が君を呼び出したり、優しい言葉をかけたりしていたのを本気にしてた？」

「だって……、私のこと必要だっていつも言ってくれましたよね？」

「あぁ、これまでは必要だったよ。アカデミーの課題を代わりにやってくれ、なんて君にしか頼めない」

彼はいつも言っていた。

――こんなことアリーシャにしか頼めない。本当に助かるよ。

婚約者だから、彼が望むことは協力しないといけない。アカデミーに通い始めた三年前から、次第に彼の「お願い」は増えていき、都合よく使われているんだろうなと気づいてはいたものの、婚約者の役に立たなければと思ってこれまでやってきた。

――挨拶状の代筆を任せたい。僕は忙しいから。

――今度、父から劇場の運営を任されたんだ。収支報告書の確認は、君にやってほしい。

――誕生日パーティーの挨拶を考えておいて、頼もしい跡取りだって招待客に思われるような。

――君が色々やってくれるから安心だよ。

──婚約者を支えられるなんて、アリーシャは幸せだね。

彼が私を呼び出すのは、何か用事があるときだけ。

領地の仕事をしながらそのお願いに応えるのは大変だったけれど、それでもがんばって尽くしてきた。

「七年、よ……？」

声が震える。

婚約してから七年、私はずっと彼の言う通りにしてきた。

最初の顔合わせのとき、父から「絶対に彼の機嫌を損ねるな」「婚約者として尽くせ」と何度も念を押された。

侯爵家からの援助がなければうちの領地は立ち行かないし、領民が飢えてしまうから。

「七年も僕の婚約者を気取れたんだから、むしろ光栄だろう？　僕は君の出しゃばりなところが嫌いで、ずっと我慢していたんだ」

「……出しゃばり？」

「アカデミーの課題も、通えない君がかわいそうだと思って見せてやったんだ。それを『手伝いましょうか？』なんて図々《ずうずう》しいこと言ってさ……。僕よりできるところを見せつけて、自分をアピールしようとするあざといところが本当に嫌だった」

ロータルは笑顔の裏で、ずっとそんな風に思っていたの？

私の記憶では、彼がほとんど手つかずの課題を持ってきて『手分けしてやってくれる人がいれば……』と言うから手伝ったのだ。

まさか、私が自分をアピールするために手伝ったと解釈されているとは思わなかった。

「気の利かない婚約者を持って大変だったよ。君のせいで僕が『自分じゃ何もできないダメ男だ』なんて嘘《うそ》が広がって……！　本当に迷惑してたんだ。君が僕の代わりに仕事をしてるって、周囲にまったく気づかれないように配慮してくれたらよかったのに」

「は？」

アカデミーの課題くらいならともかく、彼が父親から引き継いだ帳簿の確認作業も私がしていたから、何もかも黙ってするのはちょっと無理だと思う。

侯爵家の従者や家令、商家の支配人たちともやりとりは必要だったし、全部を陰に隠れてするのは不可能だ。

ロータルってこんな人だったかしら……？

昔は、こんな性格じゃなかったはずなのに。婚約したばかりの彼は、「僕は優秀な跡取りになって、侯爵家も君の伯爵家も守れる男になるから！」とキラキラとした目で将来を語っていた。

それが、剣や魔法を本格的に習うようになり、「難しい」「講師が合わない」「あんなの僕が学ぶ価値はない」と次第に後ろ向きな発言が増えていった。

この頃から、私は父と兄に代わって少しでも領地のためにと実務を学び、川を越えればすぐそこにある隣国の言葉も貿易のために積極的に覚えていった。

彼のお願いが増えていったのも、あの頃からだ。

「いい女っていうのは、可憐《かれん》で優しくて笑顔を絶やさず、それでいて僕の評価が上がるように密《ひそ》かに支えてくれるものだと思う」

いい女の難易度が高すぎる。私は愕然《がくぜん》とした。

「君にはそれができなかった」

「はぁ……」

その後も、彼は延々と「いかに自分が我慢してきたか」を語り続け、最後には同行していた立会人に「そろそろ手続きを」と止められた。

今、目の前にいるロータルは本当に彼なんだろうかと、信じられない気持ちだった。

私が、この人を変えてしまったの？

これまで何度も忠告してくれた親友の言葉が頭をよぎる。

――このままじゃ、ダメ男製造機よ。

息子に甘い侯爵夫妻、そして彼に尽くす私を見て親友はそう言った。

言われたときは「まさかそんな」と笑っていたけれど、今なら納得がいく。

私はこの人をダメ男にしてしまったんだ、とようやく気づいた。

「僕は君から解放されて、恋人と婚約し直すんだ。彼女は君と違って、ありのままの僕を受け入れてくれる」

「彼女？」

婚約解消を言い渡すや否や、恋人自慢をするロータルは、愛《いと》しの彼女のことを思い浮かべたのか少し口角を上げた。

恋人はありのままを受け入れてくれるって、どういうこと？

私だってあなたが望むままに、お願いをすべて聞いてきたけど？　それってありのままを受け入れるのとどう違うの？

私が今までやってきたことは、全部無駄だった？

わからない。何もわからない。

混乱する私を、立会人が憐《あわ》れみの目で見ていた。

「婚約解消、ですか」

今、わかるのはそれだけだった。

私は、ロータルから立会人に視線を移す。

「これからうちの領地はどうなりますか……⁉」

婚約を解消されたら、侯爵家からの援助金はなくなるはず。そうなれば、うちは今年の冬を越せるかわからない。

立会人は、持ってきていた革の鞄《かばん》から紐《ひも》で綴《と》じられた冊子を取り出し、それを私に差し出した。

中を見てみると、そこには侯爵夫妻のサイン入りの書類がいくつもあった。

「これだけあれば、しばらくは領地のことは問題ないかと」

「慰謝料は金貨三十枚。婚約解消の理由について口外しないと約束を……、未回収分の借金は利息なしで……」

七年という婚約期間と、結婚のひと月前に一方的に破談にするという状況を考えれば、この慰謝料は少ない。ただし、「貸した金を今すぐ返せ」とは書かれていなくて、それは助かった。

でも、うちの領地が大きな後ろ盾を失ったことは何よりも厳しい。この先、ますます貧しくなって領民がいなくなり、先祖代々守ってきたここは魔物が巣くう不毛の地となる――――。そんな未来が見えてゾッとした。

私はここにサインするしかないけれど、迷って動けなくなってしまった。

なかなかペンを取らない私に苛立《いらだ》ち、ロータルが急《せ》かしてくる。

「サインするだけなのに、いつまでかかってるんだ？　疑うような話じゃないだろ？」

私を都合よく利用しておいて、疑うなというのも無理があるんですが？

理不尽すぎる……と呆《あき》れてしまう。

でも、立会人は私の不安を察して説明してくれる。

「どうしても急ぐ事情がございまして……。男女の間には、世間の道理や段階というものが通用しないことがままありますので……」

随分と歯切れの悪い言葉だったが、詳しく聞かずともわかった。

すでに恋人の女性が身ごもっているのだろう。だから、一刻も早く私との婚約を解消しないといけないのだ。

私は呆れを通り越し、諦めの境地に達する。

「わかりました。サインします」

ただし、今ある借金は三十年分割払いにするというのを付け加えてもらうことにした。

ロータルに蔑みの目を向けられたものの、立会人が「それくらいなら」と言って彼を説得してくれた。

「これで書類は全部ですか？」

「え？　ええ」

立会人が「ところでご当主様は?」という目をしているが、私は特に構うことなくサインをする。

『伯爵家当主代理、アリーシャ・ドレイファス』と。

本来であれば婚約解消には当主のサインが必要だが、父の不在は我が家では当たり前で、書類関係はすべて私がこうしてサインしている。

「こちらでよろしいでしょうか?」

立会人は書類に目を通し、確認し終わると無言で頷《うなず》いた。

七年にも及ぶ婚約関係は、荷物にすらならない数枚の書類にサインするだけで終了する。

母にも、兄にも置いていかれた私が今度は婚約者にまで去られるなんて、ため息も出ないほど自分で自分に呆れていた。

ただ無言で座っている私を見て、ロータルは目を眇《すが》めて言い放った。

「最後までかわいげのない女だ。泣きもしないとは」

「え……?」

彼はスッと立ち上がり、応接間を出ていく。

立会人は鞄を持ってその後を追い、バタンと乱暴に扉が閉まる音がした。

最後の一言は嫌悪感すら抱かれているようで、さすがに胸を抉《えぐ》られた。

「何もかも私が悪いの……?」

かわいげがないと言われても、そんなのどこで教えてもらえるの? 勉強ならがんばれば何とかなったけれど、男の人に好かれるかわいらしさなんて学ぶ暇がなかった。

それに、泣いても誰も助けてくれないのだ。どんなに苦しくても、お父様もお兄様ものほほんとしていて「何とかなるよ」としか言ってくれなかったし。

ロータルにだって、すでに侯爵家に頼っているから弱音は吐けなかった。

「でも、結局こうなっちゃったのよね」

ロータルに恋していたわけではないけれど、長年一緒にいた情はあった。それなのに、こんな風にあっさりと捨てられるなんて……。

悲しい気持ちと虚《むな》しさが押し寄せてくる。それでも、泣いてなんかいられない。

席を立った私は、重い足取りで暖炉の前に向かう。

この暖炉は魔法道具で、薪《まき》よりずっと高い魔法石が燃料だ。旧型の古いものだが、冬が長いこの国で暖炉がないとつらすぎる。今日は、珍しくロータルがうちの邸に来るというので「せめて暖かい部屋で迎えないと」と思い、久しぶりにこれを動かしたのだった。

「お金もないしかわいげもない。これからどうしよう……」

ないない尽くしにもほどがある。

もう涙さえ出てこなくて、私は一秒でも節約しようと即座に暖炉のスイッチを切った。


婚約解消から二週間。

私はドレイファス伯爵家の執務室で、本来であれば当主が座る椅子に座り、借用書や手紙の束を前に頭を抱えていた。

「嘘でしょう……!? あっちもこっちも返済を早めてくれだなんて」

侯爵家への返済は、向こう三十年は問題ない。慰謝料ももらえた。

でも、私の婚約解消を知った親戚や取引先から「貸した金を早めに返してくれ」と迫られてしまったのだ。

「この家はもうダメだなって、見切りをつけられたってこと？」

思い当たるのはそれしかない。さっきからずっとカタカタと小刻みに揺れている窓も、我が家の窮状を訴えかけているように感じられる。

相談にやってきた家令のエレファスは、答えにくそうに小さく頷いた。彼によれば、侯爵家の存在があるからこれまで資金繰りができていた部分は大きく、皆がドレイファスの今後に不安を抱くのは当然だという。

「やっぱり、すぐにサインしなければよかった？　私の考えが足りなかったから……」

「いえ、お嬢様のせいではありません。それに、あの場でサインなさらなかったら、慰謝料などの条件を下げられていた可能性の方が高いです」

婚約解消についてはどうしようもなかったと、エレファスは私を慰めてくれた。父のことも私のことも見捨てられないお人好《ひとよ》し、そんな彼にまた苦労をかけるのかと思うと胸が苦しくなる。

私はもう一度、債権者への返済期限を整理し、伯爵家の見込み収入と経費などを確認し直す。

でも、何度精査しても結果は赤字だった。

「慰謝料を全部使っても、一年でうちは破綻するわね」

「ええ、私の予測も同じです」

ドレスや宝石など、売れるものは全部売ってしまった。

今あるのは到底財産とは呼べない普段着や使い古した楽器、そしてよく止まる大きな壁掛け時計、よくある麦畑を描いた油絵、魔法道具の古い暖炉。

「この邸と土地を買ってくれる人にあてはないし……」

「お嬢様。領主が邸を売って借家に住むというのは、聞いたことがありません」

「そうよね。私も聞いたことがない」

八方塞がりとはまさにこのことだ。

うんうん唸《うな》りながら悩んでいると、古いドアをノックする音が聞こえてくる。はい、と返事をするとかわいらしいピンクブロンドの髪をふわりと揺らした女性が顔を覗《のぞ》かせた。

「アリーシャ、ちょっといいかしら？」

「フェリシテ、いらっしゃい。ごめんなさい、出迎えもなくて」

私は立ち上がり、親友を迎える。

フェリシテは「いつものことじゃないの」と明るく笑い飛ばし、執務室に入ってきた。

彼女が現れると甘い花の香りがする。レースやドレープの多い豪華な紫のドレスを纏った姿からは、お茶会帰りだと思われた。

「あら？　扉が閉まらないわ」

「ごめん、それはあなたには無理よ」

蝶番《ちょうつがい》が壊れた扉は、ギリギリ扉としての体裁を保っている。

きちんと嵌《は》め込むには、下に靴先を挟んで扉を浮かし、そっと押し込むというコツが必要だった。

フェリシテは「そうなんだ」と言うだけで特に気にするそぶりは見せず、この邸ならそれくらいあるだろうというような反応だった。最初は邸の老朽化した部分に驚いていた彼女も、慣れればこんな邸でも住めるものだとわかり平然としている。

エレファスはメイドの代わりにお茶を淹《い》れてくれて、その後はほかの仕事をしに街へ向かうと言って出かけていった。

二人になった途端、フェリシテは優雅なご令嬢の仮面を脱ぎ捨て気軽な口調になる。

「今日、ミッチェル夫人のお茶会だったの！　そこであなたたちの婚約解消の話を聞いて、もうびっくりしてすぐにこっちへ来ちゃったわ！」

ド田舎の貴族は、その人数も少なければ話題も少ない。

婚約解消なんて皆がすぐに飛びつきそうなネタだから、噂が回るのは早かった。

ミッチェル夫人は恋の話が大好きで、息子三人が成人した今も若いご令嬢たちを集めては、お茶会を開いている。私とフェリシテが出会ったのも、まだうちに少しだけ余裕があった頃に参加したお茶会だった。

今日もフェリシテはそこへ参加していて、私の婚約解消について知ったらしい。

「破談になったって本当？　結婚式まであとひと月だったのに」

「ええ、本当よ。フェリシテには、あさって神殿で一斉礼拝があるからそのときに話そうと思っていたの」

まさか、お茶会で先に噂話を聞いてやってくるとは……。

婚約解消が事実だと知り、フェリシテは「何で!?」と顔を顰《しか》める。まだ何も話していないのに、やや怒っているのは向こうに非があると勘づいているからだろう。

私は苦笑いで説明した。

「実はね……」

二週間前、ロータルが立会人を連れてやってきて「婚約解消してくれ」と言われたこと。私はすぐに書類にサインしたこと、話してみるととてもシンプルで簡単な内容だった。

「新しい恋人ができたから、どうしても早く婚約解消したかったんだって」

それはもう仕方ないよね、と私は呟く。

でもフェリシテは持っていた扇を折りそうな勢いで握り締め、私よりも何倍も悔しそうにする。

「何なの!?　これまでアリーシャに散々世話になっておきながら、よくそんな不義理ができたものね!!　絶対に許せない！」

フェリシテは感情表現がとても豊かで、いつもこんな風にストレートに言葉にする。貴族らしい表面上のお世辞や社交辞令が苦手で友人は少ないが、私は彼女の裏表のないところが好きだった。

フェリシテは、ロータルのことを「笑顔が胡散臭《うさんくさ》い」と言ってあまり良い印象を持っていなかったので、彼が私に「お願い」しているのをいつも非難していた。

「あんなダメ男の分際でっ！　どうせろくでもない女に言い寄られて、アリーシャとの婚約をやめるよう唆《そそのか》されたんでしょうね！　侯爵夫妻もそれを許すなんてどうかしてる！」

相手の女性に子どもができたから、結婚するなとは言えなかったんだろう。

それにおそらく、反対されるような身分の相手ではなく、どこかのご令嬢なんだろうな。

エレファスによれば「結婚前に子どもができることは実はそんなに珍しい話ではない」らしいし、私としてはもう終わったこととして、すべてを胸の奥に仕舞うしかできない。

「手続きも済んで、何もかも終わったことだから」

「でも……！」

はっきり言って、怒る気力もない。ただ虚しいだけだ。

私は視線をティーカップに落とし、何でもないように笑ってみせた。

「フェリシテに言われた通りだった。私ってダメ男製造機だったのよ」

以前、彼女に言われた言葉を思い出し、私は反省する。

眉尻を下げる私を見て、フェリシテは気まずそうな顔で上目遣いにこちらを見る。

「それは、私が前に言ったけれど……ごめん、気にしてた？」

急に勢いを失《な》くした彼女がかわいらしくて、私はくすりと笑った。

「いいの。本当のことだと思った。会うたびに『お願いがあるんだ』って言われるのはおかしいもの。もっと早く、ロータルと向き合えばよかったのかもしれない」

領地やお金のことがあったとはいえ、私は彼の言うことを何でも聞きすぎた。

彼もそのうちやる気を出してくれる、自分でがんばってくれる日がくるはずって、勝手な期待を抱いて……。

「ロータルがそのとき満足すれば、婚約者としてうまくやっていけているんだって思ってた。私が尽くせば尽くすほど彼が何もしなくなって、アカデミー入学後は特に堕落しすぎじゃないかって周りから言われていたみたいなのに、それでも私は『これでいいんだ』って、考えることをやめていたのよ」

ロータルの役に立ちたかった。

彼に「ありがとう」って言われるのが嬉《うれ》しかった。

伯爵家のため、お金のためっていう理由はあったけれど、私はきっと心のどこかで必要とされたいと思っていたんだ。

利用されていると気づいても、関係性を変えられなかったのは私の弱さのせい。

彼を堕落させたのは、ほかの誰でもない私なのだ。

「ロータルをダメ男にしたのは私で、私自身もダメ女だった。何もかも遅いけれど反省したわ」

「アリーシャ……」

「うん、でも落ち込んでいても仕方がないから！　がんばって働かないと……！」

私はわざと明るい声でそう言った。

「財政は厳しいの？　慰謝料とかもらったんじゃないの？」

「そうなんだけれど、ちょっと色々とあって。想像以上に出ていくお金が多そうなの」

今年の冬は寒波に襲われるとの予測もある。

今の状況では、ちょうど一年後に破綻するかもしれないという予測だが、寒波の被害が拡大すれば税収が減り、もっと早くにそうなる可能性がある。

二人の間に沈黙が落ちる。

紅茶を口にするフェリシテも、どうにかならないかと考えてくれているみたいだった。

そして、ふと思い出したかのように尋ねる。

「ねぇ、今年はまだあの人は来てくれないの？　黒衣の冒険者様」

フェリシテが言っているのは、なぜか毎年秋になると現れる凄腕の冒険者のことだ。

ドレイファス伯爵家は、祖母がまだ健在だった頃に少しでも収入を増やそうと、魔物の毛皮や爪、牙などを買い取る素材店を開店していて、その店は今でも細々《ほそぼそ》と営業している。

魔物繁殖期が近づく秋になると、一年で一番素材が集まり売買が行われるのだ。

中でも、黒衣の冒険者様と呼ばれる黒ずくめの青年は高ランクの魔物を狩ってきてくれて、それを王都や大都市ではなくうちの店で取引してくれている。

店のスタッフによれば、魔物はいずれも傷一つなく、一瞬で凍らされたとしか思えない美しい状態で持ち込まれているらしい。

そんなにすごい魔法が使える冒険者なら、もっと素材を高く買ってくれる都市へ行くのが常識なのに、なぜかその青年はいつもうちの店に来てくれるのだ。

おかげさまでドレイファス伯爵家には手数料収入が入り、我が家は持ち堪《こた》えていた。

「まだ今年は見てないわね。毎年、落ち葉が庭を埋め尽くして、掃除しなきゃって思う頃に来てくれるからもうすぐかしら？」

私は直接会ったことはないけれど、彼が毎年来てくれるようになってもう五年。来年も、と契約をしているわけじゃないから、あまり期待しすぎない方がいい。

「彼が来たときに、多めに融通してもらうよう頼み込むっていうのを考えたけれど、そもそも確実にやってくるとわからないなら難しいわね」

「ええ。それにロータルのことで学んだのよ。他人を頼りにするといざ失ったときに大変だって」

持つべきものは、寄りかかる相手ではなく、確固たる収入源。

しみじみと実感しながら言う私を見て、フェリシテは嘆いた。

「はぁ……。うちの兄や父みたいに『社畜』もどうかと思うけど、ロータルもあなたのお父様も働かなさすぎ。アリーシャが何でも背負わないといけないなんて、おかしいよ」

「そ、それは……」

まっとうな指摘に、私はぎくりとする。

フェリシテの家は西側地方に住む人間なら誰もが知っているくらい裕福なルヴィル家で、爵位は男爵と低いものの、その資産は王国で五指に入るほどだ。

祖父から引き継いだ事業を父や兄がどんどん拡大させていって、家族が顔を合わせる暇がないくらい忙しいらしい。

特に父親は、娘のフェリシテにも新年に一度会うだけといった状況だ。

「社畜って、働きすぎる人のことよね？　確かに、うちの家系にはそういう人がいないわ」

自由気まま。よく言えば柔和な性質、悪く言えば緊張感がない。そんな父と兄の顔を思い浮かべる。

一方、去年見かけたフェリシテのお兄様とお父様は、とても凛々しくて頼もしい印象だった。

二人とも、目力があった。覇気があった。……でも、ちょっと疲れていそうにも見えた。

「何だか、どちらも極端な気がする」

中間はいないのかしら、と私は揃って首を傾《かし》げる。

フェリシテは「ほどほどにって難しいわね」と遠い目をした。

「ねぇ、一時的に私の財産から……」

「ダメよ。大事な親友からお金は借りられない」

「どうしても？」

「うん、どうしても」

フェリシテは、これまで二度借金を肩代わりしようかと申し出てくれていた。

でも私はいずれも断った。

「友だちには借りられない。これは我が家の問題だから」

親友と金銭の貸し借りだけはしちゃいけない。そんな気がしていた。

そっか……と少し寂しげな表情になるフェリシテだったけれど、すぐにまた元気を取り戻し、語気を強めた。

「それなら！　もう自分が何とかしようとしちゃダメよ！　がんばるところはアリーシャの長所だけれど、本来はあなたの父親である伯爵がきちっとすべき問題でしょう？」

正論だった。

私はあくまで、当主代理。当主じゃない。でも……。

「お父様は、お母様が出ていっても変わらなかった人よ？」

楽しいことが大好きで、のほほんとした空気感のお父様をどうにかできる自信はない。

私ががんばらなきゃ誰がやるの？

諦めの境地にいる私に、フェリシテはまだまだ怒り足りないという風に捲《まく》し立てる。

「そもそもお金を稼ぐのは父親である伯爵の仕事よ、甘やかしてはダメ！」

「うっ」

「ダメ男は、助けがあるとダメなまま！　父親に領主の自覚を持ってもらわないと！」

「そ、そうね……？」

よく考えてみれば、私を含めエレファスも親戚も、皆が父のことを最初から諦めていた。

フェリシテの言う通り、本来であれば当主の仕事は父のやるべきことで、私に任せっきりなのはおかしい。

昔は互いを想い合う普通の親子だったはずなのに、いつのまにか私が一方的に尽くす関係になっていた。

もしも私がいなければ、父は必死になって領地のことを考えてくれるのでは？

ロータルとの婚約がなくなったことで、父も今回ばかりは窮地に陥っていると気づくはず。

最初から諦めずに、きちんと話し合った方がいいかもしれない。

そんな当たり前のことを、今さら改めて思った。

「ねぇ、アリーシャ。これまでがんばったんだから、自分のために生きることを考えて。アリーシャが自分を犠牲にしてばかりなのは、友だちとして見ていてつらいから」

「フェリシテ……」

その真剣な表情は、さっきまでとは違った。心から心配してくれているのが伝わってくる。

私はただひたすらに目の前の問題に対処しているつもりだったけれど、フェリシテには私が自分を犠牲にしているように見えていたんだ。

「家のために、領民のためにっていう考え方は立派だと思うわ。私にはできない」

フェリシテは斜めに視線を落とし、苦笑交じりにそう言う。

「でも、アリーシャの人生ってアリーシャのものでしょう？　今までと同じようにして父親や婚約者に尽くすことで、幸せになれるとは思えない」

「幸せ？」

「うん。私はアリーシャに幸せになってほしい」

最初は、フェリシテの言っている意味がわからなかった。これまで目の前のことで精いっぱいで、自分の幸せなんて考える余裕がなかったから……。

「これまでは、ロータルに尽くすしかないって……。結婚することが決まっているんだからって、それを前提に何もかも考えていたわ。だから、フェリシテの忠告も深く受け止めずに……」

ロータルのダメな部分に気づいたとしても、結婚することは変わらない。無意識にそう思っていたから、あえて流してきた部分はあった。

彼との未来がなくなった今、これから『私』はどうしたらいいんだろう？

私の幸せは何だろうかと、改めて自分自身に問いかける。

「もう十八歳だし、これからのことをちゃんと考えなきゃね」

ふとそんな言葉が口から漏《も》れた。それは当然のことで、何なら遅いくらいだ。

でも、胸の中では今自分のことを考えてもいいのかという不安も生まれる。

「私、幸せになりたいって思ってもいいのかな？　お父様に何かを求めてもいいのかな？」

お腹の前でぎゅっと両手を握り締め、縋《すが》るようにフェリシテを見た。背中を押してほしい、そんな気持ちで親友を見つめる。

「当たり前じゃない！」

フェリシテは力強く励ましてくれた。

私は前向きな気持ちが込み上げてきて、自然に笑顔になる。

「お父様と話し合ってみる」

「それがいいと思う。……で、伯爵はどちらに？」

ここはすっかり私の部屋みたいな扱いになっているけれど、実際には当主の執務室であることをフェリシテは今思い出したらしい。

「婚約解消を報告に、王都へ手続きに行っているの。円満に解消しましたって、王の臣下として報告義務があるから」

「高位貴族って面倒ね。男爵や子爵だとそんなことしなくてもいいのに」

やれやれ、とフェリシテは呆れた様子で息をつく。

いくら裕福でも、男爵家と伯爵家以上では政界や社交界での扱われ方がまったく違う。

フェリシテは、高位貴族特有の決まり事を苦手としていて、どうせなら同じくらいの身分の相手に嫁ぎたいと以前から言っていた。

ただし、フェリシテと結婚することで男爵家の財力を欲する者が多く、見合いは未《いま》だに一度もうまくいっていない。

人生はそうそううまくいかないんだな……と、つくづく思った。

「お父様が戻ってきたら、すぐに話をするわ。お父様に、ダメ男を卒業してもらわないと」

「そうね」

私たちはくすくすと笑い合う。

これから私がやるべきことは、エレファスと一緒に父に帳簿を見せて現実を理解してもらうこと。

今度こそ散財をやめさせて、当主として仕事をしてもらうように説得すること。

そして私は、家や領地のことだけじゃなくこれからの自分のことも考える。「人生は悪いことばかりじゃない」と、亡くなった祖母が言っていたことを思い出した。

きっかけは婚約解消という不幸な事件だったけれど、私の新しい人生が開けるようにと願った。


それから二日後、父がドレイファス伯爵家へと戻ってきた。

エレファスは親戚のところへ行っていて、まもなく帰ってきて私と合流する予定だ。

二人でお父様を説得し、領主として、伯爵家当主としてしっかりと現実に向き合ってもらうつもりである。

また逃げないように、どうやって父を邸に留《とど》めておこうか。そのための作戦を練っていた私だったが、父から私室に呼び出されて拍子抜けした気分だった。

「あぁ、アリーシャ。二人で話をするのは久しぶりだね」

王都で何かいいことでもあったんだろうか？

その声音は弾んでいて、しかも自分の部屋なのになぜか立って私を待っていたらしい。

落ち着きのないその様子から、何か話したくて仕方がないことがあるというのが伝わってきた。

……嫌な予感がした。

「さぁ、座って。一緒にお茶でも飲もう」

父は満面の笑みでソファーに座るよう勧め、自らティーポットを手にお茶を淹れ始める。

私はそんな父を怪しみながら見つめていた。

「アリーシャ、これは隣国でしか栽培していない貴重な茶葉で淹れたミントティーだ。いい香りだろう？」

スッとした上品な香りが、部屋に広がる。

上機嫌でソファーにかける父の正面に、私はそっと腰を下ろした。

「確かにいい香りです。……これはどちらで？」

こんなに高級そうな紅茶はうちにない。まさか王都で無駄遣いをしたのでは、とどきりとする。

でも、父はすぐに否定した。

「フォード大臣からいただいたんだ。領地から遠路はるばる顔を見せてくれたから、と」

「大臣が？」

私は目を瞬かせる。

リジス・フォード大臣は、国境警備の任務や外交などを幅広く担うフォード侯爵家のご当主で、騎士団や各領地の行政を取りまとめる内務大臣を務めている人だ。この方が命じれば大抵のことはすぐに実現するような、為政者《いせいしゃ》の中でもトップに君臨する人物であるというイメージがある。

フォード大臣と父が親しいなんて、一度も聞いたことがない。

第一、婚約解消の報告に王城へ上がっただけで気軽に会えるような方じゃない。

一体どうして、と不思議がる私の反応に父は満足げだ。

自分が予想した通り、娘が驚いているのが嬉しかったらしい。父は身振り手振りしながら、まるで我が家の格が上がったかのように自慢げに話す。

「驚くだろう？　実は私も知らなかったんだが、うちはフォード大臣の派閥の末端らしい」

「え？　派閥？」

どういうこと？　自分が知らない派閥に入っているとか、そんなことがあるんだろうか？

私が興味を示せば示すほど、父は顔を綻《ほころ》ばせる。

こちらは真剣に尋ねているのに、なぜか自慢話を聞かされているみたいになっていった。

「私の祖父の時代までは、派閥を同じくする者同士として懇意にしていたそうだ」

「それって五十年くらい前の話ですよね」

「あぁ、だが、今もドレイファス伯爵家はフォード派、ひいては王妃派の一員だと、大臣の持っていた名簿にも書かれていたから間違いない！」

まったく交流がなかったのに、なぜ今さらそんな話が出てくるのかわからなかった。

ドレイファス伯爵家など、向こうが欲しがるとも思えない。本当に派閥の一員だったとしても、向こうからすればうちなんて取るに足らない家だろうに……。

ここで私はふと気づく。

「お父様、末端とはいえ派閥に属しているなら何か義務が発生するものでは……？」

お金、情報、人員など、派閥内で協力し合うのが普通のはず。

フォード大臣の意向に従い、何かに協力したり、お金を納めたりしなきゃいけないのでは？

私の顔から、さっと血の気が引いていく。

「うちには、そんな交際費を捻出する余裕はありませんよ？」

不安というより絶望で、私の声は震えていた。

それなのに、父は「フォード大臣派だなんて名誉なことだ！」と笑っている。

物事に対する捉え方がまったく違った。

今まで以上に支出が増えるかもという最悪の事態に、私はエレファスの戻りを待たずに今後の話を切り出すことにした。

「――お父様。私は今日、とても大事なお話があるのです」

「ん？」

用意してあった分厚い帳簿をテーブルの上に広げ、今後の収支予測のページを開いてお父様に見せる。今度こそきちんとわかってもらわなければいけない、そう意気込む私は無意識のうちに緊張していた。

「こちらにあるように、ドレイファス伯爵家の家計は大変に危機的状況です。慰謝料が入ってくるとはいえ、このままだと一年後には破産します」

「そんなに悪いの？」

帳簿を手に取ってそれに目を通す父は、どこか他人事のように尋ねる。

自分の散財のせいで伯爵家が潰れかけていると、未だに認識がないらしい。これまでも何度も伝えてきたのに、まったく響いていなかったんだなと実感する。

私は冷静に、この二日間で考えたことを伝えた。

「お父様、今度ばかりは遊んでいる余裕はありません。当主として、どうか役目を負ってください。私はこれまでできる限り代理を務めてきましたが、それはよくなかったと気づいたのです。お父様は私がいるとそれを理由にお仕事をなさらないでしょう？」

「え？　そんなこと……」

ない、とはさすがに断言できなかったらしい。

父は、困ったような笑みを浮かべていた。

「私も自分のこれからについて、よく考えてみたんです。一度婚約解消された私に、まともな縁談はこないでしょう。だから私は、自分一人でもきちんと生きていけるようになりたいと思いました」

跡継ぎになれない娘が、未婚のままこの家に居座ることはできない。

どんなに悪条件でも嫁ぐか、働きに出るか、それとも修道院へ入るか……。

選べるのはこの三つで、ならば私は働きに出たいと思った。

王都では、メイドなどの使用人の仕事以外にも、文官や秘書官など女性でも採用してくれる高給な仕事があると新聞で読んだ。

たくさんの女性が、その知識やセンスを生かして活躍しているらしい。

私は幸いにも隣国の言葉がわかる。翻訳の仕事はこれまでにもやってきた。

王都で働くには採用試験を突破しなくてはいけないが、私が勤めに出ればお父様は当主として働かざるを得なくなるし、私も仕送りができるし、これが一番いいような気がした。

どうかわかってください、とお父様の目を見て本気だということを訴えかける。

すると、お父様は露骨に困った顔をした。

「それはできない、アリーシャ」

「どうしてですか⁉」

今まで私が何かやりたいと言って、きっぱり否定されたことなんてなかった。

それがなぜ今、それはできないと断言するのだろう。

このままでは領地の経営が破綻する、まさかその段階からきちんと伝わっていないのか……、その可能性すら頭をよぎり、悲痛な面持ちになる私に父は諭すように説明する。

「フォード大臣が、アリーシャに縁談を用意してくれたんだ」

「……縁談？」

寝耳に水、とはこのことである。

婚約解消されたばかりなのに？　もう次の婚約者？

あまりに驚いてしまって、私は息を呑《の》んで固まった。

「大臣が、婚約を解消されたアリーシャに同情してくれてね。ぜひ第二王子のクレイド殿下の婚約者に、と推薦してくれたんだよ」

「第二王子様って」

この国には二人の王子様がいる。

王妃様の子である第一王子レイモンド殿下、二十三歳。さらさらの金髪にアメジスト色の瞳を持つ、とても見目麗しいお方だと絶賛されている。

人々を癒《いや》す光属性の魔法を使えることから、神殿に「神の御子《みこ》」と認定されている王子様だ。隣国の王女様との婚約が決まっていて、来春には国を挙げての盛大な結婚式を挙げる。

一方で、父の口から名前が上がったのは、側妃様の子である第二王子クレイド殿下。

側妃様はすでに生家へ下がられていて、クレイド殿下が公の場に姿を現したという話は聞かない。

二十歳になった今も婚約者は決まらず、その理由は容姿が醜く性格も冷酷で無情だから……と噂されていた。

「知っての通り、クレイド殿下は二十歳にして魔法省の長官を務めている。火、水、土、風、闇などほぼすべての属性の魔法を操る、素晴らしい魔法使いだ。これまで数多くの魔物を倒し、王国各地を守ってくれているお方だ」

「それはそうですが……」

うちのように貧乏だと、魔物が増えると国の討伐隊を頼りにするしかなく、クレイド殿下の率いる魔法省の魔物討伐隊のおかげで被害を抑えられていた。

冷酷だとか、残忍だとか、はっきり言っていい噂は一つもないクレイド殿下だけれど、彼のおかげで救われた命がある。守られている領地がある。

私は、クレイド殿下の討伐隊に感謝していた。

だから、縁談話を聞いて真っ先に思ったのは「私じゃないでしょう？」だった。

いくら難があると噂でも、私みたいな『ないない尽くしの貧乏伯爵令嬢』と婚約だなんてありえない。

フォード大臣はどうかしてしまったのか、と失礼ながら思ってしまったくらいだ。

でもお父様は、右手を胸に当てながら深く感銘を受けたかのように目を閉じる。

「とてもありがたい縁談だろう？　大臣は婚約が成立した暁にはドレイファス伯爵家を支援すると約束してくれたし、これで我が領の心配事などすべて解決できるはずだ。しかも、アリーシャにはその身一つで来てくれればいいとまで言ってくださって……」

「ちょっ、ちょっと待ってください！」

意気揚々と語る父の話を、私は慌てて遮った。

「おかしいです、そのお話！」

机に手をつき、私は前のめりになる。そんな詐欺のような話に引っかかるなんて、と父に憐れみの目を向けてしまった。

父は私の胸中を察し、安心させるように笑ってみせる。

「おかしくないよ。大臣本人と会談したんだ、詐欺ではないぞ？」

「だって、うちは王子様の妃《きさき》になれるような家柄ではありません。貧乏ですし、誇れるような名誉もないし……」

どう考えても、分不相応だ。クレイド殿下に申し訳ない。

「王族の婚約者なら普通はもっと高位貴族のご令嬢が選ばれるはずですよね？　たとえ家格が低くても、すごい魔法が使えるとか、見目麗しいとか、何か普通の人より優れた部分があるはずで……。何で私が婚約者なんですか？」

クレイド殿下は魔法省のトップで、王国一の魔法使いだ。

それなのに、私が選ばれるわけがないのだ。

「私は魔法が使えません。ご存じでしょう？」

「あぁ、そもそも測定していないからなぁ」

お父様は、まるで他人事みたいにあっけらかんと言う。

貴族子女は、一般的に十歳で神殿に行き、魔法属性の測定を行う。私の場合、測定費用がかかるから……と神殿にすら連れていってもらっていないのだ。

あのとき、お父様は「魔法が使えるなら測定しなくてもそのうちわかるよ」と言った。実際に、私は今まで何の魔法も使えないのだから、それはその通りだったのだろう。

「とにかく、私を妃にするメリットが殿下にも大臣にもありません」

さすがにそれは、お父様もわかっているはず。

一体どうしてしまったのか、と嘆きながら訴えた。

「大丈夫だ、アリーシャ。何もないのがドレイファス伯爵家のいいところなんだ」

「……どういうことです？」

何もなくていいわけがない。

目を細める私。お父様がやけに自信満々なのが不思議だった。

「クレイド殿下に婚約者がいないのは、お近づきになりたいと思うご令嬢がいなかったというのもあるが、第一王子派と第二王子派の派閥問題が大きいらしい。しかし、第一王子様が立太子したことで、これからは双方の派閥が手を取り合っていこうとしているんだ。そのためにも、王妃様や大臣は、第一王子派の貴族家からクレイド殿下の婚約者を出したいとお考えなのだ」

「……それは、婚約者にクレイド殿下を監視させようということですか？」

突然出てきた不穏な話に、私は眉根を寄せた。

争い合ってきた二つの派閥が、いきなり仲良くできるわけがない。手を取り合っていこう、なんて怪しすぎる。

敵陣営に婚約者を送り込むのは、友好ではなく監視や情報収集が目的なのでは？

私の頭の中に、嫌な想像が浮かぶ。

けれど、父は「違う」とすぐに否定した。

「派閥の中核である家柄であれば、そうなってしまうだろう。だからこそ、政治的に何の力もないドレイファスの出番なのだ！　何の波風も立たせず、現在の勢力図を一切変えない、そんな『無』の価値を大臣に買われて今回の婚約が決まった」

「大臣公認の無価値な家……！」

そんな公認を受けても、まったく喜べない。

お父様によると、王族の婚約には十人の大臣のうち七人の承認が必要らしい。

これまでにも数人のご令嬢の名が挙がったものの、政界の勢力図が関係してうまく承認が得られなかったんだとか。ドレイファス伯爵家の私であれば、可もなく不可もなくということで、承認が下りてしまったのだ。

「そんな決め方、クレイド殿下に不敬です……！　辞退することはできないのですか？」

二番目とはいえ、れっきとした王子様なのだ。しかも、国を守ってくれているお方が、そんな理不尽な目に遭っていいわけがない。

いくら王族だからって、政界の勢力図のためにここまで犠牲になるのはかわいそうだ。

相手が私だなんてクレイド殿下に申し訳ないと思った。

「いけません、こんな縁談は。派閥の一員であるならば、フォード大臣を説得してください……」

私は声を震わせながら訴えかける。

そんな私に、お父様はいつものようにへらりと笑って言った。

「アリーシャ、せっかくのお申し出を断るなんてできないよ。しかも、すでに支度金をもらってしまったんだ」

「支度金？」

お父様がまとまったお金を手にして、邸までそれを持って帰ってきたことはない。支度金という言葉を聞いた瞬間、嫌な予想が浮かんだ。

「まさかお父様はそれを？」

「王都での滞在費に使ったり、新しいビジネスへ投資したり、才能溢《あふ》れる音楽家に渡してほとんど使い切った」

「何をしてるんですか……！」

支度金は、婚約者として必要なものを揃えるためのお金でしょう⁉

たった数日でほとんど使い切っているとか、信じられない！

あまりに考えなしの行動に、私はぐったりとしてしまう。

そんな私に、父はやや焦った様子でフォローしてきた。

「ほら、大臣は『その身一つでおいで』と言ってくれていたし、何とかなるさ」

「なりませんよ！　うちにはドレスも装飾品も何もないんです。こんな古いワンピースで王城へ行ったら、それこそ大臣にも王妃様にも、クレイド殿下にも恥をかかせてしまいます」

髪も肌も手入れが行き届いておらず、唇はかさついている。

古びたワンピースに、踵《かかと》のすり減ったブーツ、こんな服装では貴族令嬢に見えないだろう。

「迎えの馬車も向こうが手配してくれるし、きっと大丈夫だ！」

「無茶言わないでください。お父様は私のことを何だと思ってるんですか⁉」

今度こそ、きちんと当主の仕事をしてほしい。そう説得するつもりが、予想外の婚約話で何もかも吹き飛んでしまった。

「お父様がそんな人だとは思いませんでした……」

情けなくて悔しくて、腹が立って、悲しかった。

ロータルに婚約解消されたときだって、こんなに色んな感情が混ざり合ったことはない。

「アリーシャ。私なりに、アリーシャを想ってこの縁談を受けたんだ」

「え……？」

「私のせいでおまえには苦労をかけた。反省したんだ。だからこそ、裕福な相手と結婚して、のんびり暮らさせてやりたいと思ったんだよ」

「……王子妃が暇だと思ってるんですか？」

信じられない言葉に、私は目を丸くした。

王子様は裕福だろうけれど、王子妃はおそらく暇ではない。

「忙しくても、お金さえあれば人を雇えるさ。王子妃なら間違いなくお金はある。それに、有能な婿にすべてを任せて、私だってのんびり暮らしたい」

「さっき反省したって言ってませんでした？　それなのになぜ『自分が働く！』とならないんですか！」

「私より有能な人間がいたら、働く必要はないだろう？　大丈夫、第二王子様は優秀だと聞いている。アリーシャが金に困ることはないし、領地の問題も万事解決だ！」

「まさか、クレイド殿下にうちの領地の面倒も見てもらおうとしてるんですか⁉」

あまりに恐れ多い。

どうしてそんなに他人任せになれるんだと、私は呆気《あっけ》に取られた。

父は悪びれなく、きょとんとした顔で言う。

「金に困らない、悠々自適な暮らしは最高だ。王子妃になればきっと幸せになれるさ、私も、アリーシャも」

「…………」

ダメだ。価値観が違いすぎる。

フェリシテと話して「父に変わってほしい」と思ったけれど、この父をどうやって変えられる？　楽しいことが好きで、ラクして優雅な暮らしがしたいというのは生来の気質で、話し合ってどうこうできるものではなかったのだ。

父は、お金に困らない生活こそ幸せだと思っているのだから、今回の婚約も娘にとって良縁であり喜ばしいことで、私がいくら訴えかけてもわかってはもらえない。

父のことを諦めたくないのに、諦めて割り切るしかないのだと現実を突きつけられた気がした。

愕然とする私を前に、父は大臣からもらったミントティーをごくりと飲む。貧乏なのに所作に余裕があり、人生を楽しんでいる雰囲気すらある。

ダメだ、この人は……。ダメ男の才能がありすぎる！

第二王子クレイド殿下との婚約。王妃様と大臣からのご指名。

どうあがいても断れない縁談だと悟り、力なく項垂《うなだ》れるしかなかった。

第二章　隠される婚約者？

突然の婚約話から数日後、王城から使者がやってきた。

その人は、軍服の襟に白銀色の徽章《きしょう》をつけていて、王家直属の伝令係だった。

彼は、生活に必要なものはすべてお城で用意してくれると言っていた。それに、ドレイファス伯爵家から連れてきたい使用人や侍女がいれば、何人でも連れてきていいとも言われた。

当然、私に連れていけるような使用人はいない。その結果――。

「馬車の中で食べようって思っていたの。一緒にどう？」

ガタゴトと揺れる馬車の中。

フェリシテが私においしそうなアップルパイを差し出してくれる。

「ありがとう」

私は、包み紙ごとそれを受け取る。

たった一人で王都へ向かうはずが、私を心配したフェリシテが侍女として一緒に来てくれることになった。

男爵令嬢のフェリシテは、身分的には何の問題もない。家庭教師の先生に習っていたので、マナー面にも基礎的な学力にも心配はなかった。

もぐもぐとアップルパイを頬張ったフェリシテは、ごくんと飲み込むとあのときのことを思い出して言った。

「それにしても、何も用意しなくていいからとにかく急いで王都へ来てくれって変じゃなかった？とにかくアリーシャに逃げられたくない、って感じで。ものすごく切羽詰まってる感じがしたわ」

「フェリシテもそう思った？」

実は私も違和感があった。

使者の人は、何度も「お待ちしております」と念を押し、とにかく必死に頼んできた。「これは私が逃げたら、この人の命が危ういのかな」とさえ思うくらいに……。

居合わせたフェリシテも、同じように感じたらしい。

「王都からは、優秀な財務担当や経営担当も派遣されて、大臣はお父様を支援するといった約束を十分すぎるほどに守ってくれている……。王子様の婚約者探しが、よほど難航していたのかもしれないわね」

私があれほど憂いていたドレイファス領の未来も、優秀な人材や資金が投入されればすぐに解決の兆しが見え始め、エレファスも一安心していた。

借金だって、フォード大臣の名前が出た途端に「返済はいつでもいい」「利息もいらない」なんて言われたのだ。

これまでがんばってきたのは一体何だったのか、と悔し涙が出そうになったものの、これでよかったのだと無理やり思い込むことにした。

これから私は、第二王子であるクレイド殿下の婚約者になるんだから、彼のためにどう振る舞えばいいかを考えなくては。

本音を言えば、結婚じゃなくて働きに王都へ行きたかったけれど……。

でも、クレイド殿下のためにいい婚約者になりたい。王子妃教育をがんばって、『大臣公認の無価値な家の娘』から『役に立つ立派な婚約者』になろう。

私は密かにそう決意していた。

窓を開ければ、心地いい秋風が入ってくる。

フェリシテにもらったアップルパイを食べているうちに、馬車は麦畑やぶどう畑を通り抜け、王都へ繋《つな》がる街道に出た。

生まれ育った街はどんどん遠ざかっていき、もう戻ることはないのだと思うと寂しさが募る。

少しでも前を向こうと思い、私はフェリシテに「王都はどんなに素敵なのかしら」と明るい声で話題を振った。

王都で私を待っていたのは、貴族の邸宅かのような煌《きら》びやかなお邸だった。

すぐに王城へ上がるのだと思っていたら、どうやらここで一泊するらしい。お城はここからも見えているのに、迎えが来るまでここにいてくださいと言われて留まることになった。

一夜明け、陽《ひ》が昇る前から起きていた私は、たくさんのメイドに囲まれドレスに着替えをすることに。「好きなドレスを選んでください」と言われ、ここで初めてクローゼットにぎっしり詰まった衣装がすべて私のものだということを知らされた。

これは全部、クレイド殿下からの贈り物だそうだ。もちろん、用意したのは殿下の従者か侍女長だろうけれど……。

キラキラと宝石が輝くドレスの海は、眩《まぶ》しくて目が痛い。

あの使者といい、この大量のドレスや装飾品といい、そうまでして私を逃がしたくないのかとやや顔が引き攣ってしまった。

「よくお似合いですわ」

「素晴らしいです」

メイドたちは口々に褒めてくれる。

飾り立てられた姿を鏡で見ると、これが自分とは思えないくらいちゃんと貴族令嬢の姿になっていた。

フェリシテと共に食事を取り、これから迎えが来るまでどうしようかと思案するまでもなく、そのときはやってきた。

「おはようございます。アリーシャ・ドレイファス伯爵令嬢をお迎えに参りました」

恭しく挨拶をしたその人は、赤褐色の髪を短めに整えた精悍《せいかん》な青年で、二十代半ばに見える。

体格から護衛騎士かと思いきや、彼は自分を殿下の従者だと名乗った。

「私はクレイド殿下の従者で、エーデルと申します。クレイド殿下とは乳兄弟でして、幼少期からおそばに仕えております。どうかお見知りおきください」

王子様の従者にしては、明るく気さくな印象だ。

この婚約は、クレイド殿下にとっては押しつけられたようなものだから、殿下の従者にどう思われているか一瞬不安に思ったけれど、彼の目や声はとても友好的でホッとする。

「おはようございます。初めてお目にかかります、アリーシャ・ドレイファスです。これからお世話になります」

私に続いて、フェリシテも頭を下げた。

自己紹介もそこそこに、エーデルさんはにこりと笑って本題を告げる。

「さっそくですが、アリーシャ嬢を神殿へお連れいたします」

「神殿？　朝の礼拝でしょうか？」

王都ではそういう習慣があるのかもしれない、そんな風に解釈する私にエーデルさんは「いいえ」とそれを否定する。

「神殿で婚約式を行います。侍女の方も友人としてご参列いただければと……」

「「え？」」

フェリシテと私の声が重なる。

何それ、聞いてませんよ!?

いきなり婚約式ってどういうことなのか、聞き間違いかと思った。

「婚約式は、三カ月以上先のご予定ではありませんでした？」

びっくりしすぎて固まる私の代わりに、すかさずフェリシテが尋ねる。

エーデルさんは「え？」と少し驚いた顔になり、またすぐに笑顔に戻った。

「それは当初の予定で、急遽前倒しになったことは伝令を走らせましたが……。行き違いになってしまったようです」

いきなりのアクシデントに、私は眉根を寄せて深刻な表情になる。

婚約式を当日に知るとは、予想外にもほどがあった。

これから王子様にお会いして、王子妃教育をある程度受けたところで婚約式を行い、たくさんの人の前に出る……というのが計画だったのに。

「今日ですか？」

「今日ですね」

「本当に今日ですか？」

「はい、こちらの都合ですみません」

エーデルさんの困り顔から察するに、本当に今日婚約式をするしかないのだろう。

ここで私が嫌だと言ったところで、どうにもならないことはわかった。

私が納得したというか、諦めたことを察したエーデルさんは「ありがとうございます」と言い、右手で扉の方を示す。行きましょう、ということらしい。

「あの、殿下は神殿へ……？」

ここで気になったのはクレイド殿下のこと。

私は今から神殿に行くけれど、殿下は来てくれるのか……とちょっとだけ不安になった。

エーデルさんはにこりと笑って答える。

「殿下は、魔法省から神殿へ直接向かわれます。そろそろ到着しているかもしれません」

「えっ！　私がお待たせしているんですか⁉」

王子様を待たせるなんて、とんでもないことだ。

狼狽《うろた》える私に、エーデルさんは「大丈夫です」と笑いながら言う。

「いくらでも仕事は持ち込めますから！　アリーシャ嬢はどうかごゆっくり」

「仕事を持ち込む……？　ご自分の婚約式なのに？」

婚約式の直前まで仕事をしているなんて、聞いたことがない。

フェリシテも驚いたらしく「え？　社畜なの？」と呟く。

婚約式の控室で仕事の書類にサインするまだ見ぬ殿下のイメージがふと浮かんだ。ただし今は、そんな想像をしている場合ではない。

「それでは、ご案内いたします」

私たちはエーデルさんに連れられ、急いで神殿へと向かった。


婚約式を挙げるのは、王都の一等地にあるノースリンクス神殿。

貴族令嬢の多くが憧れる白亜の神殿で、王子様と婚約式ができるなんて最高の栄誉だろう。

豪華な水色のドレスは柔らかな手触りで着心地もよく、歩くたびに揺れてキラキラと煌めくレースはまるで王女様にでもなった気分だ。

大ぶりのダイヤモンドが輝くネックレスに髪飾り、イヤリング、ブレスレットといった装飾品も最高級品ばかりで、貧乏伯爵令嬢の私にはこれまで一切縁がなかったものばかりだった。

しかもお相手の王子様は、噂とは違い眉目秀麗。

艶やかな蒼い髪に水色の瞳、端整な顔立ちは神秘的な美しさを漂わせている。

まるで夢物語のようなラブストーリー……が繰り広げられないのは、ここが厳しい現実の世界だからなの？

「よくここまで無事で来られたものだな……！」

「っ⁉」

初めて顔を合わせたクレイド殿下は、私を睨みつけながらそう言った。

その眼光と低い声があまりに恐ろしく、悲鳴を上げる寸前でどうにか堪《こら》える。

足が震えて動けないから、逃げ出すこともできなかった。

誰か助けて……！

心の底からそう願ったとき、エーデルさんがクレイド殿下の背中をバシッと乱暴に叩《たた》いた。

「はい、クレイド殿下しっかり！　殺人鬼の顔になってますよ！」

「うっ……！」

えええ⁉　そんな不敬なことしていいの⁉

この殺気立った殿下を叩けるなんて、とその豪胆さにも驚いた。

殿下は従者の一発に怒る様子はなく、それどころか振り向きもしない。

怒らないんだ……と驚きながらも目の前で起きたことが信じられず、私は呆気に取られていた。

叩かれたことで視線を落とした殿下だったが、またすぐに私をじっと見つめ、その目は変わらず睨んでいるようだった。

ただ、さっきよりは恐ろしくなく、どことなく真剣さと必死さが混じっている感じもした。苦しそう、と言えなくもない。

「で、殿下？」

私の声は震えていた。呼びかけてしまったのは、ほとんど無意識だった。

クレイド殿下は私の声に反応し、叩かれて前のめりになった体勢を立て直し、背筋を伸ばした。

「早く、早く婚約式を……！　今すぐ婚約式を」

その声は、どこか執念を感じるものだった。

どうしても婚約式をしなければ、そんな焦りが伝わってくる。

私はますます混乱した。

ゆっくりと近づいてきた殿下は、瞬きを一切せずにずっと私を見続けている。

やっぱり怖い！

身構える私の正面までやってきた殿下は、すうっと小さく息を吸い、そして言った。

「礼拝堂はあちらだ」

「……は、はい？」

その声は怒りを感じさせず、予想外に落ち着いていた。さらに、殿下は白い手袋をつけた手を差し出している。

私に手を取れということらしい。迷いつつも、おずおずとそれに自分の手を重ねれば、握った風にするだけで極力触れないようにしているのが伝わってきた。

殿下は、私を凝視しながら廊下に出る。私たちの靴音がやけに響き、それがまた恐怖心に拍車をかけた。

歩いているときも突き刺さる視線。

すごく見られてる……！

背後から従者の方が「殿下、前を見て歩いて」と小声で言い続けていたけれど、結局礼拝堂に着くまでずっと殿下は私を睨んでいた。

ここでさらに驚くべき事実が判明する。

「……これは？」

礼拝堂の大きな木製の扉は開いていて、茶色の長椅子がずらりと並んでいるのが見えた。祭壇の奥は壁一面がステンドグラスになっていて、青い光がキラキラと差し込みとても美しい。

でも、長椅子に座る人は誰もいなかった。

第二王子の婚約式なのに、招待客が誰もいないとは？

壁際には、侍女として私についてきてくれた友人のフェリシテ、私の支度を手伝ってくれた黒髪のメイドが立っている。エーデルさんも気づけばそちらに加わっていた。

そもそも、この婚約を仲介した大臣らがいないなんておかしい。

「どうして……？」

扉の前で足を止めた私の頭上から、低い声がそっと降ってきた。

「誰も来るなと通達を出したんだ。絶対に見られたくないから」

「え……」

ものすごく酷《ひど》いことを言われた！　絶対に見られたくない、だなんて……！　そこまで恥じているなら、断ってくれたらよかったのに！

悲しくて情けなくて、でも王子様に対して反論はできなくて、歩を進めるクレイド殿下に無言でついていくしかなかった。

「さぁ、早く終わらせよう」

そんなに嫌なら、もうやめればいいのに。

殿下が婚約式を行う理由は何？　王子様でも抗《あらが》えない、圧力みたいなものがあるの？　何一つわからないまま、私は婚約式に臨んだ。早口で宣誓を済ませた殿下の隣で、私も力なく「誓います」と呟くように言った。

政略的な婚約でも、初対面でここまで嫌われるとはやりきれない。キラキラと光が降り注ぐ、礼拝堂の幻想的な雰囲気さえも虚しく見える。

神官様は予定通り式を進行し、私たちの婚約は神の名のもとに認められた。

間違いなく王国最速の婚約式だろう。

儀式が終わると、クレイド殿下は即座に私の方を見た。

「今この瞬間から、君は私の婚約者……。君は私の婚約者なんだ」

何で二回言ったの⁉　婚約者の自覚を持って、殿下に恥じない妃を目指せという警告ですか⁉

冷や汗が背中を伝う。

不敵な笑みを浮かべる殿下は、色んな意味で怖かった。

虚しさから一変、またもや恐怖心が込み上げる。

「せ、誠心誠意……、お、お仕えさせていただきます」

怯《おび》えきった私はどうにか決意を伝えるも、殿下から返ってきた言葉は残酷だった。

「君は何もしなくていい」

鋭い眼差しは、これから親しくしようと思う人間に向けられるそれではなかった。

殿下は、私に何も期待していないのだと察する。

こんなことで婚約者として暮らしていける？

不安と混乱から、近くで控えているエーデルさんをゆっくりと振り返るが、なぜか彼は感動した風に「よかったですね」と呟きながらハンカチで目元を押さえていた。

今の婚約式を見て、何がよかったと思えたんだろう……？

その隣にいるフェリシテは「どこに感動のシーンがあったの？」と私と同じように困惑しているのが伝わってきた。

どうしよう、これからの婚約者生活に不安しかない。

この後すぐに王城へ入り、クレイド殿下の婚約者として行儀見習いや妃教育が始まると聞いているのに……！

泣きそうになりながら俯《うつむ》いていると、クレイド殿下がそっと私の手を取った。

「行こう」

顔を上げれば、無表情の殿下と目が合う。

私は彼の機嫌を損ねたくない一心で、背筋を伸ばし「はい！」と返事をした。元気が良すぎて品がないと思われたかも……と思いきや、一瞬だけクレイド殿下の口元が弧を描いたように見えた。

それを確かめる時間もすべもないまま、私は手を引かれ礼拝堂を後にする。

「転移魔法は？」

「……？」

神殿の外に出ると、クレイド殿下が立ち止まってそう尋ねた。

じっと見つめられ、何となく「これは転移魔法で移動したことはあるか？」と聞かれているのかと予想する。

「は、初めてです」

質問が違っていたらどうしよう、とドキドキしながら答える。

殿下の次の言葉を待っていると、急に肩を抱き寄せられた。

「えっ？」

周囲に光が溢れ、私は思わず目を瞑《つむ》る。殿下が転移魔法を使ったのだと気づいたときにはすでに場所は神殿ではなく、明るい茶色の壁にアイボリーの絨毯《じゅうたん》が敷き詰められたお邸の中だった。

「ここは……？」

かわいらしい淡いピンク色のクロスや白を基調とした家具は、貴族令嬢の私室といった雰囲気だ。どれも上質のものが揃っていて、庶民より貧乏な暮らしをしてきた私には息を呑むほど美しく素晴らしいお部屋だった。

クレイド殿下は、私からそっと離れると淡々と説明する。

「ここは私の離宮で、今日から君は私と共にここに住む。この部屋は二階で、このフロアに何もかも揃えた」

「離宮……？　私がここに……？」

「あぁ、君の部屋だ。私は三階を使っているから、二階は君が好きにするといい」

一気に説明され、私は言われた内容を一つ一つ頭の中で整理していった。

どうやらここは王城の一角で、クレイド殿下の邸宅みたいなものらしい。今、私たちがいるのは二階であって、このフロアに暮らしに必要なものがすべて揃っているという。

こんなに豪華な部屋が私の部屋だなんて、本当にいいんだろうかと恐縮する。

ちらりと隣を見れば、殿下が思いきりこちらを見下ろしていてどきっとした。

「あ、ありがとうございます」

殿下の言葉は色々と省略しすぎている気がしたものの、もっと詳しく教えてくれと言える勇気はない。

ただ、ここで私は「ん？」と気づく。

事前に聞いていた話だと、私は王城の本塔にあるゲストルームで生活する予定だった。結婚するまでそこに滞在し、王子妃教育を受けると聞いていたのだが……？

婚約式でのことを思い返せば、その理由がわかった。

「もしかして」

「君の姿を誰にも見られたくないから、本塔ではなくこちらに住めるよう手配したんだ」

殿下は不敵な笑みを浮かべてそう言った。

やっぱり、この方は私を見られたくないほど恥だと思っている。徹底して隠そうとする意志を感じた。

いくら隠したって、どうせ三カ月後には婚約のお披露目があるって聞いていますよ……？

そのときは一体どうするつもりなんだろう？

気分がずしりと重くなり、自然に俯いてしまった。

「専属のメイドをつける。欲しいものは何でも用意しよう」

「……ありがとうございます」

素敵な部屋に専属のメイドまで、それに欲しいものも用意してもらえるらしい。

人に見せたくないほど恥じている婚約者のために、どうしてここまでするのかまったくわからなかった。

殿下の行動には一貫性がなく、考えても考えても彼が私をどうしたいのかわからない。

「何だ？」

「ひっ」

ちらちらと視線を向けていたら、ぎろりと睨まれた。

小さな悲鳴は聞こえてしまったかもしれない。

殿下の機嫌を損ねないよう、私は引き攣りながらも笑って言った。

「ひ……、広くて、素敵なお部屋ですね」

「これが素敵……？　本当に？」

殿下は、目を見開いて驚く。

この部屋はとても素敵だと思うけれど、どうしてそんなに意外そうな顔をするんだろう？

もしかして、褒めたらまずかった？　センスを問う試験だった……？

すでに王子妃教育は始まっている？

「…………」

「…………」

見つめ合い、しばらく時間が経過した。

冷や汗が止まらない私は沈黙に耐えきれなくなり、必死で愛想笑いを浮かべて取り繕う。

「とても素敵です。このようなところで過ごせるなんて、嬉しいです」

あまりに普通のことしか言えなくて、もっと上手に感想が言えないのかと悔やむ。緊張で握り締めた手が揉《も》み手《で》になっていて、本心で言った言葉も嘘くさくなっていた。

「さすが王子様の離宮ですね！」

焦って何を言っているのかわからない。とにかく褒めて、沈黙を埋めたかった。

こんなことでどうにかなるんだろうか、と思ったとき、殿下はぱっと顔を逸《そ》らし口元を右手で押さえた。

「……った」

噛《か》み締めるような声。「よかった」と聞こえた気はするが確証はない。

しっかり聞き取れなくて、私は首を傾げる。

その瞬間、慣れないヒールにバランスを崩した私はガクンと膝の力が抜けてしまった。婚約式から続いていた緊張に重いドレス、私の足はとっくに限界だったのだ。

「きゃっ」

倒れかかった私を助けてくれたのは、白い手袋をつけた大きな手。転ばずに済んだ安堵よりも、殿下の手を煩わせたという事実が衝撃的で、私は慌てて身を起こす。

これはまずい、絶対に失敗した……！

「失礼いたしました！」

ぎゅっと瞼《まぶた》を閉じ、謝罪の言葉を口にする。

ただでさえ人に見せたくないと思われているのに、こんな無礼を働けばきっと殿下はもっと私を嫌になるはずだ。

息遣いが聞こえてしまいそうなほどに静まり返った部屋で、緊張感だけが増していく。

「……座るんだ」

頭上から降ってくる低い声。そこには苛立ちも嫌悪感もなかった。

顔を上げれば、殿下は少しだけ申し訳なさそうな目で私を見下ろしていた。

殿下に手を引かれ、私は近くにあったソファーに腰を下ろす。ふかふかのソファーに座ると、殿下は横に立ったまま無言で私を見ていた。

殿下が立っていて私が座っているという状況に、どうしようもなく居たたまれない気持ちになる。

でもその時間はすぐに終わった。

「また様子を見に来る。メイドと侍女にもここへ来るように言ってある」

「わ、わかりました」

殿下は私の返答に満足したのか、少しだけ目を細め、ニィと口角を上げて去っていった。

有無を言わさぬ怖さがある。

お顔立ちだけで言うと年頃のご令嬢が一目で好きになりそうな美形なのに、その表情や雰囲気が恐ろしい。

一人になると、どっと疲れが押し寄せてくる。

ソファーに倒れ込み、さっきの殿下のことを思い出していた。

「転びそうになっても、叱られなかった」

独り言が静かな部屋に響く。

婚約式のときからずっと睨まれていたから、ちょっとでもミスをしたら罵倒されるか殴られるか、そんな目に遭うかもしれないと頭の片隅で思っていたのに。殿下は何もおっしゃらなかった。

「もしかして、睨んでるわけじゃない？」

昔、ドレイファス伯爵家で働いていた料理人が、とても怖い顔なのに実は優しい人だったということがあった。

殿下もそのパターンである可能性も……？

そこまで考えたら、急激に喉の渇きを感じ始め、私はテーブルの上にあったポットを手にする。

そして、紅茶をカップに注いだ瞬間に気づいた。

「温かい……？」

ゆらゆらと湯気が立ち上り、温かい紅茶はとてもおいしそう。

今この部屋には私だけで、メイドがこれらを用意してからしばらく経っているはず。それなのに、ポットの紅茶は適温のままだった。

どうやらこのポットは魔法道具で、味も温度もそのままの状態を保てるらしい。

蓋を開けて見てみると、淹れたてのまま変色すらしておらず、このポットだけでも庶民の数カ月分の給金と同じ価値なのでは、と予想する。

そういえば部屋は快適な温度に暖められていて、私にはもったいないくらい何もかもが整えられていた。

この婚約は、殿下にとって不本意なはず。

それなのに、どうしてこんなによくしてくださるのだろう？

いくら考えてもわからなくて、私はお茶を注いだティーカップに口をつける。

「……おいしい」

ほんのり甘いはちみつの香りに、緊張しっぱなしだった心がほぐれる。

母がまだ伯爵家にいた頃、ときおり淹れてくれた紅茶の味とよく似ていた。


殿下の婚約者になり、私には専属の使用人がつけられた。

「おはようございます、アリーシャ様。お召し替えのお手伝いに参りました」

専属メイドのマレッタは、二十五歳の子爵令嬢。黒髪が美しい楚々《そそ》とした美人だ。昨日、婚約式に参列していた彼女である。

エーデルさんとは遠い親戚で、城の本塔でメイドとして勤め十年の経験があるそうだ。殿下が私という婚約者を迎えるのを機に、エーデルさんに声をかけられて本塔から離宮へ異動してきたと聞いた。

マレッタが今着ている紺色のワンピースは、王城のメイドの制服。マレッタのような上級メイドは、その立場がわかるよう右胸に赤いブローチをつけている。

「昨夜はよく眠れましたか？」

「ええ、おかげで気分がすっきりしているわ」

昨日、クレイド殿下が私の部屋を出ていった後、すぐにやってきたのがマレッタだった。

私が貧乏伯爵令嬢であることは知っているはずなのに、彼女は私に冷たい態度を取るどころか、着替えも入浴も食事も何から何まで手厚く世話をしてくれている。

その頼もしさに、たった一夜ですっかり信頼してしまった。

この離宮にはたくさんの使用人がいるものの、私のいる二階フロアに入れるのは許可を持つ一部の者だけで、用事はマレッタに伝えれば各使用人に連絡がいくというシステムになっている。限られた使用人しか私と接触しないよう、ここでもクレイド殿下の「見せたくない」が徹底されていた。

皆は私にとても優しく、想像していたよりも遥かに好待遇だ。でも、あまりにきめ細かく世話を焼かれ、私の一挙一動にメイドが反応してしまうのは慣れない。

王子様の婚約者は落としたペンすら自分で拾ってはいけない、というような空気さえあった。

「こちらのドレスは、フェリシテ様がお選びになったお衣装でございます」

マレッタが見せてくれたのは、淡いピンク色の上品なドレスだった。

隣にいるフェリシテは、「私のセンスは確かでしょう?」と得意げな顔を見せる。今朝のドレス選びが、フェリシテの侍女としての初仕事である。

一日中でも快適に過ごせそうな滑らかな生地の寝間着にちょっとだけ名残惜しく思うものの、私はマレッタやメイドたちによってコルセットを締められ、ドレスや装飾品で飾られていく。

着飾ることも、王子様の婚約者の務めらしい。

どんどん仕上がっていく私を見て、フェリシテが嬉しそうに声を上げる。

「わぁ、やっぱりアリーシャによく似合う！　すっごくきれいよ！」

「ありがとう。フェリシテの見立てがいいからよ」

褒められると、慣れていないから少し照れてしまう。はにかみながら返事をした私に、フェリシテは「う～ん」と悩むそぶりを見せた。

何かあったのか、と目で問いかけると彼女は衣装部屋の方に視線を向けて言った。

「今の流行色って、はっきりとした濃い色味なのよね。それなのに、ここにあるのは淡い柔らかなカラーばかりなの。もちろん、式典用の赤や紺のフォーマルドレスは揃ってるけれど……」

「そうなの？」

「ええ、アリーシャがオーダーしたのかなって思うくらい、あなたが好きそうな優しい色のドレスが揃ってるわ」

今私が着ているドレスも、カーネーションやガーベラをイメージする淡いピンクだ。目に優しいし、心が和む色だからすぐに気に入った。

ネックレスやブレスレットも、飾りが小ぶりでかわいらしい。

ここまで私好みのものが揃っているのは、きっと王家のお抱えサロンのリサーチ能力がすごかったのだろう。

「私としては派手で目立つ色より、こういう控えめな方がいいわ」

そう言って微笑《ほほえ》むと、フェリシテも満足げに頷いた。

そして、冗談めかしてふふっと笑う。

「これなら殿下だって喜ぶんじゃない？　アリーシャがかわいすぎて恋に落ちること間違いなし！」

私が何を着たところで、あの殿下が喜ぶとは思わない。

ため息が出そうになるのを堪え、私はフェリシテに冷静に告げる。

「フェリシテ、昨日の婚約式を思い出して？」

「……生き残ることに全力を尽くしましょう！」

どうやら現実を思い出してくれたらしい。

私とクレイド殿下が恋に落ちる兆しはまったくない。

「とはいえ、ちょっとくらい殿下の好みを知りたいわよね」

フェリシテは真剣に悩み始め、少し屈《かが》んだ状態で私のドレスの裾を整えているマレッタにふと尋ねた。

「マレッタから見て、殿下はどんな方かしら？」

「え？」

突然の質問に、彼女は顔を上げてフェリシテを見る。そして身を起こし、背筋を正して私たちに向き直った。

私は、鏡越しに彼女をじっと見つめて返事を待つ。

「殿下は、そうですね……。執務室でずっとお仕事をなさっているか、訓練場で魔法使いたちと訓練に励んでおられるか、魔物討伐でしばらくご不在が続くか、とにかく忙しくしておいでです」

フェリシテが「社畜ね」と呟く。

とはいえ、メイドがクレイド殿下と接する機会はほとんどないらしく、マレッタは「お役に立てず申し訳ありません」と謝罪を口にする。

「ごめんなさい。変なこと聞いて」

私はきっと安心したかったのだ。「とてもいい方ですよ」とか聞けたらいいなって、勝手に期待していた。

「殿下はお仕事がお好きなの？　よく働くのはいいことよね……」

働かない父と兄を見てきた私としては、王子様なのに真面目に職務に励むのはとてもいいことのように思えた。

覇気のない、頼りない人よりはずっと……。

頭を悩ませる私を見て、マレッタは励ますように笑顔で言った。

「突然に婚約が決まり、ご不安ですよね。でも、これからお時間はたくさんございますので、アリーシャ様がご自身の目で殿下のことを知っていってはいかがでしょうか?」

「そ、そうね……?」

マレッタの言うことはもっともで、ただ問題は私に殿下と会う勇気がないということだった。

衣食住を揃えてくれて、婚約者としてもてなしてくれるけれど、また会いたいと思えるかどうかは……。

理不尽に怒るような人ではなくても、とにかく眼光とその雰囲気が怖い。

婚約式をするまでは「殿下の役に立つ婚約者に!」と少なからず思っていたのに、こんなことではいけないと心の中で自分を叱咤《しった》する。

「さぁ、お支度ができました」

いつのまにか俯いていた私は、マレッタの声で顔を上げる。

鏡の前にいる淡いピンク色のドレスを着た私は、宝石に負けないよう上品にメイクも施され、金色の髪は緩く編み込まれてリボンで纏《まと》められていた。

さすがお城の上級メイド、おしゃれなんてしたことがない貧乏伯爵令嬢を見違えるほど変身させてくれる。

今はまだ見た目を取り繕っただけの偽者みたいな令嬢姿だけれど、中身もしっかり伴ってくれば殿下の態度は変わるのだろうかとふと思った。

「王子妃教育をがんばれば、殿下は私を恥だと思わなくなる……？」

鏡を見ながら、そんなことを呟く。

婚約生活はまだ始まったばかりだから、弱気になっている場合じゃない。

どんな貧乏にも耐えてきたでしょう？

「何とかなる、何とかなる……！　次に殿下にお会いするまでに、一歩でも前に進む！」

声に出して言ってみると、何だかちょっと気分が浮上した。

「さすがアリーシャ、あの殿下に立ち向かう気になるなんて」

別に戦うわけではないのに、フェリシテが感心しながらそう言った。

「とにかくがんばるしかないわ。諦めるのはまだ早い」

元気を取り戻した私は、くるりと振り返ってマレッタの姿を探す。

彼女は扉のそばにいて、ほかのメイドから何かメモを受け取っていた。私のそばに戻ってきたタイミングで、私ははりきって彼女に尋ねる。

「マレッタ」

「何でしょう？」

「殿下にお会いできる日は、どれくらい先かしら？」

社畜と定評のある殿下なのだ、きっと数日は会えないだろう。それどころか、軽くひと月くらい放置されるかもしれない。

その間、私は予定通り王子妃教育を受けて立派な婚約者を目指す。そんなプランを考えていたのだが――――。

「たった今、昼食をご一緒にという連絡を受けました」

「…………え、昼食？」

「はい。殿下がこちらにお越しくださるそうです」

よかったですね、と微笑むマレッタ。

フェリシテも私と同様に驚いていて、「いきなり？」と眉根を寄せている。

次に会えるのはもっと先だと思っていたのに、どうしてこんなに早く⁉

何か直接伝えなければいけない、大事な用件でもあるの⁉

「目的は何……？」

右手で口元を押さえ、動揺する私。

マレッタはそんな私を見て、「昼食ですよ？」と小首を傾げていた。


クレイド殿下は、正午過ぎに離宮へとそのお姿を現した。

殿下が普段いらっしゃる魔法省はこの離宮の東隣にあり、そちらにも私室や食堂、ゲストルームなどはある。

つまり、殿下は私と一緒に昼食を取るためにわざわざ離宮へお戻りになったということだ。呼び出してくれれば私が向かうのに。これもまた、私を離宮から出さないためだろうか……。

憂鬱さを振り払うべく、練習した明るい笑顔でクレイド殿下を迎えた。

「お待ちしておりました、殿下」

今日の殿下は魔法省の黒い詰襟制服で、凛々しい……を通り越して道を譲りたくなる威圧感がある。一緒にいるのはエーデルさん一人で、護衛は連れていない。

食堂の前で出迎えると、真正面で立ち止まった殿下は私を凝視してぽつりと呟く。

「本当にいた……！」

「え？」

私は訳がわからず、きょとんとしてしまう。婚約者として昨日ここへ連れてこられたのだから、私がいるのは当然のことだ。

殿下は信じられないといった様子で私を見つめ続け、そろそろ作り笑いがきつくなってきたと焦った頃にエーデルさんが「中へ入りましょうか」と声をかけてくれた。

その言葉にはっとした殿下は、足早に食堂の中へと入っていく。私は黙ってそれに続いた。

テーブルの上には最初からずらりとお料理が並んでいて、時間をかけてゆっくりと昼食を取る暇はないという状況が見て取れる。

「あまり時間がないので、すぐに食べられるようにしてくれと私が命じました。どうかお許しを」

「いえ、お気になさらず」

エーデルさんが、私の機嫌を伺うように説明してくれた。

確かに、『婚約者との昼食』の場合こんな風に時間を節約するのは失礼にあたるから、私が生粋《きっすい》のご令嬢なら機嫌を損ねたかもしれない。

でも私としては、コース料理が少しずつ出てくるよりはこうしてもらった方がありがたい。これまでは、パンと野菜のスープがあれば十分……という暮らしをしてきたから、豪華な食事をマナーに則《のっと》り、なおかつ会話をしながら優雅に食べるのは難易度が高すぎる。

私たちが向かい合って座れば、グラスに水が注がれた。

殿下を見ると、今は私のことを睨んでいなかった。

ただ、なぜか探るような目でずっと私を見ている。

「——昨夜は」

「は、はい」

殿下が突然口を開いたので、私は緊張から背筋を正す。何か問題でもあったのだろうか、と少し不安がよぎった。

「昨夜は、その、何を食べた？」

「……は？」

なぜか昨夜の食事について聞かれ、私は戸惑う。

今、目の前に色々なお料理が並んでいるのに昨夜の食事の話ですか……？

殿下の表情は真剣そのもので、何かこの質問に大きな意図が隠されているのではと勘繰ってしまう。

「昨夜は、子羊のソテーとシチュー、それからキッシュ、ミートパイ、マッシュポテトとゆでた根菜を混ぜたものを少しずついただいて、えっとほかには……」

殿下は、私の話を黙って聞いていた。

正確にすべてを伝えなければと、必死に思い出そうとする。でも途中で、呆れた様子のエーデルさんに止められた。

「アリーシャ嬢、もうそれくらいで大丈夫です。クレイド殿下、どうでもいい質問でアリーシャ嬢を困らせないでください」

「え？」

重要なことではなかったのか、と私は拍子抜けする。

エーデルさんは、「もっとほかにあるでしょう？」と笑顔で殿下に訴えかけていた。それに対して、殿下はほんのわずかに焦りの色を浮かべる。

「これから……、アリーシャと呼んでもいいだろうか？」

どうして私に許可を取るのだろう？　私は不思議に思いつつも、「はい」と返事をする。

その瞬間、殿下がかすかに笑ったように見えたので、本当にそうなのか確かめたくてつい真剣に見つめ返してしまった。

ぱっと目を逸らされ、私は自分が非礼なことをしたのだと自覚し、慌てて視線を落とす。

「あの～、そろそろ食べていただけません？」

「「っ！」」

エーデルさんに促され、私たちはようやくお料理に手をつけ始めた。

魚介類のスープや鶏のコンフィ、ベーコン入りのリゾットなど、ドレイファス領でも馴染《なじ》みのある料理が多くて安堵する。

ただし、グラスに入ったゼリーと魚卵、といった初めて見る料理は残念だけれど食べられない。

基礎的なマナーに関しては本で学べたが、これが料理なのかデザートなのかもよくわからないものに、殿下の前で挑戦する勇気はなかった。

後でフェリシテに食べ方を聞こう、と密かに思う。

黙々と食べ続ける私に、殿下がさらに話しかけてきたのはすぐのことだった。

「ここでの食事は、量は足りているか？」

「んっ！」

その質問に、うっかりニンジンを喉に詰めそうになった。

私が黙々と食べているから、飢えて食事が足りていないのかと思われた!?

そっとフォークを置き、ナプキンで口元を拭って答える。

「……十分です。足りています」

「そうか」

「はい」

「そうか」

殿下は何度も小さく頷き、納得した様子だった。

もしかして、食事に並々ならぬこだわりがあるのか？

互いに探り合うような空気が漂う。

「その、君は、……元気か？」

どうして殿下はこんなことを確認するのだろう。

私はとっくに愛想笑いを忘れていて、困惑の表情で答えた。

「はい、元気です」

「不自由はないか？」

「ありません」

壁際に立っているエーデルさんをちらりと見れば、目を閉じていた。その雰囲気は「見るに堪えない……」と呆れているようで、このやりとりに大した意味はないのだと察する。

これは会話というより問診なのでは？

今の殿下は怖くないけれど、こんな質問ばかりをされれば「まるで飼い始めたばかりの鳥か何かの体調管理をしているみたいだ」と思った。

私の健康チェックを終えた殿下は水の入ったグラスを取り、よほど喉が渇いていたのか勢いよく飲み干した。

問診が終わったようなので、私は食事の続きを再開し、気まずさから逃げるように手を動かす。

しんと静まり返った食堂では私がナイフとフォークを使う音だけがやけに響いていて、まるでマナー違反をしているみたいで余計に気まずくなる。

ちらりと殿下の顔を見れば、食事を楽しんでいるようにはまったく見えない。どちらかというと苦悶《くもん》の表情を浮かべている。

「おいしいですね」

「……あぁ」

殿下は今日、何をしに来たのだろう？

前の婚約者は、会ってすぐ『お願いがあるんだけど』というお決まりのセリフがあったから、こんな風に無言の時間を過ごしたことは一度もない。

「…………………」

「…………」

結局、殿下との初めての昼食は私がひたすらたくさん食べて終了した。時間にするとほんの少しだったけれど、これまでの人生で一番気を遣った食事だった。

魔法省に戻っていく殿下は、何度も振り返って私の姿を確認していた。もしかして、脱走すると思われているのかもしれない。

「殿下、アリーシャのことを監視に来たのかしら？」

フェリシテが不思議そうな顔でそう尋ねる。

「きっとそうよね……。心配性なのかも」

離宮の長い廊下に、すでに殿下の姿はない。

見送りが終わると、安堵から自然な笑みが零れた。

「あ、もしかして、婚約式の翌日は一緒に食事をしなきゃいけないっていう慣習でもあるのかも」

「それもあり得るわね！」

私の予想に、フェリシテも頷く。監視なのか義務感なのか、どちらにせよそういう理由があるなら納得できる。

昼食という一大イベントを終えた私は、軽い足取りで私室へと戻っていった。

今日は特別に昼食を共にしただけで、そもそも殿下はお忙しい方だ。

この先、しばらくは私と顔を合わせることもないはず――――。

「元気か？」

「はい、元気です」

翌朝、どういうわけか殿下と一緒に朝食を取ることになっていた。

どうして!? お忙しいのに、何でわざわざ一緒に食事をするの!?

恐る恐る殿下のお顔を見れば、その目の下にはうっすらとクマがあり、もしや昨夜から今までずっと働いていたのかと疑いが生まれる。

私と食事をするこの時間を、休憩や仮眠にあてた方がいい。

相変わらず会話は弾まず、私が元気かどうかと日中何をしていたのかを尋ねられ、それは面談のような一問一答スタイルになってしまった。

質問が尽きれば、殿下は黙々と料理を食べ進めて、あっという間に席を立つ。

最初こそドキドキして不安だったけれど、気づけばこれが一週間も続いていた。

殿下は私の体調チェックを欠かさず、最後には毎回同じことを告げる。

「欲しいものは何でも言ってくれ。マレッタに伝えてくれればすぐに用意させるから」

「ありがとうございます。十分によくしていただいています」

聞かれるたびに、私は少し困ってしまう。

貧乏伯爵令嬢には十分すぎるほどの衣装や装飾品、それに豪華な部屋も与えてもらって、今のところ不自由どころか天国みたいな環境だ。

噴水付きの中庭まであり、散歩もできて健康面の心配もない。それなのに、殿下は私に「不自由はないか？」と毎日のように尋ねる。

殿下の中では、婚約者に物を与えるのは義務なのだろうか？

魔法省へ向かう殿下を見送ると、私も自分の部屋へ戻る。マレッタが衣装部屋へ向かった後は、一人きりにしてもらった。

この一週間、殿下と一緒に食事をしてわかったのは、彼は決して私に酷いことをするような人ではないということ（不審だけれど）。

私のことは『人に見せたくないくらいに恥ずかしい存在』だと思っているのに、『婚約者としての義務はまっとうしようとしている』ようだ。

……何だか、とてもかわいそうな方に思えてきた。

不本意な婚約を押しつけられているのに、嫌だと断ることはできず、かといって私につらく当たることもできないなんて……！

きっと、根が真面目な人なんだ。

殿下の状況を想像してみると胸が痛んだ。

一方で、私はとても幸せな環境に置かれている。

「今のところ元気で生きてるし、お客様みたいにもてなされていて、衣食住も心配ない」

改めて現状を整理し、それを声に出してみる。

最初こそ命の危険を感じたものの、今ではすっかりそれもなくなった。

ミントグリーンのドレスの裾を軽くつまみバルコニーへ出ると、解放感たっぷりの青空が広がっている。

お部屋も素敵だけれど、私はこの床材が抜ける心配のないバルコニーがとても気に入っていた。

「殿下に恩返ししないと……」

改めてそう感じる。

となれば、明日から始まる王子妃教育でしっかりと学ぶのが第一の目標だ。

「アリーシャ？　どこにいるの？」

部屋の中から、私を探すフェリシテの声が聞こえてくる。本塔へ私の手紙を出しに行ってくれて、今戻ってきたらしい。

「ここよ、おかえりなさい」

私はバルコニーから室内へと戻る。

青いワンピースを着たフェリシテは、私が預けた手紙とはまた別の封筒をその手に持っていた。

振り返ったフェリシテは、私の姿を見つけると眉尻を下げて笑った。

「も〜、ここ広すぎる……！　離宮から本塔まで馬車で送ってもらったんだけれど、到着してからも建物の中が広すぎるのよ。手紙をすぐに受理してもらえてよかったわ。不備があってもう一度行くのは嫌だもの」

フェリシテの住んでいたお邸も、相当に広かった。けれど、やはり王城というのは敷地も広いし移動が大変らしい。

手紙といっても、私が生家に「婚約式を行いました」と伝えるだけのものなので、中をじっくり検《あらた》めるまでもなくスムーズに受理されたそうだ。

私はくすりと笑い、フェリシテを労《ねぎら》う。

「ありがとう。今お茶を淹れるから座って？」

「アリーシャにそんなことさせられないわ。メイドに頼むから大丈夫」

あははと笑った彼女は、呼び鈴を鳴らしてメイドを呼ぶ。そして、慣れた様子でお茶を頼んだ。

私たちは向かい合って座り、用意してもらったお茶をいただく。

「フェリシテ、足は痛くない？　横になってもいいのよ？」

侍女とはいえ、私の使いで本塔まで行ってもらったのだ。寛《くつろ》げるようにしてあげたかった。

でもフェリシテは「甘やかし癖が出てるわ」と言って笑って流す。

「あっ、それよりこれを見て？」

フェリシテはテーブルの上に置いていた封筒を取り、私に差し出す。この茶色い封筒は、さっきフェリシテがもらって帰ってきたものだった。

本塔から戻ってきたときに離宮の一階で手渡されたというそれには、鳥の羽根をモチーフにした蠟印《ろういん》が押してあった。

鳥の羽根にオリーブの葉が重なる紋章は、婚約が決まってから何度も目にしている。

「フォード大臣から？」

「ええ。使いの方がアリーシャにこれを渡してほしいって」

一体何だろう？

メイドがさりげなくペーパーナイフを渡してくれて、私はすぐに封を切る。

封筒の中には、便箋《びんせん》が一枚だけ入っていた。

——明日より開始予定だった王子妃教育は、無期限で延期といたします。アリーシャ・ドレイファス伯爵令嬢におきましては、ご自由にお過ごしください。

理由は書かれておらず、いつまで延期するのかといった期間についても一切説明がない。

「いきなり延期だなんて、何か手違いでもあったのかな？」

せっかくクレイド殿下のためにがんばろうと意気込んでいたのに、いきなり延期だなんてがっかりしてしまう。

この一週間、刺繍《ししゅう》をしたり編み物をしたり、テーブルマナーや歩き方の特訓をしたりしていた。本格的なレッスンが受けれられるのを待っていたのに、突然延期すると言われても困る。

肩を落とした私は、便箋をそっと封筒の中へ戻した。

ところが、フェリシテは私とは真逆の反応を見せる。

「王都へ来たばかりなんだから、少し延期するくらいがちょうどいいんじゃない？　アリーシャはこれまで働き詰めだったんだし、ゆっくりした方がいいわよ」

ゆっくりした方がいいと言われても、素直に喜ぶことはできなかった。今までの生活と違いすぎて、無性に不安が募る。

「掃除も料理もしなくていいし、食材を買いに行くこともないし、内職の刺繍も翻訳の仕事も書類整理も何一つしなくていいってことでしょう？　私、干からびてしまう……！」

悲愴《ひそう》感たっぷりにそう言った私を見て、フェリシテは困り顔になる。まさかここまでとは、と呆れた声で嘆かれた。

「だって、殿下の役に立つ婚約者になるには王子妃教育が必要でしょう？　殿下は毎日『欲しいものは何でも用意する』と言ってくださるけれど、向こうからの頼み事は何もないし……」

「それは、殿下がダメ男じゃないからでは？」

婚約式のとき、殿下は「君は何もしなくていい」とおっしゃった。でも、本当に何もしないなんて考えられない。

王子妃教育が始まるまで、何かできることが一つでも欲しい。

頭を悩ませる私を見て、フェリシテは苦笑いでアドバイスをくれた。

「う～ん、教養のある婚約者というのも魅力的よ。たとえばそうね、ピアノやフルート、バイオリンの腕を磨くのはどう？」

「習ったことがないの」

「絵を描くとか、詩を作るとか？」

「それもしたことがないわ」

私は力なく首を横に振る。

お父様は芸術家を支援していたけれど、私には何のお金もかけてくれなかった。だから、私は楽器の演奏も絵も詩も、優雅な趣味は何も経験がない。

趣味もなければ、これといって好きなこともない。

これまで必死に生きてきたのに、私はこんなにも空っぽだったのかと気づかされる。

「う～ん、本を読むのは？」

「あ、それなら……。本とペン、紙があれば、書き写したものを売れるかもしれないわね」

「いや、翻訳の仕事じゃなくて、アリーシャが楽しむための本よ」

「私が楽しむ？」

思わぬ言葉に、私は目を瞬かせる。これまでお金になるかどうかしか考えてこなかったから、自分が楽しむという発想はなかった。

「一度仕事やお金稼ぎから離れた方がいいわよ。王子妃って、こう……優雅なイメージが大事だから！」

「優雅なイメージ？」

確かに、お金稼ぎに必死になっている王子妃なんて聞いたことがない。

優雅な暮らしは私には縁遠いように感じるけれど、「クレイド殿下の役に立つ」といっても色々な方法があるのだと気づかされた。

やる気を見せる私に、フェリシテはふふっと笑って提案する。

「そうね、まずは好きな本を見つけましょう。離宮に書庫はあったかしら？」

フェリシテはさっそくマレッタを呼び、書庫があるか確認する。

王子妃教育が延期になったのは残念だけれど、また別の学びがあるかもしれないと思えば前向きな気分になれた。

それでも、ただ本を読んで過ごすだけでいいのかという不安は拭えない。

仕事がなければ暇すぎて、募る焦りをどうにもできずにいた。

第三章　大きな誤解があるらしい

「おはよう、アリーシャ」

離宮で暮らし始めて早十日。

今日は、初めて殿下がはっきりと「おはよう」と言ってくれた。

食堂で会った殿下は緊張気味で、真剣な表情で放った言葉が挨拶だったのには驚いたけれど、何だか温かい気持ちになった私は自然に笑顔になった。

「おはようございます。殿下」

そう返すと、殿下の纏っていた空気が少し柔らかくなった気がした。ちょっとだけ口角が上がったのは、気のせいじゃないと思う。

「今日もありがとうございます、殿下」

「……あぁ」

私がお礼を伝えると、クレイド殿下は目を逸らしつつも相槌《あいづち》を打ってくれた。

これまで私は、殿下が毎日私と食事をするのを「随分とマメに監視するんだな」と思っていた。

でも、監視であればメイドに任せるとか魔法道具を使うとか、そっちの方がどう考えても効率的だ。

クレイド殿下は、私を気遣ってわざわざ様子を見に来てくれているのだ。

睨みつけるような鋭い眼光はときおり見せるものの、よく見ればそこには悪意も殺気もない。それに、人の『慣れ』とはすごいもので、今ではまったく怖いと思わなくなっている。

私の笑顔も、随分と自然なものになった気がしていた。

「あの、殿下……」

朝食を一通り食べ終わったタイミングで、私は勇気を出してクレイド殿下に話しかける。

「書庫を移してくださり、ありがとうございました」

フェリシテの提案で読書をしようと決めた私は、マレッタに「書庫へ行きたい」と頼んだ。

すると、それを聞いた殿下がその日のうちに私の部屋を訪れて、「書庫を三つ隣の部屋に移した」と教えてくれたのだ。

……移したって何？　と、最初は意味が理解できなかった。

私とフェリシテが目を瞬いているうちに、殿下は魔法省へ転移して消えてしまったが、マレッタによれば「三階の北側にあった書庫を、殿下が魔法で二階の一室へ移動させた」とのことだった。

私が三階へ行けばいいだけなのに、どうあっても私を二階から出したくないという強い意志が伝わってきた。

「おかげさまで、楽しく過ごせています」

書庫にあった本は歴史からファッション、菜園づくり、手芸、恋愛小説などありとあらゆるジャンルのものが揃っていて、すべて読むには一生分の時間がかかりそうだ。

王子妃教育が相変わらず延期されたままなので、私は毎日本を読んでいる。そして、本に書いてあった内容を参考に、ポプリを作ったり防虫剤を作ったり、街でよく売れる日用雑貨の中でも原価率の高いものは何なのか調べたり……、相変わらず優雅なイメージは縁遠いままだ。

また、中庭を散歩中、低木にぶどうに似た実がなっていたのを発見し、庭師に尋ねたところ「観賞用のぶどうだけれど食べられるし、種子からは油が採れる」と聞いたのでそれも書庫にあった本で手法を調べた。

洗浄・乾燥から圧搾《あっさく》まで一連の作業が簡単にできる魔法道具があるそうで、それもマレッタに持ってきてもらい、髪にいい美容オイルを作る実験をしたのは楽しかった。

フェリシテには「ここにいる限り、元手がゼロで色々と作れるわね」とからかわれたけれど、もういっそとことん研究してそれを売るのもいい……なんて思ってしまった。

「本はとても役に立ちます。中庭に落ちている花びらや実はどれも素晴らしくて、新しく生まれ変わらせることができるんだってわかって、それがとても楽しいんです」

「落ちて……？」

「はい、再利用です」

「何でも買っていいし、取り寄せていいのに？」

クレイド殿下は、なぜ私がそんなことをしているのか理解できないようだった。眉根を寄せて真剣に私の話を聞いてくれて、心配してくれているように見える。

「遠慮とかじゃありません。本当に、ここにあるもので十分なんです。本当にありがとうございます」

私がお礼を言うと、殿下の目がかすかに和んだ気がした。

「君が楽しいのならよかった」

たったこれだけの会話なのに、尋問みたいなやりとりじゃないことが嬉しい。

殿下も、私にちょっと慣れてきたのかも……？　私を見る目も、徐々に柔らかくなってきている気がする。

私はほっと安堵して、残りの紅茶を口にした。

朝食が終わると、すぐに殿下は魔法省へと移動する。

「また来る」

「はい。お待ちしております」

私たちは、もう何度もこのやりとりをしている。

でも今朝は、扉の前で見送る際に一言だけ付け加えてみた。

「い、いってらっしゃいませ」

「っ⁉」

私たちは同じ離宮に住んでいて一緒に暮らしているのだから、朝はいってらっしゃいというのが当たり前のはずだ。

何もおかしいことは言っていない。

ただ、殿下は目を見開いて息を呑み、しばらく動かなくなった。

置いてもらっている身で、図々しかった……？

頬が引き攣りそうになるのを堪え、笑顔をキープしたまま、でも内心はひやひやしていた。

長い長い沈黙に、壁際で控えているフェリシテも緊張を漂わせているのが伝わってくる。

これは失敗だった……と思っていたら、はっと我に返った殿下が目を逸らしてぼそっと呟く。

「い……くる！」

え、何？「いってくる」って、返してくれたの？

スタスタと足早に歩き始めた殿下は、危うく壁に激突しそうになる直前で廊下を曲がり、階下へと下りていった。

くるりと背を向けたときに見えたのは、少し赤く染まったような耳。もしかして殿下は相当に不器用な人なのかも……？

今だって私が普通に話しかければ、返事をしてくださった。

殿下は不器用で、律儀で生真面目で。色々誤解されやすいだけなのかもしれない。

「やっぱり悪い人じゃない」

監禁されてるけれど……。離宮の二階フロアから、一歩も出してもらえないけれど……。

私は勢いよく振り返り、フェリシテと顔を見合わせる。

言葉にできない達成感に、頬が自然と緩んだ。

「婚約者らしくなってきたわね⁉」

「そうよね？」

フェリシテは私より興奮気味で、「すごいものを見た……」と独り言のように漏らす。

ほんの少しの変化だけれど、婚約者らしいことができたと思うと嬉しかった。

クレイド殿下のお見送りが済んだら、私は自由時間だ。

部屋に戻ると、フェリシテが刺繍をしているのが見える。そっと近づいた私は、ソファーの後ろに立ってお願いしてみる。

「ねぇ、フェリシテの髪を梳《と》かしてもいい？　今日の服なら結い上げた方がすっきりしてかわいいと思うの」

「えっ、ダメよ。私はあなたの侍女なのよ？　がんばって刺繍をしてるフェリシテを労いたい」

「じゃあ、お茶くらいは淹れさせて？　あなたは尽くされる側なのよ、王子様の婚約者なんだから」

「私に尽くそうとしないで!?　でも誰かのために何かしたいの」

「ううっ……、でも誰かのために何かしたいの」

ここでの優雅で贅沢《ぜいたく》な暮らしを経験して、自分が目的のない行動は苦手なのだと知った。

これがお金になる、人に喜んでもらえるという目的がなければ、心が弾まない。本を読んでおもしろいなと感じるのは、それが貧乏暮らしに役に立つとか誰かが喜んでくれるとか、儲《もう》かるとかそういうことに直結する部分のみだった。

「遊んでいる罪悪感もすごくて……」

両手で顔を覆って嘆く私に、フェリシテは刺繍の手を止めて言った。

「そうねぇ。中庭に何か花を植えてみる？」

確かに、草木や花が成長して季節の移り変わりを感じることができれば、楽しみになるかもしれない。それに、水や肥料を与えて、環境を整えてあげることで中庭に愛着が持てそうだ。

ここが好きになれたなら、今より暮らしが楽しくなるかも……？

「花を植えるわ！　あと薬草とか売れそうな植物も。マレッタに相談してみる」

「ああっ、待ってアリーシャ！　マレッタを呼ぶのは私の仕事よ！」

それくらい、私が自分でするのに。至れり尽くせりの状況にまた申し訳なく思った。

昼食を取ってしばらく後、花の苗が届くのを楽しみにしていたとき、クレイド殿下がやってきた。

魔法省の黒の詰襟制服を着た殿下は、エーデルさんと共に入室してくる。

これから重要な任務に向かうといったような凛々しい面持ちで、まっすぐに私のところへ近づいてきた。

「アリーシャ、たっ」

「た？」

「ただいま……」

殿下が初めて「ただいま」って言った！　しかも、聞き取れる声ではっきりと！

私は驚いて、でも嬉しくなって笑顔で返す。

「おかえりなさいませ、殿下」

「……ぐっ‼」

「殿下⁉　どうなさいました⁉」

突然に胸を手で押さえ、前屈みになって苦しげな声を漏らすクレイド殿下に私は慌てて尋ねる。

「どうなさいました⁉　苦しいのですか⁉」

原因は何？　転移魔法の使いすぎ？　それとも持病とか⁉

狼狽える私に、エーデルさんが明るい声で言った。

「あぁ、お気になさらず。殿下はときおりこうして発作を起こしますが、命に別状はありませんのでまったく問題ありません」

「問題ないんですか？」

苦しそうですけれど？　呼吸もかなり乱れているんですが？

エーデルさんは「早く慣れてくださいね」と殿下を軽く窘《たしな》め、そして私に用件を告げた。

「これから、本塔にある謁見の間へ向かいます。国王陛下と王妃殿下、並びに王太子殿下ご夫妻との謁見が早まりました」

「これからですか？」

予定では、五日後だと聞いていた。

何かあったんだろうか？「はい、国王陛下が少々……というかかなり奔放な方でして、アリーシャ嬢のご紹介をするはずだった日程に湖畔の別荘へ向かうことに決めてしまったためです。突然の予定変更で、アリーシャ嬢に大変なご迷惑をおかけすることになり申し訳ございません」

「いえ、そんな、私は何の予定もないですから」

大げさなくらいに謝られ、私は恐縮する。

国王陛下といえば、現在はご公務を第一王子様に任せ『病にて静養中』と聞いている。巷《ちまた》では、陛下は大病を患っていて医師団が懸命な治療を行っていると噂だった。

そんな中、湖畔の別荘へ向かうというのはご回復の兆しが見られたということだろうか。

エーデルさんは私の疑問を察したのか、にこりと笑顔で言った。

「噂というものは、誰かが意図的に流しているものが多いのですよ。国王陛下が理由もなく政務から離れるわけにはいきませんので」

つまり、病ではないと……。王太子殿下に任せて、自由奔放になさっているという状況に、うちのお父様のことを思い出した。

「アリーシャ」

いつのまにか元通りになっていたクレイド殿下が私を呼ぶ。

「君はただ私の隣にいてくれればそれでいい。何も話さなくていいし、何か言われても反応しなくていい」

殿下の瞳から、私のことを気遣ってくれているのだと伝わってくる。

お気持ちは嬉しいしありがたいけれど、何も言葉を発しない婚約者はもう置き物なのでは……と思った。

「急遽予定を変更なんてしたら、人払いが徹底できないじゃないか。アリーシャを見られてしまう……！　くっ、父上がこちらへ来ればよかったんだ」

「そんな無茶な」

エーデルさんは呆れた目を殿下に向ける。

殿下は私のことを心底誰にも見せたくないんだな……と思うと、前よりも胸がじわじわ痛んだ。

毎日一緒に朝食を取っていても、会話ができるようになっても、殿下が私を恥だと思う気持ちに変化はないんだ。少しずつ仲良くなれていると思っていたのは私だけ、という現実に表情が曇る。

謁見の間に到着した殿下と私は、国王陛下たちが現れるのを待つ。

薔薇《ばら》をモチーフにした空色のドレスを纏った私は、荘厳な雰囲気に圧倒されていた。

隣に立つ殿下をちらりと盗み見れば、何の感情もなさそうな目をなさっていた。怒りも、悲しみも、喜びも、何もない「無」。精巧に作られた、美しい人形みたいだった。

とても家族に会う前の雰囲気じゃない。

クレイド殿下のお立場は複雑だと聞いていたけれど、実父である国王陛下が守ってくれさえすれば私みたいな娘と婚約させられることはなかったのだから、殿下がこんな態度であるのは理解できる。

でも、殿下の横顔を見ていたら胸が締めつけられるように痛んだ。

私に何ができるだろう、心の中でそんなことを考え続ける。

「あの」

「何だい？」

早っ。

私が口を開いてすぐ、殿下が勢いよくこちらを向く。

え？　話しかけるって予知してた？　何でこんなに反応が早いの？

びっくりして、言葉に詰まる。

そのとき大きな扉がゆっくりと開き、深緑色の盛装姿の国王陛下が現れた。

「久しぶりだな、クレイド」

テノールの色気のある声が、謁見の間に響く。

その容姿は四十一歳とは思えない若々しさで、色彩から顔立ちの細部までクレイド殿下にそっくりだった。クレイド殿下はこんな風に年を取っていくんだ、と想像できるくらいに似ている。

国王陛下に続いて王太子殿下、そして王妃様も謁見の間に入ってきた。王妃様の後ろに控えている黒髪の男性が、フォード大臣だろうと思われた。

王太子殿下は光り輝くような金髪の美青年で、神聖な雰囲気だ。優しげで器の大きそうな方に見える。人を寄せつけないクールな風貌のクレイド殿下とは正反対に見えた。

王妃様は、そんな王太子殿下と同じ金の髪をすっきりと結い上げた気位の高そうな美人。紫色の豪奢《ごうしゃ》なドレスがとてもよく似合っている。

その歩く姿は堂々としていて、まさに一国の王妃。気品溢れるお姿に「なんて美しい人だろう」と思った。

国王陛下が玉座につき、王太子殿下と王妃様もすぐそばに着席する。

私は、ドレスの裾をつまむと頭を下げた。

クレイド殿下は何の感情もない声で、淡々と挨拶を始める。

「本日は、国王陛下に拝謁できましたこと光栄にございます。こちらにおります、アリーシャ・ドレイファス伯爵令嬢との婚約が調いましたので、ご報告いたします」

儀礼的な定型句。あらかじめ決まっている言葉を口にした殿下に対し、国王陛下もまた「そうか」とあっさりした反応だ。

「これまで婚約者がいなかったのだな。問題なく調ったならよかった」

その無関心な口ぶりに、驚いて笑顔が引き攣りそうになる。

陛下は、父親なのに息子の婚約者の有無にさえ興味がなく、「よかった」と言いつつもその声に心配していた気配はまったくなかった。クレイド殿下に婚約者がいようがいまいが些細《ささい》なことだ、とでも思っていそうだった。

次に私に視線を向けた陛下は、軽快な口調で声をかける。

「アリーシャ嬢、よくぞ城まで参った。クレイドの婚約者として励んでくれ」

「はい」

私たちに顔を上げろと言うこともなく、国王陛下がスッと立ち上がったのがわかる。

これでおしまいなの？　と戸惑う私をよそに謁見は本当に終了してしまった。婚約式に続き、謁見の最速終了記録が打ち立てられた瞬間だった。

去っていく陛下は楽しげな声で「リシェルは庭園か？」と、側近に尋ねていた。

誰かに会いに行く予定があったから、こんなに早く謁見が終わったのかと納得しかけた私に、クレイド殿下がその「リシェル」という人について教えてくれた。

「愛人だよ。今の」

「今の……？」

それはつまり、国王陛下にはこれまで何人か愛人がいて、よく入れ替わるってことですね？

愛人に会う方が、息子の婚約報告よりも大事だという価値観に呆気に取られる。

クレイド殿下は「いつものことだ」とさらりと言った。

でも、私は王妃様の心境を思いはらはらした。

ちらりと王妃様を見れば、扇で口元を隠しているものの、ぎりっと歯を食いしばっていそうな苛立った形相をなさっていた。

昼間から、夫が堂々と愛人のもとへ行くのはプライドを傷つけられるはず。女として、王妃として、おつらいだろうなと悲しい気分になる。

スカートの裾を無意識のうちにぎゅっと握り締めてしまっていたところ、こちらに向き直った王妃様とぱっと目が合った。

どきりとして、私は慌ててまた礼をする。

「顔を上げなさい」

落ち着いた、大人の女性の声が謁見の間に響く。

恐る恐る顔を上げれば、王妃様は私をじっくりと観察するように見てからにっこりと微笑んだ。

「よく来てくれましたね、アリーシャ・ドレイファス伯爵令嬢。あなたをクレイドの婚約者に迎えられて、私は嬉しく思います」

さきほどまでの雰囲気とはがらりと変わり、優雅で美しい王妃様といった印象だ。まるで仮面をつけたかのように、理想の優しい王妃様がそこにいる。

私は王妃様とフォード大臣が選んだ婚約者なのだから、温かい言葉をかけてもらえた。私に対する敵意はないのに、さっきの陛下の背中を睨む目を見てしまったせいか無性に緊張感が高まる。

「は、初めまして。アリーシャ・ドレイファスと申します。このたびは身に余る光栄を賜り、ありがとうございます……！　精いっぱい、務めさせていただきます」

大して気の利いたことは言えなかったけれど、私なりに思いを伝えたつもりだった。王妃様はふっと笑うと、私を安心させるかのように諭す。

「そんなに硬くならないで。いいのよ、あなたは何もしなくて」

「……何も？」

「クレイドは第二王子です。その役目は魔法省の統括と魔物退治ですから、婚約者のあなたは何もせずにその地位にゆったり構えていればそれでよろしい。王子妃教育は不要です。そのような苦労をしても披露する機会などないのですから、あなたは好きにお過ごしなさい」

声色は穏やかで優しいのに、有無を言わさぬ強さがあった。

壁際に立っていたフォード大臣も、言葉は発しないものの静かに頷いている。

王子妃教育の延期を命じたのは王妃様だった。無価値な家の娘を、そのまま無価値にしておくために……。

好きにお過ごしなさいと言われても、「ありがとうございます」とお礼を言う気分にはなれなかった。

王妃様はにこりと微笑み、さらに続けた。

「あなたは王都育ちでもないですし、華やかな社交場は不慣れでしょう？　無理はしないで、離宮でのんびり暮らしてくれればそれでいいと皆が思っておりますよ」

「まぁ……」

これは……書庫で読んだ『社交界の言葉のウラ徹底解剖☆読解パーフェクトブック』に書いてあったパターンだわ！

甘い言葉の裏には悪意が隠されていて、失敗するように導かれていく。

王妃様が使った表現は、パーティーに出席してほしくない相手に対して家庭の事情や王都育ちでないことを理由に挙げる典型的なものだった。直訳すると「マナーもなってない田舎者は家でおとなしくしていなさい」という意味のはず。

それに「皆が思っている」というのは、具体的に誰の意見かは言わず、自分の意見を正当化して押しつけたいときに使う決まり文句だ、とも本に書いてあった。

よく観察してみると、王妃様は友好的な笑みを向けてくださっているけれど、その目の奥はまったく笑っていない。

何も知らない、何もできない田舎娘だとばかにしているのが伝わってきた。

「王妃殿下、もう下がってもよろしいでしょうか？」

私の笑顔が次第に引き攣り始めたとき、クレイド殿下が私たちの間に割って入る。

その声は少し苛立っていて、早く話を切り上げたいという気持ちが含まれているようだった。

もしかして、私のことを庇《かば》ってくれた……？　その横顔から真意はわからないけれど、私は「助かった」と密かに思う。

会話を遮られた王妃様は笑顔が消え、クレイド殿下を睨んだ。

「婚約報告の少しの時間も我慢できないなんて、王族としての自覚が足りないのでは？」

王妃様はクレイド殿下の行為を無礼だと嘆き、はぁと大げさにため息をつく。

すると、これまで黙っていた王太子殿下がにこりと笑って言った。

「母上、婚約報告はもう終わりました。これでよいではありませんか」

「……あなたがそう言うなら」

王妃様は少しだけ不服そうな目をしながらも、王太子殿下に促され退出を決める。最後に私の方を見て、麗しい笑みを見せた。

「アリーシャ、何かあれば私にすぐに相談してね？」

美しい薔薇には棘《とげ》がある。そんな言葉が似合う人だ。

何の力も持たない私は、明確な返事をせず、相手への感謝の気持ちだけを伝えて逃げるしかない。

「王妃殿下にまでそのようにご配慮いただき、ありがとうございます」

謁見の間に、カツカツと高い靴音が響く。

王妃様は、近衛《このえ》やフォード大臣と共に颯爽《さっそう》と歩いていった。

先行き不安ではあるものの、彼らにとってみれば私は都合のいい駒。その駒としては及第点だったのだろう。

どうやらうまくやり過ごせたようで、私はほっと息をつく。

「アリーシャ、大丈夫か？」

クレイド殿下が心配そうに私の顔を覗き込む。その目は、確かに私を気にかけてくれていた。私は驚きつつも、大丈夫だと言って笑ってみせた。

そのとき、いつのまにかすぐそばまで来ていた王太子殿下がふっと笑った声が聞こえ、私はびくりと肩を揺らす。

「相変わらずだったね、陛下も母上も」

煌めく明るい金の髪に、慈しむような優しい瞳。神々しいほど澄んだオーラは、さすがは神殿に「神の御子」と認定された王子様だ。

私たちを見つめる目は穏やかで、気さくに話しかけてくださった。

「アリーシャ嬢。此度《こたび》はクレイドとの婚約を受けてくれてありがとう。兄として嬉しく思っているよ」

国王陛下とは反対に、こちらを気遣う気持ちが伝わってくる。まさかこんな風に話しかけてもらえるとは思っておらず、私は恐縮してしまった。

王太子殿下はにこりと微笑み、その目を見れば私とクレイド殿下の婚約を祝福してくれているのがわかる。

「初めてお目にかかります。アリーシャ・ドレイファスと申します」

「あぁ、とてもかわいらしい人だね。クレイドとよく似合う」

社交辞令を社交辞令と思わせない、自然な口調。殿下と私が似合うだなんてあり得ないのに、本心みたいに感じられる。

本来なら目を合わせることすらできない高貴な方が、私のような貧乏伯爵令嬢にまで優しかった。強張《こわば》っていた肩の力が抜け、自然な笑みが戻ってくる。

「ありがとうございます」

嘘だとしても、クレイド殿下とよく似合うと言ってもらえて嬉しかった。婚約者として認めてもらえた気がしたから……。

はにかみながら隣にいる殿下を見れば、ぎりっと歯を食いしばっている。

「殿下……？」

私なんかと似合うと言われて嫌だった？

悔しいとか、苦しいとかそういった感情を抱いていそうに見える。

私の呼びかけではっと気づいた殿下は、きりっとした顔で「大丈夫だ」と言った。

「どうかなさいました？」

「いや、何でも……」

小首を傾げる私。クレイド殿下はまた前を向き、真顔になる。

それを見てクッと笑った王太子殿下は、嬉しそうに目を細めて言った。

「あ～、クレイドが喜んでいてよかったよ。アリーシャ嬢、これからはクレイドの支えになってあげてほしい」

喜ぶとは、何に対して喜んでいるんだろう。

よくわからないけれど、私は王太子殿下に向かって「はい」と返事をする。

「殿下のために、できることは何でも……」

言いかけて、王子妃教育が延期になっていることが頭をよぎる。王妃様はそれを「不要」とはっきり言っていたし、今のままの私でクレイド殿下のお役に立つことはできるのかと思うと言葉に詰まった。

私の胸中を察したのか、王太子殿下は少し申し訳なさそうな顔をした。

「すまないね。母は何でも自分の思い通りにしたい人だから、アリーシャ嬢の王子妃教育についても勝手に話を止めてしまって……。もうしばらくの間だけ、合わせておいてほしい」

「は、はい」

王太子殿下は、ご自分の母君の性格をよくご存じのようだった。

もうしばらくの間だけ、とおっしゃったのは何か変わるんだろうか？

もしかして、王太子殿下が説得してくださるとか……。それなら希望が持てると、気分が明るくなってくる。

私が頷いたのを見た王太子殿下は、今度はクレイド殿下に向かって満面の笑みを向けた。それはちょっと苦言を呈するといったような、含みのある笑顔だった。

「アリーシャ嬢との婚約が調って本当によかった！　でも、婚約式を勝手に早めた理由はきちんと報告するように」

勝手に早めた？　クレイド殿下が？

エーデルさんからは「こちらの都合で」としか聞かなかったから、てっきり何かそうしなければいけない事情があったのだと思っていた。

隣を見ると、クレイド殿下が苦しげに眉根を寄せている。それを見た王太子殿下は、まるでからかうような表情に変わった。

「弟の婚約式をその場で見られなかった兄の気持ち、察してくれない？　寂しくて寂しくて、涙が止まらないよ……！」

「涙など出ていませんが……？　おもしろがって笑っておられるでしょう？」

反論するクレイド殿下は、本気で嫌がっているわけではなさそうだ。ちょっと困っているようには見えるけれど。婚約式を早めた理由については、聞かれたくなかったらしい。

これは、兄弟のじゃれ合い？

お二人はものすごく仲が良さそうに見えた。

第一王子派と第二王子派の権力争いがあるとはいっても、それは周囲の人間の話であって、実際のところ兄弟仲はいいのかも……。

「そうだ！　クレイドの結婚式は私が神父を務めよう」

「そんな無茶な」

「できるよ？　神殿に認められた私なら、神父になれる」

「なれるなれないの問題以前に、兄上は王太子です……」

王太子殿下の目が本気だった。冗談ではないと感じ取ったクレイド殿下が、顔をやや引き攣らせている。

それを見た私は自然と口角が上がる。

王太子殿下は、今度は私に目線を向けた。

「そうだ、アリーシャ嬢も今度一緒に食事をしよう。面倒でなければ、本塔の特別室へおいで」

「面倒だなんて、そんな……。とても光栄です。ありがとうございます」

「離宮で籠ったままだと聞いていたから、もしかして無理に王都まで来させてしまったのかなと心配していたんだ。元気そうでよかった」

「ご心配をおかけしてしまいました。私はこの通り、とても元気です！」

王子妃になろうという娘が、二日移動しただけで疲れて療養するくらいのか弱さでは困るはず。そもそも私は、一般的なご令嬢方より丈夫だと思う。

全然大丈夫です、と健康をアピールした私を見て、王太子殿下は「ん？」と何か疑問に思ったようだった。

「クレイド。どうしてこんなに元気なアリーシャ嬢がずっと離宮にいるの……？」

「………」

ここにきて、何か不穏な空気が流れる。

「まさか、閉じ込めてるとか？」

あぁ、これはまずい。

王太子殿下は、笑顔だけれど怒ってる！

クレイド殿下が答える前に、私が二人の間に割って入った。

「離宮は快適ですので、私は何の不自由もしておりません！　それに、私のような婚約者を人に見せたくないと恥じるお気持ちは理解できます！　私は殿下にとって、押しつけられたも同然の婚約者ですから、恩情ある待遇を受けられるだけで十分です。だからどうか……」

「「は？」」

どうか何も聞かないでほしい、私がそう言うより先にお二人が揃ってこちらを見る。

お二人とも、「どういうことだ？」と不思議そうな顔をなさっていた。あまりにその反応の仕方がそっくりで、異母兄弟といってもよく似るのだなと思った。

ところがここでふと気づく。王太子殿下はともかく、どうしてクレイド殿下までこんなに驚いているのだろう。

クレイド殿下は何かに気づいたみたいに、みるみるうちに青褪《あおざ》めていく。

「アリーシャ……まさか……」

「え？　え？」

言ってはいけないことだった⁉

失敗したと気づいた私は、クレイド殿下と同じくらい青褪めていく。

殿下は私に何か伝えようとして、でも言葉を呑み込んで、そんなそぶりを見せた。それを見かねた王太子殿下は、「はぁ」と大きな息をつく。

「どうやら、二人はよく話し合った方がいいらしい」

「……はい」

「クレイド、おそらく君の言葉が圧倒的に足りていない」

王太子殿下は弟君の腕に軽く触れ、私に向かって「すまないね」と笑いかけた。クレイド殿下は視線を床に落とし、苦しげに目を細めている。

「東の庭園を散歩でもしながら、ゆっくりと話し合ったらいいさ。誰も近寄らないよう、私が命じておこう」

ゆっくり話をするには、閉鎖された室内よりも屋外の方がいいと聞いたことがある。確かに、今の私たちが室内で向かい合って座ったとして、何か会話が広がるとも思えなかった。

「あそこには、魔法で咲かせたダリヤが一年中美しく咲いているからね。きっとアリーシャ嬢も気に入るよ」

王太子殿下のお言葉に従い、私たちはすぐに東の庭園へ向かうことに。クレイド殿下はおずおずと右手を差し出し、私の反応を窺《うかが》いながら言った。

「一緒に行ってくれるか……？」

その手も言葉もとても遠慮がちで、私に気を遣っているのがわかる。

「はい、もちろんです」

重なり合った手は、ぎこちなくもしっかりと握られる。ふと殿下の顔を見上げると、まるでこれから大きな戦いにでも挑むような決意の表情だった。

東の庭園は謁見の間からほど近い場所にあり、建物の中だというのに限りなく自然に近い柔らかな光や風が再現されている。

すべて、クレイド殿下の管轄の魔法省が作った魔法道具のおかげらしい。

赤、白、オレンジ、ピンクといった色とりどりのダリヤが咲き誇り、私はクレイド殿下にエスコートされながら庭園の小路《こうじ》を歩いていった。

しばらく無言で歩いていた殿下は、澄んだ小川のそばで立ち止まり、そっと私の手を離す。

向かい合えば「いよいよ話をするんだ」とわかり、緊張感が高まった。

「色々と話したいことはあるが、第一に君に伝えたいことがある」

美しい花々に負けないくらいの素敵な王子様。蒼い髪がさらりと揺れ、絵画から出てきたようだと見惚《みほ》れそうになる。

でも、一体何を言われるのかと少し怖くなり、私は両の手をお腹の前で組み合わせて下を向いた。

「婚約を受け入れてくれてありがとう」

「……え？」

びっくりして目を見開いた私は、顔を上げて殿下を見つめる。

殿下は唇を引き結び、緊張した様子だった。

どうして殿下が私にお礼を言うのかわからず、その目を見つめ返すことしかできなかった。

「何もしなくていいから、ただ一緒にいてほしい」

殿下は、意を決したようにそう言った。まるで恋人からの求婚みたいで、ドキドキして急に顔が熱くなった。

この婚約は殿下にとって押しつけられたものなのに、ただ一緒にいてほしいだなんて……。

こんなことを言ってもらえて嬉しいはずが、理解できずに戸惑った。

「あの、私との婚約に納得なさってるんですか？」

「当然だ」

即答だった。

澄んだ空みたいに美しい瞳が、キラキラと輝いて見える。クレイド殿下は本当にこの婚約を受け入れてくれているんだと伝わってきて、ますます胸が高鳴った。

「どうして……。辺境の、ドレイファス伯爵家の娘ですよ？　こんな私なのに」

何の力もない家の娘で、しかも貧乏で、貴族らしい上品な趣味もなく、かわいげもないと元婚約者に捨て台詞《ぜりふ》を吐かれた私と、婚約してよかったと思ってくれるの？

私がクレイド殿下に返せるものがあまりに見当たらなくて、釣り合わないと弱気が顔を出す。

いつか後悔させてしまうのでは……と思うと、握った手が小刻みに震えた。

「本当にいいんですか？　うちは殿下をお支えできるような家柄でもありませんし、私は何の実績も才能もなくて、魔法だって使えません」

こんなことは、とっくに殿下だって知っている。

それでも確認せずにはいられなかった。

殿下はふっと笑うと、そんなことはどうでもいいとでもいう風に答える。

「私は、君が婚約者になってくれてよかったと思っているんだ。だから、それ以上のことは望まない。王子妃の立場や責務なんてものは気にせず、何もしなくてもいいし、好きなことをしてくれて構わない」

「っ⁉」

その言葉が愛の告白のように聞こえてしまって、私は思わず目を逸らす。

婚約者になってくれてよかっただなんて、それ以上のことは望まないなんて、これでは殿下が私のことを好きみたいだ。

そんなことあり得ないのに……！

冷静になりたくて、何度も深呼吸をしてから質問する。

「私との婚約に納得しているのなら、なぜ婚約式の日に私を見て『よくここまで無事で来られたものだな』とおっしゃったのですか……？」

最初に尋ねたのは、初めて会った瞬間のあの言葉。

殿下がどういう意図でおっしゃったのか、婚約に納得しているというのならあの言葉が出るわけがないと思った。

ところが、殿下は私がなぜそんなことを聞くのかわからないといった風な顔をした。

「なぜって……そのままの意味だが？」

「そのまま、とは？」

「よく無事で来られた、と。よかったと伝えたつもりだった」

「ええっ⁉」

あの睨みとすごんだ顔からは、「よくのこのこ来られたな」って意味だと思ったのに！

殿下からの労いが、まったく受け取れていなかったことに愕然とする。

私は前のめりになり、さらに質問する。

「婚約式を早めたのはなぜです？　招待客もいなくてびっくりしました」

エーデルさんが言った「こちらの都合」とは一体何だったのか？　それが知りたくて、私は殿下をじっと見つめる。

さきほど王太子殿下にも指摘されたばかりのクレイド殿下は、反省の色を滲《にじ》ませながら言いにくそうに話し始めた。

「それは……君を見世物にしたくなかったから。私は評判がよくないし、君まで嘲笑されてはと心配だったんだ。いくら婚約式とはいえ、よく知らない貴族たちにじろじろ見られて嫌な思いをさせたくもなかった」

殿下の思いやりが、完全に裏目に出ていた。

まさか私のためだったとは微塵《みじん》も想像しておらず、根本的に何もかもすれ違っていたんだと気づくと拍子抜けして力が抜けた。

「てっきり私を人に見られたくないと、こんな婚約者は恥ずかしいから隠そうとなさっていたのかと思っていました。よほど私のことを人に見られたくないんだなって……」

「それは違う！」

強く否定した殿下は、一歩距離を詰めて必死に説明する。

「婚約式のことも、離宮でずっと人払いをしていたのも、君を傷つける意図はまったくなかった。私の婚約者という立場は敵も多いから離宮にいた方が安全だし、なるべく人を寄せつけないでいようと……！」

「監禁じゃなかったんですね」

「そんな誤解を与えていたのか⁉」

クレイド殿下は息を呑み、見るからに狼狽《ろうばい》していた。

右手で顔を覆い、悔やむ姿は恐ろしさの欠片《かけら》もなく普通の青年に見える。猛省といった言葉が似合うくらい、苦悶の表情を浮かべていた殿下だったが、私のことを再び見つめたときにはしゅんとして落ち込んでいた。

「誤解させてすまなかった。エーデルからよく言われるんだ、顔が怖いと。脅しているようにしか見えないと」

エーデルさん、さすが婚約式の前に殿下の背中を叩いただけのことはある。周囲の人が言いにくいこともずばずば言える間柄なんだな、と思った。

「婚約式の日も、君に会えると思ったらどういう態度を取っていいかわからず、緊張して……。君を幸せにするのは、私の使命だと誓ったのに」

「使命⁉」

とても大げさな言葉が飛び出し、驚いて声が裏返る。

義理堅いにもほどがある。

殿下は申し訳なさそうな顔で、私を閉じ込めていた理由を話し始めた。

「――私の母は、政治とは無縁の斜陽伯爵家の娘だった」

それはとても親近感の湧く家柄である。うちはもう斜陽どころか完全に沈み切っていたけれど、政治とは無縁の家から王家に嫁ぐのはさぞ大変だっただろうなと想像した。

母君の話をするクレイド殿下は、少し悲しげな目をしていた。

「国王陛下が王太子だった頃に舞踏会で見初められ、瞬く間に寵妃《ちょうひ》として扱われるようになったらしい。だが、側妃として生きていくには心も立場も弱すぎた。母は私が五歳のときに、国王陛下に『生家に下がりたい』と申し出たんだ」

無限に続く嫌がらせに、継承権を持つ男児を産んでしまった重責、何もかもに耐えきれなかったクレイド殿下の母君は、お一人で生家に戻っていったという。

「たった五歳でお母様と離れ離れになってしまったんですね……」

母君がおられないことは知っていたけれど、そんなに幼いときに離別していたとは思わなかった。

私は自分が母に置いていかれたときのことを思い出し、重苦しい気持ちになる。

殿下は、反省の色をその声に滲ませて話を続ける。

「私は第二王子だし、君は側妃じゃない。母とは色々と状況が違う」

「はい」

「ただ、それでも君に負担をかけたくなくて、できるだけ人との接触を減らそうとした。監禁する意図はなかったが、結果的にそうなってしまっていたようだ」

私だって、普通なら王子様の婚約者ということで殺伐とした女の戦いに身を置くことになるのだろう。クレイド殿下は、私につらい思いをさせないようにと守ろうとしてくれたのだった。

今は、その気持ちが十分すぎるほどに伝わってくる。私を見つめる瞳も、語りかける声も、その所作にも私を案じる気持ちが感じられるから……。

「君が婚約者でいてくれるなら、本当に何もしなくていい。社交も王子妃教育だってやらなくていい。これまで君が働きづめだったことは見……いや、エーデルから報告を受けていて、だから私の婚約者になったからには何もさせないでおこうと決めたんだ。とにかく、何もしなくていい、のんびり過ごしてほしいんだ」

クレイド殿下は、私を母君のようにしたくないと案じておられた。

聞けば聞くほど私のことを大切にしようと思ってくれていたのだとわかり、嬉しくて胸がいっぱいになる。

殿下は、私を守ろうとしてくれていた。会ったこともなく、押しつけられた婚約者の私のことをこんなにも考えてくださっていた。

噂とはまるで違う、誠実で優しい人だった。

「殿下はこれまで、大変な思いをなさってきたのですね……」

幼少期に母君という盾を失くしても、継承権のある王子であるからには王城から出られない。娘の私ですら、生家に戻る母についていくことはできなかったのだ。

きっと殿下は、私が想像もできないくらいつらいことを経験してきたのだろう。

それでも、殿下は目を細めて優しく微笑んだ。

「兄は、私のことをいつも気にかけてくれている。王妃派だ何だと派閥はあるが、私は兄が自分を弟として見守ってきてくれたから現状に不満はない。だが君のこととなると話は別だ。誰にも傷つけさせたくない」

だから何もしなくていい、と殿下はさらに念を押す。

こんなに優しい方が婚約者だなんて、私にはもったいないと思った。同情や尊敬、親愛といった様々な感情が混ざり合い、気づけば私の眦《まなじり》には涙が滲んでいた。

クレイド殿下は、今度はきちんと伝わっただろうかと少し不安げな顔でこちらを見つめている。

「話してくださって、ありがとうございます。誤解していてすみませんでした」

涙を指で拭いながら、私は静かに頭を下げる。

殿下は少し慌てた様子で、私の肩に触れて「謝らないでくれ」と言う。

「私のためを思ってくださったのは嬉しいです。ずっと守ろうとしてくれていたことも……。でも、私にも殿下のために何かさせてください」

この方の味方になりたい。支えになれる存在になりたい。

これが義務感であったとしても、いつかクレイド殿下と自然に手を取り合えるような関係性になれたらという気持ちが湧いてくる。

「私は、殿下の婚約者です。守られてのんびりと暮らすよりも、殿下のために努力し、お心に寄り添える婚約者になりたいです」

「っ！」

突然、殿下はガクッと膝をつき、その場に蹲《うずくま》った。

右手で口元を押さえ、小刻みに震えている。

「殿下!?」

また発作が!?　こんなときに!?

私は慌てて膝をつき、殿下の背に手を添える。

「苦しいのですか!?　お医者様を……！」

「大丈夫、少し眩暈《めまい》がしただけだ」

「貧血でしょうか？　すぐに休みましょう、殿下」

辺りを見回し、エーデルさんや護衛の姿を探す。

どうして誰もいないの？　人払いをするといっても、本当に誰もいないはずはないでしょう？

「ど、どうしましょう。私が走って人を呼びに……」

そう言って立ち上がった瞬間、殿下が私の手をパッと掴んだ。それとほぼ同時に、殿下もまっすぐ背筋を伸ばして立ち上がる。

「いや、いい。君のおかげで回復した」

そんなバカな。

「心配をかけてすまなかった。君は私を癒してくれた」

「癒し……？　私は治癒魔法も何も使えませんよ？」

「でも、もうしばらくの間こうしていてほしい」

「？」

ぎゅうっと繋がれた手は、これまでの遠慮がちな仕草とは違う。大きな手にすっぽり包み込まれる感覚に、むずがゆい気持ちになってくる。

縋られるような必死さがあり、しかも殿下の目は熱に浮かされているようだった。

「アリーシャ、君が婚約者になってくれて本当に嬉しいんだ」

「は、はい」

「大事にしたい。私は君を守りたい。今度はちゃんと伝わってる？」

「伝わってます……！　大丈夫です……！」

手を握られ、じっと見つめられながらそんなことを言われたら、心臓が今にも破裂しそうなくらいドキドキした。

落ち着かなきゃ……！　殿下は「婚約者を大事にするタイプ」で、私に恋愛感情があるわけじゃない。真面目なだけ、そう、真面目すぎるだけ。

「アリーシャ？」

声が甘い！　変わりすぎでしょう⁉

誤解が解けたのはいいけれど、これはこれでドキドキしてつらい。

いつのまにか両手を握られていて、密着と言っていいくらいの距離に殿下がいる。

脅迫されてるのかと勘違いする低音ボイスと迫力ある眼光から、優しい声音と縋るような目を向けられるなんて、出会ったときとの差がありすぎる！

今、私はものすごく戸惑っている。混乱している。でも、「この人を守ってあげたい！」という思いが込み上げてもくる。

「まだ何か心配事が？　気になってることがあるなら、何でも言ってほしい」

しっかりしなきゃ。殿下の優しさに応えられるような、立派な婚約者にならなきゃ。

「殿下。私も殿下のことを大事にします」

決意の言葉だった。ただし、殿下は私がそう言った瞬間に息を呑んで倒れ、あわや後頭部を強打する寸前で走ってきたエーデルさんに支えられた。

「クレイド殿下！　お気を確かに！　幸せはこれからですよ⁉」

「殿下っ！　やっぱり体調が……？　今すぐお医者様に診《み》てもらってください！」

私が悲鳴に近い声を上げると、殿下は安心させるかのようにかすかに笑みを見せ、「大丈夫だから」と言う。

うん、まったく大丈夫じゃなさそうだわ。

エーデルさんは駆けつけた女性騎士に私を部屋まで送るよう命じ、クレイド殿下を連れて魔法省に戻ると言って転移魔法で消えた。

閑話　王子様は最愛の人を見守りたい

季節は遡り、王城の敷地内に茂る木々から茶色い葉がひらひらと落ち始めた頃。

クレイドは魔物討伐の報告会を終え、本塔の廊下を歩いていた。近衛も連れず、一人で移動する彼を見た文官らは怯えた様子で道を譲る。

これはいつものことで、クレイドにとって表情を変えるようなことではない。

魔法省の執務室に戻ってきたクレイドは、ちょっと不在にしただけで積み上がった報告書や書類に一つ一つ目を通していく。

魔法省に入ったのは十五歳のときで、史上最年少で長官の職についた。圧倒的な実力でのし上がり、今では五百名を超える部下を率いる立場にある。

クレイドを担ぎ上げたい者たちからは「そろそろ婚約者を……」と提案する声も上がっていたが、具体的に相手の名前が上がることはほとんどなく、いざ決まりかけたときも相手の令嬢がクレイドの悪評を信じていて取り乱し、泣き叫んで抵抗したという話が耳に入ってきた。あのときはこちらから断ったので、相手の令嬢はさぞホッとしていたことだろう。

もっとも、クレイドには十年来の想い人がいたため、誰とも結婚するつもりはなかった。

仕事に一段落ついたとき、考えるのは彼女のことばかり。

そろそろ何か報告があるだろうかと思っていたところに、封筒の束を手にしたエーデルがやってきた。

その表情がいつもよりやや沈んでいて、クレイドは「またダメだったか」とすぐに悟る。

クレイドの座る書机の前までやってきた彼は、予想通りの言葉を口にした。

「クレイド殿下、ドレイファス家にまた支援を断られました」

クレイドは、以前からドレイファス領や伯爵家に対しあらゆる手段で援助しようとやってきたが、ずっと断られ続けている。

「今度は慈善団体を二つ挟んでみたんですが、どうやら甘い話には裏があるというのがアリーシャ嬢の信念らしくて……」

「警戒心が強いのはいいことだ。さすがはアリーシャだ」

感心している場合ですか、とエーデルが呆れた目でクレイドを見る。

支援しようにも向こうがそれを受け取らなければ、伯爵家の窮状は変わらない。エーデルは、はぁ……とため息をついて苦笑いだった。

「こんなに警戒するなんて、どれほど伯爵が騙《だま》されたんですか!? 会計帳簿も手に入れましたが、借金が増えては減って、減っては増えて、よく今まで持ち堪えているなという印象です」

エーデルが持ってきた帳簿の写しを見る限り、ドレイファス伯爵家の財政はとっくに限界を超えていた。早急に別の手を打たねば……と思案するクレイドに、エーデルはじとりとした目を向ける。

「クレイド殿下が、アリーシャ・ドレイファス嬢を妃に迎えれば済む話では？　一国の王子がこんな風にずっと一人の女性を粘着質に見守っているなんて、客観的に見れば随分と奇妙な話ですよ？」

遠慮のない物言いは、昔から変わらない。乳兄弟で幼馴染《おさななじみ》、クレイドをずっと見てきたエーデルは思ったことをずばずばと口にする。

クレイドは、怒るどころかははっと笑ってそれを一蹴した。

「そんなことはわかっている。アリーシャへの気持ちが重すぎるという自覚もある」

「あるんですか」

「当たり前だろう？　私ほどアリーシャを想っている男はいない……！」

「怖いです」

この気持ちが彼女に知れたら、きっとエーデルと同じ反応をされるだろう。

だから絶対にばれないように、裏から手を回してドレイファス家を支援しなければならない。

「まぁ、方向性が変えられないのであれば従者としてはそれにお付き合いするだけですけども」

エーデルは、文句を言いつつもクレイドの意向に従ってくれている。

十年間も見守り続けるだけの恋を「奇妙な話」と言いながらも、いつもそばで支えてくれていた。

クレイドは、口にはしないもののそれをありがたいと思っていた。

「ただ……王太子殿下もクレイド殿下には好きな女性を妃に迎えてほしいと願っておられますよ」

兄の名前を出されると、クレイドはぐっと言葉に詰まる。

巷では不仲だと囁《ささや》かれることもある二人の王子は、実のところ互いを思い合う仲であり、特にクレイドは幼い頃からずっと兄に憧れてきた。

神の御子と神殿に認定された、輝く王子様。昔は王妃の目を盗み、クレイドの離宮までこっそり遊びに来てくれていた。

幼いクレイドは何でも兄の真似《まね》をして、同じようにやってみせようとした。

家庭教師に礼儀作法を習い王子らしい振る舞いを身につけ、髪を伸ばしてお揃いにすると、兄は優しい目を向けてくれた。

『仲良くしてるって、ほかの人には内緒だよ？　クレイドを守ってあげられなくてごめん』

王妃が知れば、間違いなくクレイドを排除しようとする。兄は自分の母親の苛烈な性格をよく理解していた。

兄のような王子になりたい。兄のように皆を笑顔にしたい。

体を鍛え、魔法の学問も実技も必死でやった。

ところが、十歳で受けた魔法属性の測定で予想外の結果が出た。

『クレイド殿下はほぼ全属性の魔法が使えますが、光の魔法だけは使えません』

神殿での測定結果は、歴代王族の誰よりも魔法の能力に優れていた。それなのに、兄と同じ光の魔法だけが使えない。

兄のようになりたいのに、「それは不可能だ」と現実を突きつけられたようで、クレイドは思わず神殿を飛び出した。

どこをどう走ったかわからない。自棄になって魔法を使いまくり、エーデルや護衛を置き去りにし、どこか知らない民家の庭に来てしまった。

ここは小屋か物置かと思うほど、外壁が剝がれた建物は随分と古い。絡みつくように広がるツタは不気味だが、中から美しいバイオリンの音色が聴こえてきた。

窓から中を覗くと、そこにはバイオリンを弾く若い男性と、椅子に座ってそれを聴いている男性がいた。二人とも、自分の父親と同じくらいの年齢に見えた。

音楽に興味があったわけではないが、何となくそこで足を止めていたときに――――アリーシャに出会った。

ふわふわの金髪のかわいらしい女の子。彼女はクレイドのそばに来て微笑んだ。

『あなた、音楽に興味があるの？』

隣と呼べるくらいにまで近づかれて、クレイドは初めて女の子の存在に気づいた。こんなことはめったになく、クレイドは思わず一歩下がって警戒する。

女の子は自分より二つほど年下に見え、身なりからして貴族の子どもだろうと思った。

彼女は、明るく笑って言った。

『ふふふ、大丈夫。ここで聴いていても誰にも怒られないわ。お父様はそういうの気にしない人だから』

『お父様？』

『ええ、中で座ってる方の人よ』

聞けば、ここは今バイオリンを弾いている男が住んでいる借家らしい。そして、彼女の父は音楽が好きで、彼を支援しているのだとか。

『有名な音楽家なの？　あの人』

『ううん、全然売れなくて大変なの』

女の子は、少し伏し目がちにそう言った。よく見れば、支援する側の娘にしては服装が古びているし地味だった。

（お金がないのに援助を？　理解できない。それに、音楽家として食べていけないのにずっと続ける意味は何なのか？）

クレイドは父親という男にも、バイオリンを弾いている男にもまったく共感できなかった。

なりたいものになれない自分、そんなことは関係ないとばかりに楽しそうにバイオリンを弾く男。

この差は何なんだろう、とも思った。

ここでふと女の子がクレイドに尋ねる。

『あなた、神殿に用があるんじゃないの？　ここにいていいの？』

魔法属性の測定には真新しい白い服を着ていくのが慣習だから、クレイドが白い正装を着ていたのを見てわかったらしい。

『もういいんだ。もうどうでもいい』

クレイドは壁にもたれ、地面に座り込んで項垂れる。

頭を乱暴に掻《か》くと、髪が乱れて視界を遮ったが払う気にもならなかった。

『魔法が使えないって判定されたの？』

女の子は、クレイドの隣にちょこんと座ってそう言った。

どうやら、魔法が使えなくて自暴自棄になっていると思われたらしい。それはそれで心外だった。

そこまで能力がないわけじゃない、と反抗心が出てきてしまう。

『光の魔法が使えないって……。ほかの魔法は全部使えるけど』

『え？　光以外は全部使えるの？　すごいじゃない！』

目を丸くする彼女は、なぜ落ち込む必要があるのかと驚いている。

『兄上のようになれないから……。どんなにがんばってもゼロはゼロだから』

魔法属性は一から十までレベルがあり、ゼロ測定の場合はどんなに訓練してもその属性は使えない。

『そうなんだ……』

『あぁ』

成長した今ならわかる。光が使えないだけで、ほかの才能は有り余るくらいにあるのは素晴らしいことなんだと。魔法省でたくさんの魔法使いと出会えば、自分がいかに恵まれているかがわかる。

でも、このときは光の魔法がないことに絶望した。本当に欲しいものが手に入らない気持ちは、ほかのものがあったって慰めにはならなかった。

『兄上はすごいのに、私はダメなんだ』

王妃の子であり、誰にでも愛される王子である兄を称《たた》える声は大きい。

そして、後ろ盾がない第二王子の自分に向けられる目は厳しい。実父の国王陛下は子どもに一切興味がなく、会いに来たこともなければ当然守ってくれることもない。

第二王子のクレイドに近づいてくる大人たちは、ただ「第一王子派になれなかった連中」で、あくまであちらに対抗する手段としてクレイドを担ぎ上げようとしている。

子どもでも、向こうがどういうつもりで自分に近づいてきているかはわかっていた。

自分を本当に大事にしてくれるのは兄だけで、だからこそ憧れの兄のようになってみせると思っていた。自分は兄の弟なんだから、あんな風にすごい人になれるんだと証明したかった。

（同じ光属性の魔法が使えるということで、自分たちは兄弟なんだ！　と宣言したかったのに）

『光の魔法がなきゃ、全部無理だ』

悔し涙を浮かべるクレイドに、女の子は明るい声で「あっ」と言った。

『ねぇ、でもそれって神殿にある天使像のお話と同じじゃない？』

やや顔を上げて隣を見れば、彼女はとても嬉しそうな顔でキラキラした目をしていた。

『ほら、二つの天使像！　世界を守るために神様から力を分け与えられた、二人の天使の兄弟よ。一人は光の魔法、もう一人はほかの魔法を与えられたって礼拝で聞いたわ！』

そういえば、神殿の入り口や礼拝堂には双子の天使像があったと思い出す。女神や軍神の話は知っていたが、天使像のことまでは覚えていなかった。

『あれは兄弟だったのか？』

『ええ、そうよ。力が異なる二人がいるから、世界は平穏でいられるの』

女の子は両手を顔の前で合わせ、幸せそうに目を細める。

『あなたはお兄様と力を分け合ったのね。二人で全部の魔法が使えるなんて、特別な二人って感じですごい！』

『特別……？』

そんなこと考えたこともなかった。

兄のようになりたくて、自分じゃダメなんだと心のどこかで思っていたから。

『どちらかが欠けてもダメなのよ。だって特別な兄弟なんだから』

女の子は自信満々にそう言った。

落ち込んでいる少年を励まそうとしている、というより本当にそう信じているようだった。

まっすぐに向けられた目は純粋で、この子が言うのなら自分もそれを信じてみようと思えてきた。

『君、名前は？』

『アリーシャ・ドレイファス』

『どこに住んでるの？』

また会いたい、クレイドの中にそんな気持ちが湧き起こる。

『西の方のドレイファス伯爵領よ。お父様と一緒に明日まで王都にいるの』

彼女が口にしたのは、知らない領地だった。

この国にはざっと七十の地域があるから仕方がないとしても、伯爵領なのに印象が薄いのは第一王子派でも第二王子派でもないからだろう。

アリーシャに家のことを聞いてみると、「多分普通の貴族に比べると貧しくて、私も畑で野菜を作ったり、刺繍の内職をしたりしている」と恥ずかしそうに話した。

こんなに小さな女の子が仕事をさせられている、世間知らずなクレイドにとってかなり衝撃的なことだった。

かわいそうに……と思い沈んだ顔をしていると、アリーシャは私を励ますようにわざと明るく振る舞った。毎日世話した野菜を収穫するのは楽しいし、森に木の実を集めに行くのもおもしろいと言い、刺繍もうまくなったら任せられる仕事も増えて嬉しいのだと話した。

街には色々な店があり、冗談を言って笑わせてくれるおじさんやパンをくれるおばさんもいる。つらいことがあっても、誰かと話せば忘れてしまうのだとも言っていた。

彼女から聞く街の話は新鮮で、自由に過ごせる日常に憧れを抱いた。

それに、たわいもない話をするのは兄とエーデル以外では初めてで、気兼ねなく話せる時間が嬉しかった。

愛らしい声に優しい笑顔は居心地がよく、この子とずっと一緒にいたいと思った。

（こういう子が妃になって、ずっとそばで笑ってくれたなら……）

父のようにたくさんの妃と愛人を持たなくても、特別なたった一人がいてくれれば幸せだろうなとクレイドは思った。

『もしも、大きくなって王子様が迎えに来たら結婚してくれる？』

突然の申し出に、アリーシャはきょとんとしていた。でもすぐに、もしもの夢の話なんだと思ったみたいで「もちろん！」と答えた。

クレイドは嬉しくなって微笑む。

もちろん、現実には難しいと知っている。家庭教師から、王族の結婚相手は自分では選べないと教わっていたから。でも、兄と共に国の平和を守れる王子になれたなら。いつか特別な存在になって、この子を迎えに行けたら。

自分だけの宝物を見つけたような気がして、クレイドは初めて欲しいものができたと思った。

あれから十年。アリーシャへの気持ちが膨れ上がったクレイドは、報告書を握り締めて怒りを露《あら》わにする。

「伯爵が頼りないのも腹立たしいが、一番許せないのはアリーシャの婚約者だ」

アリーシャに仕事を任せ、自分は連日遊び歩いていると報告が上がっている。

人知れず始末するか……と物騒な考えがつい言葉になって漏れ出すほど怒っていた。

「いっそ勝手に借金を全部返すか？　そうすればアリーシャがあの男と婚約しなくて済む」

「借金がなくなっても、侯爵家との縁談はなくなりませんよ」

エーデルがそう指摘する。彼女の婚約は家と家との契約だから、借金の有無はそもそも関係ないのだとクレイドもわかっていた。

「アリーシャは、律儀で思いやりがあって素晴らしい女性だからな。自分から婚約者を捨てることはしないだろう」

「……クレイド殿下はアリーシャ嬢の何を知ってるんですか」

エーデルが冷めた目を向けてくる。

たった一度会っただけでなぜ、と言われてもわからないが、アリーシャはクレイドにとって心を救ってくれた恩人であり、今も想い続けている初恋の相手だ。

この十年の間に、アリーシャのことをたくさん知った。

勝手ながら、彼女の家庭状況や日常生活、好きな色や好きなものなどを調査して報告させた。どうにかして、苦境からアリーシャを救いたかった。

西の方は積極的に魔物を狩り、ドレイファス伯爵領がこれ以上の困難に見舞われないように継続的に対策を行い、水害が発生するという場所には、水が流れ込む量を抑えるべく隣領の山を買い取って流れを変えた。

直接的な支援を受け取ってくれないから、できることは限られていたが……。

誰よりも想っているのにそれを告げることはできないままで、婚約者の男がアリーシャに嘘くさい笑みを向ける報告写真を見たときは、嫉妬を通り越して憎悪を抱いたくらいだ。

「なぜあんな男がアリーシャと婚約できるんだ……！」

思い出しただけで腹が立つ。

祖父同士が親しく、領地が隣同士だなどとんでもない強運だ。アリーシャと婚約できるなんて、世界で一番の幸福を手にしたようなものだろう。

（それなのに、あいつは……！）

「もういっそ、結婚を申し込んだらどうですか？　クレイド殿下の功績を考えれば、無理も通るでしょうに」

エーデルの提案は、クレイド自身も何度も考えたことだった。

子どもの頃は本気でアリーシャを迎えに行くつもりで、そのために努力を続けてきた。

（でも、今ならわかる。私と結婚したら、アリーシャにつらい思いをさせてしまう）

思い出すのは、五歳のときに離宮を去った母のこと。

王妃や側妃たちからの嫌がらせに耐えられず、クレイドが物心ついた頃には心を病んでいて、すでに一日のほとんどをベッドの上で寝て過ごすような暮らしだった。

（城で女の争いに身を置くには、母は繊細すぎたのだ）

王子妃になれば、たとえ妃がたった一人しかいなくても似たような嫌がらせは起きる。

継承問題や側妃問題、大臣らの足の引っ張り合いや省庁同士の予算の取り合い……、人間の嫌な部分がこれでもかというほど詰まった場所へ、愛する者を巻き込むつもりはない。

クレイドは、最愛の人をそんな目に遭わせたくないと思っていた。

「アリーシャを母のようにしたくない。こんなに汚い世界を見せたくないんだ」

絞り出すようなその声に、エーデルは残念そうな顔をする。

「だいたい、アリーシャは責任感の強い女性だ。伯爵領を捨てて王都に来るなど、そんなことはさせたくない。……それに、父親のことも愛しているのだろう。私にはわからないが、家族の情というのは強いと聞く」

どんな父親でも、アリーシャにとっては父親に変わりない。大切な人のはずだ。

今あるすべてを捨てて自分を選んでくれ、とクレイドは到底言えなかった。

「ほかにもまだ懸念はある。アリーシャがあの婚約者を好いているのかもしれないだろう？　無理やり婚約解消させて私が求婚した結果、不本意だという顔をされたら死ねる！　アリーシャに嫌われたくない‼」

結局のところ、意気地がないだけだ。クレイドは己を責める。

彼女の幸せを願いながらも、自分も傷つきたくないし、このまま時が止まってくれたらと何度も思った。

「あぁ、好きなものも好きな色も何でも知ってるのに、声が思い出せない……。会いたい、でも正面から会いに行く勇気はない」

エーデルは、嘆くクレイドに憐れみの目を向ける。そして、もうお手上げだとばかりに冗談めかして笑った。

「ははっ、恋って面倒ですね。王国一の魔法使いがこんなになってしまうんですから」

魔法省のトップの座についても、どれだけ魔法道具を開発しても、どれだけ魔物を倒しても、叶《かな》えられない初恋に振り回されている。

「アリーシャ、どうかあいつと結婚しないでくれ」

「無理ですよ。このままじゃ」

情けない嘆きに、エーデルからは至極当然の回答が寄こされた。

一人になるとアリーシャのことを考えてしまい、永遠に解決しない思考の渦に呑み込まれる。それが苦しくて、一日のほとんどを仕事にあてるようになっていった。


ところが、ある日思いもよらない話が舞い込む。

兄に呼び出され、クレイドは地下通路を使ってこっそりと兄の私室へ向かった。

そこで聞かされたのは、「アリーシャの婚約解消」についてだった。

「相手の侯爵令息が、本当にどうしようもないダメ男でね。浮気した上に女性を妊娠させて、責任を取らなきゃいけなくなったんだ。そういうわけで、ドレイファス側に有利な条件で婚約解消したそうだよ」

「あの男……！　アリーシャという婚約者がいながら！」

「だからもう、何の障害もない。クレイド、アリーシャ嬢と結婚しろ」

「は……？」

一瞬、呼吸が止まり、心臓がどくんと大きく跳ねる。

クレイドは、兄が何を言っているのかわからなかった。

「これまで十分すぎるほど、クレイドはがんばってくれた。私を支えてくれて、国を守ってくれた。

だから、結婚くらい本当に好きな相手とするといい」

「しかし」

兄は、クレイドの気持ちを知っていた。以前「どうしても忘れられない女性がいるので、一生結婚しないつもりです」と伝えたことがあったからだ。

「もうそろそろ、ここも代替わりが必要だ。今までの努力が実りそうだし、クレイドが幸せになれるよう私も手を尽くそう」

代替わり、それはつまり父の代から利権にまみれてきた者たちを一掃するということ。その中には、王妃派の大臣も含まれる。

兄は、自分側の勢力でも不正に手を染める者は一掃するつもりだった。

「アリーシャ嬢との縁談は、王妃である母上やフォード大臣が中心になって決めた話だ。誰からも文句は出ないから安心して」

「王妃が?」

クレイドは、その思惑に予想がついた。

(ドレイファス伯爵家は、王都で政治にかかわる貴族じゃない。私とアリーシャが結婚しても、私が力をつけることはなく、国政には何の影響も出ない)

嫌がらせのつもりか、と呆れた笑いが漏れる。

「何もかも大丈夫だから」

一方で、兄はすべてを包み込むような優しい笑顔だった。

でも、クレイドは兄が笑顔の裏で何を考えているのかもわかっていた。兄は目的のためなら手段を選ばないし、神聖で曇りのない笑みを浮かべているときほど何か企《たくら》んでいる人だ。

きっと今回のことも、すべて目的があってのことなんだろうとクレイドは察する。しかしここで、ふと気づく。

「まさか……」

アリーシャの婚約解消は本当に自然に起きたことなのか、クレイドはそこから疑問を抱いた。

（いくら頭の足りない箱入り息子でも、好きな女ができたからといって領地が絡む婚約をそれほど軽く扱うか？）

さらに、両親までがあっさり婚約解消の話を受け入れるのか。誰かがさりげなくそこへ導いたのでは……と確信に近い疑念を持つ。

「クレイド、これは私のわがままだ。たった一人の弟すら幸せにできない兄にはなりたくないよ」

その言葉に、すべては兄が手を回したのだと理解する。

（そうだ、しかもアリーシャの婚約解消をここで今初めて聞くのはおかしいんだ。本来なら、ずっと見守ってきた私の方が先にそれを知るはずで……）

通信の傍受と報告の妨害と、きっと色々あったんだろうがそれはいったん置いておく。

クレイドは、自分にとって一番大事なことに気がついた。

「私が、アリーシャと結婚？」

「あぁ」

呆然《ぼうぜん》とするクレイドを見て、兄は苦笑いになる。

（運命なんてきれいなものではなく、裏で手を回した結果の略奪婚という現実は死ぬまで隠し通す

として、アリーシャが私の婚約者になるということは「ここへ来る」ということだ）

彼女にとって不本意な婚約ではないのだろうか、故郷を離れるのは嫌なんじゃないか、など様々な不安がクレイドの頭をめぐる。

「クレイド、思うところはあるだろうが、もうこの婚約は決まったんだ。アリーシャ嬢を幸せにするために、前向きに考えよう」

「アリーシャを幸せに……！」

膝の上で、ぎゅっと拳を握り締める。

アリーシャには、これまでできなかった何不自由ない暮らしをさせてあげたい。もう働かなくていい。領地ではあちこち忙しく動き回っていたし、どこへも行かなくていい。

（何もさせない。私が全部してあげよう）

それに、アリーシャを母のようにはさせないと決意する。

大切にして、彼女を幸せにしようと思った。

「アリーシャには、ずっと笑顔でいてもらいたい。私は陰からそれを見守ります」

「うん、陰じゃなくて普通に正面から堂々としようか」

「そ、そうですね。婚約者なんですよね。婚約者……、婚約者……」

アリーシャが自分の婚約者になる、という現実に頭が追いつかない。長年、恋い焦がれてきたあの子に会えるのだという興奮は、クレイドの体を震わせた。

「幸せにします……！」

「うん」

「ありがとうございます」

クレイドはすぐにその場を下がり、アリーシャを迎える準備に取りかかった。

エーデルには、彼女の好みの淡い色のドレスやそれに合う装飾品などを揃えるように指示し、婚約式用の衣装も発注した。デザイナーも針子たちも魔法が使えるスタッフに依頼し、アリーシャの着心地最優先で作ってもらう。

離宮はできる限り明るい雰囲気になるよう自ら魔法で改装した。使用人は信頼できる者たちに厳選し、庭師も料理人も女性で揃えた。

エーデルから「クレイド殿下ご自身のこともちゃんとなさってくださいね」と忠告され、伸ばしっぱなしの髪もきちんと整え、婚約式用の衣装も最高級の生地で仕立てた。

しかしここで問題が起きる。

「かっこいいと思われたい、頼られたい、隙は見せられない！」

十年ぶりの再会に、自分をよく見せたいという見栄《みえ》が出てきてしまう。

「わぁ、拗《こじ》らせてますね！　ダメですよ、実力以上のものを発揮しようとしたら」

「アリーシャに愛されたい……」

「つい最近まで『一生見守るだけ』って言ってた人が変わりすぎですよ」

エーデルは苦笑いだった。

アリーシャが王都へやってくるまで、クレイドの興奮と緊張で眠れない日々は続いた。

いよいよ再会の日。

クレイドは、この日に婚約式を行うことに決めた。

(招待客を誰も呼ばなければ、アリーシャに不躾《ぶしつけ》な視線が送られることもない。あぁ、彼女は覚えているだろうか？　私だと、気づいてくれるだろうか？)

アリーシャに会えたら「久しぶりだね」と言い、余裕の笑みでかっこいい王子を演じてみせると決意する。優しくて、大人で、スマートにエスコートできる王子になりきろうと気合いを入れた。

十年ぶりの再会に胸が高鳴る。

そしてその結果、魔力が暴走してしまい、控室が荒れた。

この惨状をアリーシャに見られてはいけない。……と思っていたが、もう遅かった。

「殿下、アリーシャ嬢をお連れしました」

「――っ‼　もうそんな時間か！」

振り返れば、エーデルのすぐ後ろにアリーシャがいた。

水色のドレスを纏った彼女は、ほかの何もかもが霞《かす》むくらいに美しい。

「…………」

「…………」

クレイドは、感動で胸がいっぱいだった。

(もっと早くこうしていればよかった)

これまで自分の意気地がないばかりに、アリーシャにつらい思いをさせてきたのかと恥じた。

再会できた感動で泣きそうになるのを、クレイドは目に力を入れて堪える。

「初めてお目にかかります。アリーシャ・ドレイファスと申します」

高く澄んだ声が愛らしい。

絶対に幸せにする。そう誓いながら、まずはここまで来られた無事を労った。

「よくここまで無事で来られたものだな……！」

緊張のあまり、いつもより低い声が出た。

（しまった、「久しぶりだね」と言って笑顔で手を差し伸べる予定はどこへ行った？　今から挽回《ばんかい》できるか⁉　いや、無理だ！　なぜかわからないが、アリーシャの顔が凍りついている！　名前か？　まずは私も名乗るべきだったか⁉　もうダメだ！　訳がわからない！）

背中に冷や汗が伝い、体が強張る。

そのとき、エーデルに背中をバシッと叩かれた。

「はい、クレイド殿下しっかり！　殺人鬼の顔になってますよ！」

「うっ……！」

これにより、ようやく体の自由が利くようになる。

クレイドは無我夢中で、アリーシャに向かって右手を差し出した。

「早く、早く婚約式を……！　今すぐ婚約式を」

これ以上、ボロが出る前に婚約式を始めようと気を取り直す。

アリーシャの細い手が、ぎこちなく自分の手に重ねられる。実物に触れられた感動で息が止まりそうになるも、どうにか礼拝堂まで向かう。

アリーシャを疲れさせないため、儀式は最速で進めろと命じてあった。静かな礼拝堂で粛々と儀式は執り行われ、クレイドとアリーシャは神のもとで承認された婚約者同士となった。

（恋い焦がれた人と迎える婚約式が、これほど幸せとは……）

昔はそう変わらなかった身長も、今では頭一つ分ほど違う。

まじまじと彼女を観察したクレイドは、十年の変化を改めて感じる。

「今この瞬間から、君は私の婚約者……。君は私の婚約者なんだ」

この人を、絶対に守らなければ。そう胸の中で誓ったクレイドに向かって、アリーシャが声を震わせて言った。

「せ、誠心誠意……、お、お仕えさせていただきます」

その健気《けなげ》さが愛おしくて、苦労はさせまいとさらに誓う。

「君は何もしなくていい」

ただそばにいてくれればいいんだ。

（じっくり目を見れば、この気持ちは伝わるだろうか？）

まったく伝わっていなかった、と知ったのはこれから少し後のことだった――――。

第四章　甘やかしたい王子様と働きたい婚約者

盛大なすれ違いが発覚した翌日のこと。

私はフェリシテと共に、クレイド殿下の執務室に向かっていた。

今日はドレス姿ではなく、動きやすさ重視でシンプルな菫《すみれ》色のワンピースを選び、足元もショートブーツにしたので移動しやすい。

「ここが魔法省ですか」

「はい、地上五階と地下三階、魔法道具の研究員や事務官、魔法騎士などがこちらの建物に在籍しております」

案内してくれるのは、エーデルさん。

慢性的な人手不足につき、エーデルさんはクレイド殿下付きの従者兼秘書、さらに事務官など複数の役割を担っているという。

廊下の窓からは、私がいつも過ごしている離宮が見えた。

離宮を出たのは初めてで、いつになく気分が高揚する。

エーデルさんは私たちの歩幅に合わせてゆっくりめに歩いてくれていて、問題なくついていくことができた。

歩きながら、クレイド殿下の日常について説明を受ける。

「クレイド殿下は魔法省の長官ですので、魔物討伐などで遠征するほかはだいたいここにいます。遠征計画や予算計画作成、新しく開発された魔法や魔法道具の認可も最終的な判断はクレイド殿下がなさっていて、とてもお忙しいのです」

「マレッタから少しだけ聞いていましたが、本当に勤勉な方なのですね……」

私が感心してそう言うと、エーデルさんは苦笑いだった。

「クレイド殿下は魔法開発においても第一人者で、その道の魔法使いたちからはとても尊敬されています。ここにも優秀な魔法使いはたくさん所属していて、彼らから意見を求められることも多いのです。魔法省においては、クレイド殿下に逆らう者はいませんし、アリーシャ嬢に危険が及ぶこともないはずです」

「……そうですか」

クレイド殿下があまりに私を守ろうとしてくださるから、てっきりどこもかしこも敵だらけなんだと思っていた。けれど、魔法省の人たちはクレイド殿下の味方だとわかるとホッとした。

私は自然に笑みが零れる。

「よかったです。殿下に安心できる場所があって」

エーデルさんは、優しい眼差しで頷いた。けれど、すぐにガラス張りの部屋に視線を向けて「また別の危機はありますけどね」と呟く。

ガラス張りの研究室の中では、ローブ姿の魔法使いたちが何やら実験中だった。

本や薬草、何かの鉱石などが雑多に積まれていて、あちこち散らかった状態で討論している姿が見える。

「皆さん、目の下に濃いクマがありますね」

「はい、ここでは『倒れなければそれでいい』という空気があります」

こんなに働き者ばかりの職場があるとは驚きだった。

もしや殿下も、そんなモットーで働いているの……？

適度に休ませた方がいいのでは、と私は顔を顰める。

「社畜がこんなにもいるなんて……！」

フェリシテは彼らの姿が自分の父や兄と重なるらしく、私以上に悲愴感を漂わせていた。

ここで、エーデルさんが私に今後のことを確認する。

「クレイド殿下はさきほど訓練を終えてお戻りになられました。ですが、本当にいいのですか？」

執務室まで案内はしてくれても、エーデルさんだって私とずっと一緒にはいられない。誰も付き添えないのにいいのか、と心配してくれているのが伝わってくる。

私は笑顔で「はい」と答えた。

「殿下のお役に立ちたいんです。ものすごくお忙しいと伺ったので、私にも何かお手伝いできることがあればと思いました」

離宮の二階に閉じこもっていては、殿下をお支えすることはできない。

王子妃教育が始まる兆しはなく、今の私でお力になれることは少ないと自覚がある分「何かお手伝いを……」と焦りを感じていた。

言葉遣いや所作、マナーはフェリシテやマレッタに協力してもらうとしても、社交界のルールや会話術、それに近隣諸国との外交といったものは今のままでは身につけられない。

「殿下は、アリーシャ嬢にのんびりしていていてほしいようですが……」

エーデルさんが苦笑いでそう言った。

従者としては主《あるじ》の意向に沿うのが仕事、とはいえさすがにこのままではいけないとエーデルさんも感じているみたいだった。

「私が学びたいのです。いつか、王子妃としての務めを果たせるように」

どうかお願いしますと頼み込むと、彼はしばらく思案してから返事をくれた。

「アリーシャ嬢が学びたいのなら、こちらで講師も探してみます。王子妃教育が始まるまでという繋ぎになればいいでしょう」

「ありがとうございます。よろしくお願いします」

私は喜びでぱっと顔が明るくなる。相談してみてよかった。

エーデルさんは「あまりがんばりすぎないでくださいね？」と呟く。

「私はとても元気ですから……。私よりも、殿下のお体の具合が心配です」

病気じゃないと本人もエーデルさんも言うけれど、昨日みたいに突然ふらつくのはどう考えても体に不調をきたしているとしか思えない。

いくら王国一の魔法使いでも疲れは蓄積するはずで、過労が原因なのではと心配だった。

エーデルさんは感極まったように胸を左手で押さえ、私がクレイド殿下を案じていることを喜んでいた。

「ありがとうございます。アリーシャ嬢に心配してもらえるなんて、クレイド殿下もお喜びになると思います」

大げさな反応に、私はくすりと笑う。

殿下の執務室に到着すると、エーデルさんが茶色の大きな扉を開けてくれた。

広い部屋の中には、天井まで届く本棚がずらりと壁際に置かれていて、テーブルにソファー、大きな書机がある。黒い詰襟制服を着た職員が四人いて、二人ずつに分かれて立っていた。

殿下は、訓練を終えたばかりなのにもう書机に向かって分厚い報告書に目を通していて、入室してきた私に気づいて報告書をばさっと置いた。

「アリーシャ？　どうしたんだ？」

離宮にいるはずの私が現れたので、殿下はとても驚いている。

ただし、驚いたのは殿下だけではなかった。執務室の中にいた魔法省の職員たちが、ぎょっと目を見開いて慌てふためく。

「わぁっ！　殿下の婚約者様だ！」

「逃げろ！　目を合わせるな！」

「エーデル様、お連れになるなら事前に教えてくださいよ！　まだ死にたくない！」

「わぁぁぁ！」

バタバタと逃げ出す彼らに、私は唖然《あぜん》となる。まるで恐ろしいものに遭遇した、みたいな反応だった。

「アリーシャ、一体何だと思われてるの？」

フェリシテが呆れた様子でそう言った。

「わからないわ……」

私は何が起きているのかわからず、開け放たれた扉を見て呆然としていた。

すると、エーデルさんがこほんと小さく咳《せき》ばらいをして答えた。

「クレイド殿下のせいです。すみません。アリーシャ嬢のことを見たら容赦なく消すと宣言なさったので、それで」

「なぜ⁉」

見ただけで消されるって、それは魔法省の皆さんもああなりますね⁉

どうしてそんなことを……と私が疑問に思ったところで、殿下が説明してくれた。

「アリーシャを見世物にしたくない。だから早めに警告しておいた」

あ、それ東の庭園でも聞きましたね……?

殿下はきりっとしたお顔で、堂々とそう言った。

「私は大丈夫なので、皆さんには気にしないでと言ってあげてください。それに、勝手に来たのは私です。多少見られたところで何とも思わないです」

私のせいで、皆さんの仕事に障りが出るのは申し訳ない。普段通りにしてくださいい、と念を押す。

「なんて心が広いんだ……！」

そんな大げさな。

クレイド殿下は立ち上がり、私のそばまで来てそっと手を取って言った。

「それで？　今日はどうして魔法省まで？」

美形の心配そうな顔は心臓に悪い。

昨日もそうだったけれど、殿下といると無性に胸が苦しくなったり、ドキドキと鼓動が速くなったりして忙しい。

「私にも殿下のお手伝いをさせてください」

「アリーシャが？　えっと、何もしなくていいって言ったよね？」

「それは、そうなんですけれど……。王子妃教育も延期されていますし、ずっと離宮にいるよりは殿下に使っていただいた方が有意義な時間が過ごせるかと」

「使うだなんてそんな。あぁ、どうしようかな。君がいてくれるだけで十分なんだけれど」

クレイド殿下は少し困った顔をした。

ご迷惑だったかな、と私は早くも反省する。

でも、手伝うにしても今の私ではクレイド殿下のことを知らなさすぎる。殿下のお仕事を知ることから始めれば、ほんの小さなことでも何か助けになれることがあるかもしれない。

すぐに諦めたくはなかった。

「殿下、お願いします。まずはおそばでお仕事ぶりを見せていただけませんか？」

「そばで？」

「はい。何も手取り足取り教えてくれだなんて言いません！　何かできそうなことがないか、私が自分で見て探します。殿下にご迷惑をかけないようにがんばりますから！」

「アリーシャがそばにいてくれる……？　アリーシャの視界に、私が入れる……？　見守るのは私の役目なんだがこんなことがあっていいのか……!?」

殿下はまたふらりと後ろに倒れそうになりながらも、一歩足を引いてぐっと耐えた。そして、書机の近くにある長椅子を指さす。

「そこに座っていてほしい」

「わかりました！」

嬉々《きき》としてそちらへ向かうと、私が近づくより先に長椅子やテーブルがふわりと浮き、殿下の姿がよく見える角度へと向きが変わる。さらには、クローゼットの扉が勝手に開き、そこからアイボリーのショールが飛んできた。

どうやら、殿下が魔法で用意してくれたみたい。

「あ、ありがとうございます」

なんて便利なんだろう。私は驚きながら、言われた通り長椅子に座った。

エーデルさんは殿下のそばにあったサイン済みの書類を抱えると、すぐに別の場所へ移動しようとする。

「それではアリーシャ嬢、殿下をよろしくお願いいたします。それから、フェリシテ嬢は私と一緒に来てください。来年の結婚式について、確認事項がございますので」

予定では、一年間の婚約期間を経て結婚することになっている。

結婚式の準備はエーデルさんたちがすでに動いているそうだが、私の衣装や装飾品は侍女であるフェリシテがまず各所とやりとりするらしい。

これから侍女も増えるし、私よりもフェリシテの方が忙しいくらいだった。

フェリシテは、私に「がんばって」と目配せをしてからエーデルさんと共に部屋を出る。

私も力強く頷き、殿下のお役に立ってみせると決意した。

クレイド殿下の執務室にお邪魔して、そのお仕事ぶりを見ていること数時間。

何人かの部下の方が入れ替わり入室してきては、私を見てぎょっと目を見開き、遠慮がちにクレイド殿下に書類を差し出して無言で去っていくという状況が続いている。

ときおり、クレイド殿下が報告書の中身について部下の方に何か伝え、意見交換がなされることもあるが、専門用語が多すぎて私にはその詳細はわからない。

「アリーシャ、退屈ではないか?」

殿下は私を見て、心配そうな顔をなさる。

一生懸命に働いている殿下から、逆に心配されるなんて……。

「そんなことありません。理解にはほど遠いですが、こんなお仕事もあるのだと新鮮な気分です」

そう言ってにこりと笑えば、殿下は少しだけ笑みを浮かべ、手元にある分厚い報告書に視線を落とした。

艶やかな髪に透き通ったなめらかな肌、彫刻のように均整の取れた美しいお姿は見ていて飽きない。けれど、よくこれほどまでに集中力が続くなと感心するばかりだ。

本棚には難しそうな本がたくさんあり、地図や歴史、民俗学、法律、魔法学などありとあらゆるジャンルの資料が揃っている。

執務室が書庫のようだ。

ここでまた一人、魔法省の詰襟服を着た青年が訪ねてくる。今度の人は、私を見ても逃げなかった。ただ、目は合わせてくれない。

「殿下、隣国との交換留学生の候補が出揃いました。こちらがそのリストです」

彼はそう言って殿下に冊子を手渡した。

受け取った殿下は、さっそく中に目を通す。

「エディユンとの交換留学か。この国とはまだあまり親交がなかったな」

「はい」

「なるべく領地の近い者を行かせた方がいいか？」

殿下の目線が、本棚にある地図へと向かう。それを見た私は、地図を取って差し上げようと腰を浮かした。

ところが、私が立ち上がるより前に本がスッと小さな音を立てて本棚から抜け、クレイド殿下の手元へと飛んでいく。

「あ……」

殿下は、本棚まで歩いていくまでもなく地図をその手に取った。

その後も部下の方といくつか言葉を交わした殿下は、早々に結論を出し、交換留学生の件はつつがなく話が終わった。

地図はくるくると丸まって元の形に戻り、ふわりと浮き上がってまた本棚へと戻っていく。指先一本も使わず視線だけで魔法を使った殿下は涼しい顔で、私にとっては非日常な現象でも殿下にとっては何でもない普通のことらしい。

二人きりになった部屋で、殿下が私に話しかける。

「そろそろお茶にしようか？」

「はい！　それでは私が……」

壁際に、ティーセットの載ったカートがある。

魔法道具のポットだから、中は適温のままなのだろう。

「いいよ、アリーシャはそのままで」

「でも」

「お茶を淹れるのは得意なんだ。茶葉を缶から出すときに、魔法で空気を操作して酸化させないようにすれば、よりおいしさを保てると聞き、それ以来そうするようにしている」

「……空気を操作？」

「うん。これに関しては、メイドよりも私の方がうまいよ」

でしょうね!?

一般のメイドにそんなことはできないし、私にももちろん無理だ。お茶を淹れるこだわりレベルが違う。

「はい、どうぞ。アリーシャの好きなオレンジティー」

「あ、ありがとうございます」

私、殿下にオレンジティーが好きだって言ったかしら？

ふとそんなことを思う。乾燥させたオレンジの皮や果肉を茶葉と混ぜて香りづけしたこの銘柄は、秋の収穫祭の日に神殿で配られる茶葉と似ている。私はこれがとても好きで、年に一度の楽しみだった。

ティーカップを口元に寄せると、それに近い爽やかな香りがする。

「気に入ってくれるかな……？」

殿下は楽しげな目で私の反応を見ていた。じっと見られるとやや緊張する。

来客でもなければ白湯《さゆ》で我慢してきた私に、お茶の味がわかるかは自信がない。けれど、香りだけでも殿下の淹れてくださったお茶が素晴らしいことはわかった。

「すごくおいしいです！」

口に含むと、香りの広がり方が全然違う。神殿で配られた茶葉を自分で淹れたものとは、似ているけれど質の良さが段違いだった。

こんなにおいしい紅茶は初めてだ。

殿下は私が喜ぶのを見て、少し安心したような目をする。

「よかった、アリーシャが気に入ってくれて」

この部屋にはメイドや掃除係の出入りは基本的になく、身の回りのことは殿下がご自身でなさっているらしい。

「私が殿下にして差し上げられることはありませんね……」

魔法が使えない私には魔法省の仕事は難しいし、報告書はすべて魔法で暗号化された文字で書かれていて、魔力も知識もない私には読むことさえできなかった。

せめて魔法省や本塔へのお使いくらいは、と思ってみたものの、それだって許可証の問題があるから私には無理だろう。

それにお茶まで……となれば、私の出番がなさすぎた。

「婚約者なのに頼りにならず、すみません」

殿下は完璧な人だ。お仕事ぶりを見学すると、とても遠い存在に思えてくる。

どうしようもない格差を感じ落ち込む私に、殿下は言った。

「アリーシャがいてくれるだけで本当に十分だよ。むしろ、私が君に色々としてあげたいくらいだ」

「殿下が？　私に……？」

とんでもない、と反射的に首を振る。

今だって与えられる側なのに、これ以上だなんて……！

「アリーシャ、君は何だって望んでいいんだ」

殿下は、婚約者として過剰なまでの親切をくれようとしていた。

そのお気持ちはもちろん嬉しい。今まで、こんな風に私のことを気遣ってくれる男性はいなかったから。

でも、殿下の優しい眼差しにちょっと心が痛む。本来であれば、私なんかよりもっと素敵なご令嬢が殿下の支えになるべきなのに……。

「私に望みなんて……」

私の返事を待つ殿下は、本当に何でも言ってくれという雰囲気で、何も答えが浮かばない私はかすかに首を傾げて愛想笑いを浮かべるしかできなかった。

それからまた殿下は仕事を再開し、私は変わらずそばにいるだけだった。

ときおり殿下がこちらを見て、私はそのたびに無理やり笑顔を作る。

見てます、ちゃんと見てます。と……。

わずか一日にして「見学したところで何かできることが見つかるのかな」という不安に駆られて

いるなんて言えない。

昼食の時間を挟んでも、殿下はずっと書類仕事を精力的にこなしておられた。忙しい合間にもアリーシャ、アリーシャと話しかけてくださって、私への配慮も欠かさない。

その後エーデルさんが会議のために殿下を呼びに来て、執務室から出たくないと抵抗する主を笑顔で机から引きはがした。

殿下は渋々といった表情で、「夕食は必ず顔を出すから」と告げ執務室を出ていった。

エーデルさんは私を離宮まで送ってくれると言い、フェリシテは先に戻ったとも教えてくれた。

歩きながら、私は殿下のご様子を何気なく報告する。

「殿下は、本当に仕事がお好きなんですね。とても楽しそうにしておられました」

「そうですか……？　そう見えましたか」

エーデルさんは少し意外そうな顔をする。

「好きなのは仕事じゃないいんですが……。昨日、クレイド殿下とお話しなさったときにまさか聞かなかったんですか？」

「何をです？」

監禁していたわけじゃないということや、母君のことは殿下からお話があってすれ違いは解消できたのに、まだ何かあるんだろうか？

私がきょとんとしていると、エーデルさんは大きなため息をついた。「本当にあの方は……」と嘆くその仕草は、従者というより世話焼きのお母さんみたいだなと思った。

エーデルさんは、私に向かって申し訳なさそうな顔をした。

「……クレイド殿下に確認しておきます。ちなみに、アリーシャ嬢はどうでした？　見学なんてあまり楽しいことではなかったと思いますけれど」

「いえ、見学させていただけるなんて光栄で……ただ」

「ただ？」

「殿下はあんなに完璧な方で、私は婚約者なのにお役に立てなくて申し訳なくて」

苦笑いでそう告げる。

どうしようもないことなんですけど、と言ってごまかそうとした私に、エーデルさんはまるで優しいお兄さんといった口調で宥《なだ》めてくれた。

「大丈夫ですよ。自信を持ってください」

そして力強く拳を握り締め、さらに言った。

「クレイド殿下はまったく完璧じゃありません。人並み以上に残念な部分もたくさんありますから！」

それは、そんなに力強く言うことなの……？

乳兄弟のエーデルさんしか知らない、殿下の一面があるってことかしら？

「これからゆっくり知ってください。いきなり知ると気絶する可能性もありますので」

「何があるんですか⁉」

エーデルさんは明るく笑うだけで、具体的には教えてくれなかった。

あの殿下に残念な部分があるの？　それも、人並み以上に？

どこまでが冗談なのかわからない。

「あの……殿下は素晴らしい方だと思いましたよ？　残念なところなんて想像もつきません」

「そうですか……。これはいいことなのかどうなのか」

エーデルさんは、そう言って考え込む。

半日ぶりに戻ってきた離宮は相変わらず静寂が広がっていて、掃除もベッドメイクも何もかもが終わっていた。

フェリシテに迎えられた私は、何もしていないのに疲労感いっぱいで、着替えるとすぐにうとうとと眠ってしまうのだった。


執務室での見学は、それからもしばらく続いた。

私に何かできることはないかと探し続けるも、今のところ見つかっていない。

フェリシテに相談したところ「社畜って人に頼らないから、自分で全部やっちゃってさらに仕事が増えるのよね」と苦笑いをしていた。

確かに、殿下の仕事ぶりを見ているとそんな気はする。魔法省の長官が暇なわけはないけれど、あまりにも仕事量が多いような。

体が心配なのでもっと休んでほしいと願っても、殿下は「大丈夫だよ」と笑っていた。

「殿下がアリーシャに何もしなくていいって言うのも、王子妃教育を無理に始めさせないのも、殿下の優しさだと思うわよ？　私のお兄様も『大事な妹に苦労させたくない』って言ってたから」

フェリシテの言う通り、殿下の「何もしなくていい」は私への思いやり。

でも、それが心苦しくて居心地が悪いのだ。

わずかな希望を抱き、私は何日も執務室に通い詰めた。何かしたいとうずうずしていたところ、機会は訪れる。

「アリーシャ、本当にいいの？」

「はい、任せてください！」

さきほど、魔法省にある図書館から一冊の本が届いた。資料として取り寄せたはずのそれは、殿下が指示したものとは違っていて、取り替えてくる作業が発生したのだ。

私はここぞとばかりに手を挙げ、図書館へ行かせてほしいと願い出た。

殿下は難色を示していたが、これからご自分が会議に向かうこともあり、渋々了承してくれた。

よかった！　私にも仕事ができた！

できることが子どものお使いレベルというのは切ないけれど、ようやく仕事が見つかった喜びはある。

「行ってまいります」

「気をつけてね？」

扉の前で、ぎゅっと手を握って名残惜しそうな目をされる。そんな風にされたら、相思相愛の婚約者みたいでどきりとした。

護衛騎士の女性三人とフェリシテまでいるのに、殿下は心配性だ。

私は返す本を胸に抱き、フェリシテと並んで歩き始める。

「愛されていますね、アリーシャ様？」

人がいるときは私のことを「様」付けで呼ぶフェリシテ。おもしろそうに、からかい交じりにそう言った。

「殿下はお優しい方だから、婚約者として私を大事にしてくださっているのよ」

「ふふっ、まだそういう認識なんですね？　かわいらしい」

そういう認識も何も、そもそも政略結婚なわけで、知り合った月日も浅いのに恋愛感情があるとは思えない。

でも、もしも私以外が婚約者になったとしても殿下はあんな風に優しく接するんだと思うと、ももやもやした気分になる。

「こちらが図書館です」

「えっ、近いんですね」

魔法省を出て茶色のレンガ造りの道をまっすぐ進み、ちょっと歩いたら到着した。離宮と反対側だから私がこれまで見かけなかっただけで、こんなにも近くに図書館はあったのだ。

あまりの近さに、この距離であんなに心配されていたのかと私は目を丸くする。

「しばらくお待ちください」

そう言って、護衛のエメランダさんが先に入る。まずは安全を確認してから私たちも入室するという、厳戒態勢のお使いだった。

「私が移動するたびに、皆さんが動くんですよね……。お使いに行くのも申し訳なくなってきました」

思わずそう漏らすと、一緒に待機していた護衛のリナさんが「お気になさらず」と言って笑った。

「私たちは、護衛対象のお嬢様と共に行動するのが仕事です。お好きなところへ向かってくださっていいのです」

「本当に……？」

「はい、私たちはお嬢様の持ち物です。荷物に行き先を聞くことはないでしょう？　そういうお気持ちでどんどん連れ出していただければと思います」

王族や高位貴族は、そういう感覚でいなければどこへも行けないらしい。

護衛はついてきて当たり前、特に存在を気にかけることはない。そういえば、エーデルさんも似たようなことを言っていた。

殿下の婚約者になったからには、一人になれることはまずない。だから、「できるだけ他人のことなんて気にせず自由に振る舞う方がラクだ」と。

理解はしていても、あまりに環境が変わりすぎて驚くことばかりだ。

「しばらくは慣れそうにないです。……でも、皆さんにとって守りやすい護衛対象でありたいと思っていますので、何かおかしなところがあればアドバイスをお願いします」

皆の仕事がスムーズに進むよう、せめて努力はしていきたい。

そんな思いから頭を下げると、リナさんはすごく不思議そうな顔で私を見た。

「アリーシャ様は王都にいないタイプのご令嬢ですね。護衛にアドバイスを求めるなんて……。殿下があれほど心配するのもわかりました」

「え、殿下が心配性なのではないのですか？」

私のせいなのか、と不安がよぎる。

確かに未だ何の役にも立っていないし、頼りないから過剰に心配されるのかもしれない。ちょっと落ち込みかけた私を見て、リナさんは柔らかく微笑んだ。

「どうかそのままでいてください」

「そのまま？」

リナさんは深く頷く。

隣のフェリシテを見れば、同じくうんうんと頷いていた。

「お待たせしました。中へどうぞ」

私が訝《いぶか》しげな顔をしているところへ安全確認を終えたエメランダさんが戻ってきて、中へと誘導してくれる。

館内は入り口に大理石でできた天使像があり、歴史ある建物ならではの荘厳な雰囲気があった。金の装飾が施されたアーチ型の天井は美しく、重厚な木製の書架がずらりと並んでいる。

「うわぁ……素敵ね」

私とフェリシテは、ドレイファス領にはなかった巨大な図書館に目を輝かせた。

クレイド殿下からは「本を返すだけでなく、読みたい本があれば何でも借りておいで」と言われている。伯爵令嬢では入れないところも、クレイド殿下の婚約者なら出入り自由だそうだ。

王子様の婚約者ってすごい。

お使いの目的である本を司書の女性に交換してもらうと、それをリナさんに預ける。その後は、フェリシテと共に図書館の中を見て回った。

少ないもののほかの利用者もいるので、図書館の中ではさすがに護衛に囲まれて歩くことはなく、エメランダさんもリナさんも少し離れたところで私を見守ってくれていた。

「すごい！　マーク・ローダ先生の新作がある！」

フェリシテがさっそく見つけたのは、人気推理作家の小説だ。

私はあまり読んだことはないが、フェリシテは推理ジャンルが大好きで、この作者のシリーズ作品は絶対に予約して発売日に買いに行くほどはまっている。

頬を染め、本を傷つけないようそっと手に取ったフェリシテは「ここで出会えるなんて」と感動していた。

フェリシテが喜んでいるのを見たら、私も心が和んだ。

「すごく嬉しそうね」

「ええ、だってまだ読めないと思ってたから！　王都とドレイファス領じゃ、五日は発売日が違うのよ？　びっくりしたわ！」

今すぐ読みたくて仕方がない、そんな気持ちが見て取れた。

私はフェリシテに椅子を勧める。

「先に読んでいたら？　私はまだ見て回りたいし、時間がかかると思うから」

「そう？　それならお言葉に甘えて……」

一階のテーブル席に座ったフェリシテは、さっそく本を開く。

私はそんな彼女をかわいいなと思いながら、その場を離れた。

「魔法書……魔法書……」

基礎中の基礎、魔法が使えない人にもその仕組みがわかる本はないだろうか。

クレイド殿下はごく自然に魔法を使うけれど、ドレイファス領のような辺境に魔法使いはほとんどおらず、魔法について詳しく学ぶ機会はなかった。

訓練や討伐はもちろん、日常でも気軽に魔法を使う殿下を見ていたら、そんなに魔法を使って体に負担はかからないのかと気になった。

まずは基本的なところから知りたくて、初歩的な魔法書を探し歩く。

キョロキョロと視線を移しながら歩いていたら、一人の女性に声をかけられた。

「お嬢様、何かお探しですか？」

クレイド殿下とよく似た、魔法省の魔法使いが着ている詰襟服姿だ。薄紫色の長い髪を後ろで一つに纏めていて、きりっとした頼もしい雰囲気のお姉さんだった。

「簡単な魔法書がないかと思いまして」

魔法省の人というその道のプロに尋ねるのは、ちょっと恥ずかしい。

でもこの方は私を笑うこともなく「それならこちらの棚です」と言い、親切に案内してくれた。

そこには、『生活魔法の基礎』『魔力と体の関係』『魔法道具研究』など様々な本があった。

「黄色のタグがついているのが初級ですよ」

「ありがとうございます」

お礼を言うと、彼女は爽やかな笑みを返してくれる。

そのとき彼女が左腕に抱えていた本が目に留まった。

「まぁ、『エディユンの備忘録』ですか。素敵ですよね」

隣国エディユンは自然豊かな国で、その美しさを魔法で記録した写真集や画集がいくつも刊行されている。魔法写真の隣にある説明文は読めない人も、手に取って眺めたり飾ったりするほど人気がある。

私が幼い頃はうちにもたくさんあり、生活のために少しずつ売ってしまったものの、いつかあの美しい風景を自分の目で見てみたいと思ったものだ。

ドレイファス領はエディユンと面していることもあり、旅人や移民も多く、父の愛する音楽家たちにもエディユン人は何人もいた。

『エディユンの備忘録』はこちらの言葉に翻訳されていないから、どんなことが書いてあるんだろうと好奇心を掻き立てられ、エディユン出身の音楽家たちに読み書きを教わって懸命に勉強したのを思い出す。

おかげさまで基本的な言葉や文化は理解できるし、元婚約者の語学の課題も全部私が代わりに行えるくらいに習得できた。

ここ数年、私にとってエディユンは翻訳の仕事で稼がせてくれたありがたい存在でもある。

「ご存じなのですか？　もしかしてこれが読めます？」

「はい、一応は。シリーズはすべて読みました」

懐かしさから目を細める私に、彼女は勢いよく前のめりになって言った。

「あなたはどこの所属⁉　それとも魔法省の誰かのお嬢さん⁉　ちょっとうちの研究室で手伝ってくれませんか⁉」

「ええっ？」

早口で詰め寄られ、私は驚いて一歩後ずさる。

彼女は真剣そのもので、まるで懇願するかのように私を見つめていた。

窓の外は、紫紺色に染まる美しい夜景が広がる。

離宮の広い食堂で殿下を待っていると、そう長く待たずして彼はやってきた。

「遅くなってごめんね」

殿下はそう言うと、私の正面に座った。私を待たせないよう、ここまで急いで戻ってきてくれたんだとわかり、嬉しい気持ちになる。

テーブルの上にはすぐに料理が並べられ、私たちは二人きりで夕食をいただいた。

「あの、殿下」

私は頃合いを見計らい、今日あった出来事を話し始める。

「図書館で偶然魔法省のリズ・ダイオンさんにお会いして、それでお仕事に協力を求められました」

「リズ？　あぁ、教育部門の室長だよね」

「はい。そのように聞いています」

図書館で出会った女性は、魔法省教育部門の室長を務めるリズさん。二十八歳の若さで室長のポジションについているエリート文官だった。

彼女は私に、隣国への留学生用の資料と教科書づくりの手伝いをしてほしいと頼んできたのだ。

「私にできることがあるなら、ぜひと思ったのです。魔法省のお仕事なら、殿下のお役に立つことにも繋がるのではないかと」

このまま殿下の執務室に居続けるよりも、その方がいいと思った。それに、私もずっと甘やかされているだけではなく何かしたい。

どうか許可をください、とじっと殿下を見つめて返事を待つ。

「アリーシャ、本当に何もしなくていいんだよ？　執務室でもずっと仕事を探してくれていたみたいだけれど、無理しなくていいんだ」

殿下は不思議そうな顔でそう言った。

けれど、私はすぐさま首を振る。

「いいえ、私は働きたいのです」

「働きたい？」

見つめ合い、真剣な表情で訴えかける。

殿下なら、きっと話せばわかってもらえると思った。

「何もしなくていい、自由にしていいと言われてもどうしていいのかわからなくて……。ここに来て気づいたんですが、私はあれこれ考えたり動いたりするのが好きみたいです。この婚約が決まる前は、王都で文官の試験を受けて仕事がしたいと思っていたくらいでして……」

「文官⁉」

クレイド殿下はみるみるうちに青褪めていく。息を呑み、呆然としているように見えた。

私は、何かとんでもないことを言ってしまったのかと動揺する。

殿下はしばらく黙り込んだ後、拳をテーブルの上で握り締めて言った。

「君は働きたかったのか……！　てっきり、伯爵や前の婚約者に酷使されているんだとばかり思っていた。つまり、私との婚約がアリーシャの夢を壊した……？」

「いいえ、そんな夢と言えるような立派なものでは！」

「すまない、まさかアリーシャが働きたいと思っていたとは知らず」

殿下は苦悶の表情を浮かべ、私に謝罪する。

どうしよう、王子様に謝らせてしまった。

私は慌てて殿下に伝える。

「そんなっ、謝っていただくことは何もございません！」

「しかし、君を傷つけたのでは？　本当にすまない。命を以《もっ》て詫びたいところだが、遺産はすべて君にと遺書は用意しているものの、まだ守護霊になる魔法を開発していないからそれもできないし」

「遺書？　守護……？」

突拍子もない言葉に、私は困惑した。

クレイド殿下が責任を感じる必要はまったくない。むしろ、殿下の方が私の告白で傷ついているように見える。

殿下は何か思案しながらぶつぶつと呟いていて、「魂魄《こんぱく》の定着が」とか「霊体の魔力値が」とか不穏な言葉が漏れ聞こえていた。

このままではいけないと思い、懸命に殿下に声をかける。

「今は！　今は、ここで大切にしていただき嬉しいんです！　だからその、過去のことはどうかお忘れください」

そう、大切なのは今！　そしてこれから。

私は胸の前で手を組み、殿下に懇願した。

「お願いします、リズさんのお手伝いをしてもいいと許可をください。どうか……」

働きたい。その思いを必死で伝える。

クレイド殿下は少し落ち込んだ様子だったが、沈黙の後で「わかった」と承諾してくれた。

「ありがとうございます！」

嬉しい。私も仕事ができる！

ホッと胸を撫でおろし、笑みを浮かべる。

それを見た殿下は、困ったような、どこか寂しげにも見える顔で言った。

「アリーシャ、私からもリズに頼んでおこう。でも、一つだけ条件がある」

「条件？」

殿下は立ち上がり、私の隣にやってくる。そしてすぐにその場に片膝をつき、私の右手を取った。

いつもより近い距離に胸が高鳴り、少しだけ緊張する。そんな私を殿下はじっと見つめた。

「アリーシャの希望は叶えてあげたい。でも、どうしても手放したくない」

殿下の目が、行かないでと訴えかけているみたいだった。手放したくないだなんて、私がいないと寂しいと言われているようでますます鼓動が速くなった。

鏡を見なくても顔が真っ赤になっているのがわかり、殿下と目を合わせていられなくなって斜めに視線を逸らす。

「リズは優秀だから安心だが、アリーシャのことはすべて私が見守りたいし知っていたい。だからせめて……」

お願いしたのは私の方なのに、なぜ殿下が縋るようにしてくるのか。ドキドキして息苦しくて、何も言葉が出てこなかった。

もう限界だと思ったところで、いつのまにかそばにいたエーデルさんの声で我に返る。

「お取り込み中のところすみません。クレイド殿下の婚約者でいる限りは、働かせることはできませんよ？」

厳しい現実を突きつけられ、私は「そうですよね」と一気に頭が冷える。

エーデルさんの言う通り、第二王子の婚約者が文官になるのは難しいだろう。ちょっとお手伝いをするだけでも、現状では難しい。

一方で、殿下はパッと振り返りエーデルさんを睨んだ。

「おまえはアリーシャの敵なのか⁉」

「そういう極端な考え方はダメですよ？　だいたい、私ほどの味方はいないでしょうに……。私が言いたいのは、仮初めの身分を作るなり何なりが必要だということです」

リズさんには「アリーシャ・ドレイファス」としか名乗っておらず、私が殿下の婚約者だということは話していない。

幸いにも、リズさんは気づいていなかった。「どこかで聞いたような……」と首を傾げていたので、私は強引に「よくある名前なので！」と言ってごまかした。

あの場で殿下の婚約者だと告げたら、「やはりこのお話はなかったということで」と言われそうで正直に話せなかった。

私って卑怯《ひきょう》。

「すみません、軽率でした」

落ち込みながら謝ると、殿下は私の手を一層強く握って言った。

「大丈夫だ。アリーシャが望んだことは、叶えると決めている」

頼もしい言葉に、胸がじんと熱くなる。働きたいのは私のわがままなのに、叶えてくれると言いきる殿下の優しさが嬉しかった。

エーデルさんは少々困った顔をしていたけれど、私を止めることはなかった。

「ありがとうございます」

私もぎゅっと手を握り返し、心からのお礼を伝えた。

殿下は優しく微笑むと、これからのことを思案する。

「そうだな、リズにかけ合ってみるから明日一日だけ待ってほしい」

「一日ですか……？」

もっと時間がかかると思っていたのに、予想外の早さだった。

私は殿下の行動力に目を瞠《みは》る。

「今すぐ魔法省へ戻ろう。エーデル、アリーシャが働けるように手続きを」

「かしこまりました」

殿下は立ち上がり、すぐさま食堂を出ようとする。

私はそれを追いかけ、殿下を引き留めて言った。

「殿下！　待ってください、今ですか⁉　もう遅いですからリズさんは……」

食堂の柱時計は、とっくに就業時間を過ぎている。魔法省へ戻ったところで、リズさんはいないのではと思った。

ところが、殿下は笑顔で言った。

「大丈夫。リズはだいたい研究室にいる。というより住んでる」

「住んでるんですか」

リズさんも社畜系魔法使いだった。エーデルさんも「よくあることです」と頷いていて、私は皆さんの健康状態がとても気になりだした。

「では、行ってくる。すべて任せてくれ！」

「は、はい。行ってらっしゃいませ」

食事の途中で私が話を持ち出したから、殿下はまだ食べ終わっていなかったのに魔法省へ戻ってしまった。

せめて食事が終わるまではと思ったものの、彼が「アリーシャの願いは叶えなければ！」と意気揚々と飛び出していったので、その背を見送ることしかできなかった。


そして翌々日。

私は変わらず殿下の執務室にいた。

変わったのは、私専用の机が設置されたこと。私はここで、リズさんからの仕事をするようになったことだ。

「リズさんの研究室でお世話になるんだと思ってました」

積まれた資料の本や冊子を前に、私はそう口にする。

殿下が言っていた『条件』というのは、リズさんの仕事は手伝ってもいいけれど働く場所は殿下の執務室で……だったのだ。

「ほら、あっちだと遠いから」

「真下ですよね」

リズさんの研究室は、殿下の執務室のほぼ真下の位置だ。絶対に遠くはない。

殿下は窺うような目で私を見る。

「ここなら存分に仕事をしてくれて構わない。……もしかして、リズの方に行きたかった？」

あぁ、またそんな寂しげな顔をするから、私の胸がどきんと高鳴った。

私は完璧な殿下より、こういう殿下に弱いみたい。何でもしてあげたくなってしまう。

「いえ、ありがとうございます。ここでがんばります」

そう答えると、殿下はわかりやすくぱぁっと明るい雰囲気になった。

かわいい。最初の印象とは雲泥の差だ。

今はまだ、殿下のお役に立てない。でも、きっといつか殿下に頼られる立派な女性になりたい。

殿下は席に着いてペンを持っても、しばらく私の方を見て嬉しそうな空気を放っていた。働く許可をもらってここに席まで用意してもらって、喜ぶのは私の方なのに。

「アリーシャ。これだけじゃなく、ほかにも何か希望があったら言ってくれ」

加えてまたそんなことを言うものだから、私はくすりと笑ってしまった。

「殿下こそ。何かお願いがあったらおっしゃってくださいね？　私もできる限り叶えたいと思っていますから」

果たして私に叶えられることがあるかどうか……、それは別としてもどんなお願いだって叶えてあげたい気持ちはある。

殿下は「アリーシャにお願いなんてできないよ」と微笑んでいたが、突然何か思い立ったようにペンを置く。

「アリーシャ。その……二人で出かけるのはどうだろうか？」

どこか言いにくそうなそぶりを見せるものだから、どんな難しいお願い事が飛び出すのかと思いきや、殿下が私に願ったのはおでかけだった。

一瞬、視察についていくのかとも思ったが、『二人で』ということはそうじゃないはず。念のため確認しようとしたところ、殿下が私の疑問を察して先に言った。

「視察とか職務じゃなくて、一緒に出かけたいんだ。婚約者として」

「は、はい。もちろん、喜んでご一緒いたします」

私の勘違いじゃなく、本当に婚約者としてのお誘いだった。嬉しくて、でも改めて誘われると何となく恥ずかしくて、私は視線を落とす。

殿下から「よかった……」と言う声が聞こえてきた後も、しばらく顔を上げられずにいた。


それから五日後。よく晴れた冬空の下、私はフェリシテと共に離宮から二頭立ての豪奢な馬車に乗り込んだ。

フェリシテが選んでくれた、派手すぎず地味すぎずといった絶妙な青色のワンピースを纏い、クレイド殿下との初めてのおでかけを実現させるためだ。

なぜ離宮から殿下と同じ馬車に乗っていかないかというと、昨夜から殿下は東の砦《とりで》で行われる軍議に出席しているから。殿下は「絶対に間に合うように戻ってくるから……！」と悲痛な表情で言い残し、エーデルさんに腕を摑まれてまるで攫《さら》われるように私のもとから去っていった。

「王都の街を歩くのはいつぶり？」

昨日の出来事を思い出していると、向かい側に座っているフェリシテが尋ねた。

私にも、昔はお父様に連れられて王都を訪れていた時期があった。お父様が支援している音楽家が、王都や近くの街に住んでいたからだ。

「八年ぶりかな。子どもの頃以来よ」

デビュタントのときに王都の舞踏会に参加する予定だったけれど、とてもドレスを仕立てる予算はなく、しかも領地の収穫期で予定外の仕事が多くまとまった時間が取れず、結局「急病のため欠席」にした。

それがまさか、王子様と婚約して王都に住む日が来るとは……。

「ふふっ、今日はめいっぱい殿下にわがまま言って、楽しいところへ連れていってもらってね。婚約者としての初めてのデートなんだから」

フェリシテはとても嬉しそうだった。

どうやら、殿下が私のことを本気で好きだと思っているらしい。執務室で殿下と過ごすようになってから、フェリシテはときおり私たちの様子を笑顔で見つめていて、「こんなに大事にしてくれるなんて好意があるからよ」と言っていた。真実はともかく、友人としてそれが嬉しくて堪《たま》らないのだと伝わってくる。

「わがままなんて言えないよ」

リズさんの手伝いをするという、仕事を与えてもらった。これ以上望むことがそもそもないのだけれど、お忙しい殿下の手を煩わせたくない。

第一、今日のおでかけだって殿下のお願いを聞くはずだったのに、私自身は何もしなくていい状況になっている。

恐るべし、殿下。ダメ男の才能がなさすぎて、私の出番はやはりなかった。

「これでいいのかしら」

「いいんじゃない？　婚約者なのに今まで一度も出かけていない方がおかしいのよ？」

フェリシテは呆れたように笑う。

婚約者とは、普通は相手の家に出向いたり、友人の家のお茶会に揃って出席したり、街でお買い物をしたりするものらしい。

「殿下と私が普通の婚約者みたいに……」

想像もできないけれど、今から婚約者らしいおでかけをするのだ。

窓の外に目をやれば、赤や黄色のレンガ調の家々が立ち並ぶ王都の街並みが流れていき、馬車が進むにつれて楽しみな気持ちが膨らんでいく。

毎日会っていて、食事も一緒にしているのに「もうすぐお会いできるんだ」と思うとドキドキした。

いつのまにかじっと私を見ていたフェリシテは、うっとりとした表情で言う。

「突然の婚約、すれ違いを経て想い合う二人……。これは運命の二人よ！　互いが互いでしか埋められない、運命の二人なの」

私がきょとんとした顔をすると、彼女はふふっと笑って説明する。

「昨夜は、メイドたちの間で流行《はや》りの恋愛小説を読んでいたの。王子様とキッチンメイドが身分差を乗り越える恋の話よ」

「あぁ、小説の話ね」

「うん、小説の話なんだけれど、アリーシャと殿下も運命なのかなって思ったの！」

よほどそのお話が気に入ったのか、フェリシテは興奮気味だった。運命なんて本当にあるのかと思いつつも、そうだったらいいなと夢を見てしまったのは内緒だ。

馬車が待ち合わせ場所に着くと、フェリシテを残して私だけが降りる。

私がクレイド殿下と一緒にいる間、フェリシテは侍女の仕事をお休みして、王都にあるお兄様のお邸へ行くことになっているのだ。

お忙しいお兄様の予定が空いていたのは、嬉しい偶然だった。

「アリーシャ、楽しんできてね！」

「ええ、ありがとう。行ってきます」

馬車は、フェリシテだけを乗せてゆっくりと動き出す。

私は手を振り、笑顔でそれを見送った。

すぐそばには護衛のエメランダさんが立っていて、ここが王都屈指の運河であることを教えてくれる。

「殿下はあちらの国立公園に……」

言いかけて、エメランダさんは何かに気づく。

彼女の視線の先には、いつもの魔法省の詰襟制服ではなく、白いシャツにダークグレーのジャケットやベストといったシンプルな装いのクレイド殿下が歩いてくるのが見えた。

「私がアリーシャ様をお連れする予定だったんですが、待ちきれずにいらっしゃったようです」

「えっ、あの、いいんですか？　王子様がお一人で歩いていますが……」

エーデルさんはどこに行ったんだろうか。いつも一緒というわけでもないが、外出時に従者がいないのはあり得ない気がした。

「護衛騎士は……？」

「殿下は外出時も護衛を連れていきません。ご自分で対処できますし、それにクレイド殿下が歩いていると誰も気づきませんから」

社交場にまったく出ないクレイド殿下は、本当に誰にも気づかれていなかった。

確かに、王子様が一人で歩いているとは誰も思わないだろう。

ただ、彼が誰かを知っている私はひやひやしてしまった。

殿下は私と目が合うと、その美しいお顔を綻ばせる。

「アリーシャ、よく来てくれたね」

その出《い》で立ちは、まさしく理想の王子様。ただし、目元には疲れが滲んでいる。

いつも抱えている大量のお仕事に、急遽入った軍議。私との時間を空けるために、殿下が大変な無理をなさったのは明白だった。

エメランダさんも「あら」と小さな声を漏らし、殿下の疲労に気づいたようだ。

私は挨拶も忘れ、殿下に尋ねる。

「あの、お体の具合はいかがですか？」

「え？　もちろんとても幸せだよ？」

どういうこと？　噛み合わない会話に首を傾げる私。

通訳してもらいたくて、エーデルさんは本当にいないのかと周囲に視線を向けて探したが見つからない。

エメランダさんを見ても、わかりませんといった表情で首を横に振られた。

ずっと笑顔の殿下に対して、「疲れていますね」と指摘するのは気が引けた。

「さぁ、行こうか」

殿下は私の手を引き、軽快に歩いていく。

寝不足なのに出かけて大丈夫なのか、とはらはらしながらときおり視線を送った。そんな私の心配とは裏腹に、殿下は明るい声で話し始める。

「これから向かうのは、この国屈指の大劇場だよ。出演するのは、百年に一度の歌姫と評判の歌手だそうだ」

「えっ、よく五日で席が取れましたね」

驚く私に、殿下は微笑む。

王族として来場するとあちこちに手配が必要になるので、五日ではさすがに無理だ。だから身分は明かさず、魔法省の伝手《つて》を使って席を確保したという。

「エーデルは先に大劇場へ向かわせた。すぐに中へ入れるよう、整えてくれているはずだよ」

「そうだったんですね」

大劇場までは、さほど長く歩かずに到着できた。正面入り口には、着飾ったたくさんの人々が集まっている。その光景はとても華やかで、演目への期待度の高さが感じられた。

私は殿下にエスコートされ、また別の入り口から大劇場の中へと進み、そこで待っていたエーデルさんに二階の特別席へと案内された。

エメランダさんとエーデルさんは、特別席から少し離れた場所で待機してくれるという。

舞台がよく見える真正面の位置は、父が支援している役者が出演する舞台に招待されたときでも座ったことがない席だ。

大きなソファーに二人で並んで座っても余裕があり、しかも隣に誰がいるのかは見えない仕様になっていた。

「こんなに素敵な席で観《み》られるんですね……！」

たくさんの観客がこれから始まる歌劇を楽しみにしていて、私もそれに影響されたのか気分が高揚する。

「よかった。アリーシャが気に入るか心配だったんだ」

「ありがとうございます。とても楽しみです」

次第に暗くなってくる場内に、ますますワクワクし始める。

私は前を向き、舞台上を見つめた。

開演の合図のブザーが鳴り、すぐに劇が始まる。ストーリーは、主人公の王女様が政略結婚で隣国の王子様に嫁ぎ、苦難を乗り越えて幸せになる話。冷たい態度の王子様の心がわからない、と主人公が嘆く歌は感動的で思わず涙ぐむ。

国のためならどんなことでも我慢する、という王女様は健気で愛らしい。歌い手の澄んだ声もとても素晴らしかった。

夢中で見入っていると、少しだけ肩に何か触れた気がした。

「?」

それからすぐに、ずしっと重みを感じる。

隣を見ると、クレイド殿下が眠ってしまって私にもたれかかっていた。大きな音楽が鳴り響いているのに、ぐっすりと眠っていてまったく起きる気配はない。

伝わってくる体温がやけに気になって、ドキドキして緊張感に包まれる。

かなりお疲れだったのは会った瞬間にわかったから、殿下が眠ってしまうのは仕方がないけれど、私は石化の魔法でもかけられたかのように微動だにできなくなっていた。

舞台上と殿下を何度も交互に見て、私の視線は落ち着かない。

きっと、ご自分は興味がないのに私のためにこの席を取ってくれたんだろうな。私を楽しませようとして、忙しい中で色々と考えてくれたのかも……。

その優しさに胸が熱くなった。

殿下のことが気になって、もう半分くらい内容がわからなくなってしまったけれど、十分だと思えるくらいに嬉しかった。

歌手の方には申し訳ないが、この時間が殿下の睡眠時間になるならそれでいい。

結局、割れるような拍手が劇場内に溢れても殿下が目を覚ますことはなかった。

壁掛けの魔法道具のランプが暖かな光を灯《とも》し、一階にいた観客が帰り始めた頃になり、私は殿下にそっと声をかける。

「殿下、殿下」

「ん……？」

「あの、終わりましたよ」

トントンと腕を小さく叩き、起きてくださいと囁く。

「はっ？」

「おはようございます」

バッと頭を上げた殿下は、私のことを驚いた顔で見つめる。

それがかわいくて、私はふっと笑ってしまった。

「どうですか？　少しお疲れは取れましたか？」

「まさか私は寝て……？」

座りながらよりも、横になった方がよかっただろう。でも、ここではさすがに横になるほどのスペースはない。

「この後はどうなさいますか？　体調が優れないのであれば、離宮に戻ってお休みになられることをお勧めいたします」

時間的には、食事に行く予定を立ててくれていたのかもしれない。でも、疲れているときに無理はいけない。

私の声で一気に目が覚めた様子の殿下は、右手で顔の半分を覆って項垂れた。

「何てことを……！　こんな、あり得ない」

「どうかお気になさらず」

殿下はものすごく悔やんでいた。確かに自分が殿下の立場だったら、寝てしまって申し訳ないと思うだろう。

でも、本当に気にしないでほしかった。

だって、殿下を見ていて思ったのだ。私と出かけるために時間を空けてくれたとはいえ、自分のために婚約者が無理をする姿を見るのはつらいな……と。

「すまない、アリーシャ」

「いえ、私は大丈夫です。素敵な歌を聴かせてもらいましたから」

「すまない」

あまりの落ち込みように、私はだんだんどうしていいかわからなくなってきた。

「私みたいな男は魔物に食われるべきだ」

「いえ、そんなことは！」

「今日は必ず君に楽しんでもらおうと己の進退を懸けて来たのに、また完璧な婚約者になれなかった……！」

まるで、戦の指揮を執るかのような意気込みだ。殿下は何事にも全力で打ち込む人らしい。

私とのおでかけにそんなに本気で挑んでくれるなんて、まったく想像もしておらず驚いた。

これまでは父の趣味についていっても私はおまけで、元婚約者は一緒に出かけても自分の目的が済んだらさっさと帰る人だったから……。

私のためにこんなにも必死になってくれる人がいるなんて、大切にされているんだと実感できてとても嬉しかった。

殿下はもうすでに十分に完璧な婚約者なのに、「また完璧な婚約者になれなかった」だなんて、誠実であるがゆえに高い目標のようなものがあるのかもしれない。

後悔で顔を顰める殿下に、私は告げる。

「殿下、私は完璧な婚約者が欲しいだなんて思いません」

「え……？」

目が合うと、彼は少し驚いた顔をしていた。私がこんなことを言うなんて、想像もしていなかったといった様子だった。

今の殿下は、お仕事中の何でもできる王子様よりも親近感があった。

執務室では「何でもできて遠い存在なんだな」と感じてしまい、少し寂しかったから……。私自身との格差を感じて、不安だった。

婚約者との観劇中に寝てしまうのは、失敗といえば失敗なんだろうけれど、私にとっては「殿下も人なんだな」って思えて実はちょっとホッとしていた。

私は、殿下の左手にそっと手を重ねる。

「私と出かけるために、いつも以上にお仕事をしてくださったんですよね？　眠ってしまったのは仕方のないことです。これから先もずっと一緒ですから、また今度二人で楽しめたらと思います」

婚約者としての一年も、またその先の結婚生活も、私たちは長い間共に過ごすことになる。殿下はお忙しい方だけれど、いつかまた一緒に来られることはあるだろう。

そう思い、大丈夫だと告げた。

「アリーシャ……」

殿下はまだ少し落ち込んだ雰囲気ではあったものの、重ねていた手がゆっくりと繋がれ、ぎゅっと強く握られる。

包み込まれればその手の温かさが心地よく、殿下との距離が近づいたような気がした。

気を取り直し、私は明るい声で問いかける。

「この後はどちらへ向かう予定なんですか？　私は自分だけでなく、殿下にも楽しい時間を過ごしていただきたいです」

殿下は悲しげだった表情から一転、柔らかな笑みを浮かべた。

「これから食事へ行こう。レストランを予約してある」

「まぁ、楽しみです」

「君は野菜と魚を煮込んだ隣国の料理が好きだと聞いて、その店ごと買い取った」

「買い取った……？」

私の知っている『予約』とは随分と違う。ここでも殿下は行動力を発揮していた。

第一、私がその料理を好きだって誰かに話したことはあったかしら……？

マレッタと何気なく会話したことが、殿下に伝わったんだろうか。それとも、私が殿下に自分で話した？

ふと引っかかりを覚えて思い出そうとしていると、殿下が改めて私を誘ってくれた。

「一緒に行ってくれるか？」

この期に及んで確認をするなんて、どこまで律儀な方なんだろう。

私の困惑が些細なことのように思えてきて、思わず笑いながら返事をする。

「ふふっ、当たり前です。私の方が、お邪魔でなければ連れていってください」

「それこそ当たり前じゃないか」

婚約者に誠実で、実はかわいらしい人。クレイド殿下の印象がまた少し変わった。

目を合わせて笑い合い、二人揃って席を立つ。

殿下は私の手を引いたまま歩き、移動中もずっと握ったままだった。

周囲にも腕を組んだり手を繋いだりしているカップルはたくさんいて、それはとても幸せな光景に見える。私たちもそう見えていたらいいな……と思ってしまった自分に気づき、ぱっと視線を逸らした。

これまでずっと「殿下の役に立つ婚約者になりたい」と、ただそれだけだったのに……。幸せそうだとかお似合いと思われたいだなんて、そんな大それたことを考えた自分にびっくりした。

初めてのおでかけは、観劇に始まりレストランで昼食をいただき、王立植物園を散策して終わった。殿下は大劇場で眠ったことでかなり回復したようで、食欲もあって楽しそうでホッとした。

日暮れ前に王城へ戻ってきた私たちは、着替えをしてまた共に夕食を取る。

毎日執務室で一緒に過ごしてはいるけれど、殿下は会議や訓練でよく席を外すので、こんなにも長い時間を過ごしたのは初めてだった。

いつもなら、夕食後は魔法省へとまた戻っていくのだが、今日はもう離宮で過ごすのだとおっしゃっていた。

「婚約者とゆっくり過ごすのは大切なことだ、とエーデルや部下にも言われてね」

「そうでしたか」

殿下は、これまで自分が至らなかったと苦笑する。

そのとき、控えていたエーデルさんがぽつりと言った。

「アリーシャ嬢のおかげで、部下が心置きなく休めます」

なるほど、殿下がずっと働き続けているから部下の方も遠慮していたのか……。

クレイド殿下は「おのおの勝手に休んでくれ」とおっしゃっているそうだが、気を遣うタイプの部下は遠慮なく休むことができないんだなと想像する。

殿下はバツが悪そうな顔をして、でもすぐにはっと気づいて私を見る。

「違う、そうじゃなくて……！」

「え？」

「仕方なく休みを取ったわけではなく、アリーシャと一緒に過ごしたいから……！　だから丸一日予定を……」

勘違いしないでくれと殿下は言う。

以前のように、解釈違いが発生するのを恐れているように見えた。

「えっと、私のことは『ついで』ではないと？」

「もちろん！　アリーシャが目的だ！」

必死すぎるせいか、また眼光が鋭くなっている。

私が一瞬だけびくっとしたのを見逃さなかった殿下は、すぐに「すまない」と謝罪する。

エーデルさんは、殿下を残念なものを見る目で見ていた。

「あの、殿下。……この後はまだ大丈夫でしょうか？」

夕食が終われば、私は部屋に戻るつもりだった。

もう食事は終わっていて、話に区切りがついてしまえば「それでは」という一言で今日が終わってしまう。

何となく離れがたくて、でもお忙しい殿下を引き留めることには気が引けて……。

そんなときに今日は丸一日お休みを取ってくれたのだとわかり、勇気を出して誘ってみた。

「もしよろしければ、私の部屋でお茶でもいかがですか？　お疲れでしたら、ご無理なさらず断っていただいて構いませんので……」

「っ⁉」

だんだんと声が小さくなっていったのは許してほしい。

自分から提案してみたものの、いざ口にしてみると「無理なお願いをしているのでは」という罪悪感と恥ずかしさが思った以上に込み上げてくる。

視線を落とせば温かいミルクティーがあり、お茶ならここにあるからわざわざ部屋に行く必要はないじゃないの……と気づき、その場に蹲りたくなった。

ちらりと殿下を見ると、息を呑みぐっと拳を握り締めていた。怒っているのか、と思い慌てて謝りかけたが、それより先に殿下は言った。

「ありがとう、もちろん行くよ」

「え……？　よろしいのですか？」

「ただ、せっかく招いてもらえるのに宝石の一つも用意がなくて……」

「いりませんよ⁉」

部屋でお茶を飲むだけで、どうしてそんな発想になるのだろうか。

婚約者には何でも物を与えるタイプといっても、殿下のこれは行きすぎている気がする。私は「もっと気軽に来てください」と苦笑いするしかなかった。

それから私の部屋に移動し、護衛には部屋の前で待機してもらって、マレッタに用意してもらったティーセットで私自身がお茶を淹れた。

殿下は「私がする」とおっしゃったけれど、今日は私が淹れますと譲らなかった。

「あれから私も練習したんですよ？」

ソファーに座る殿下は、私がお茶の用意をしている間ずっと心配そうな目を向けていた。どうやら、火傷《やけど》しないか心配らしい。

私は白いティーポットを手に、マレッタに習った通りにお茶を淹れた。

茶葉の浄化や毒見は済んでいて、お湯を注《つ》げばすっきりした爽やかな香りが広がる。

大丈夫、人様に出せる味になっているはず……！

「どうぞ、お召し上がりください」

「ありがとう」

殿下は優雅な所作で、カップに口をつける。そして、ゴクリとハーブティーを飲んだ。

私は隣に座り、ドキドキしながら殿下の反応を待つ。

「おいしい。心が軽くなる気がする」

「お口に合ってよかった」

すっきりした味わいだけれど、ハーブティーは好き嫌いが分かれるので実際に飲んでもらうまではちょっと心配だった。

殿下は本当に気に入ってくれたようで、残さず飲んでくれる。

飲み終わると幸せそうに微笑み、和やかな目をなさった。

「執務室にも置こうかな」

「はい、王城にたくさんあるとマレッタに聞きましたので、すぐに準備してもらえると思います」

「これを飲んでいれば、永遠に働けそうだ」

「ダメですよ⁉」

疲れが取れると評判のお茶ではあるが、急に元気を取り戻したら怪しいクスリみたいになってしまう。慌てて止めると、殿下は口元に握った手を当てて「冗談だよ」と言って目を細めた。

あぁ、またかわいい表情だ。

凛々しくて覇気のあるところも素敵だけれど、こんな風に少し気を許してくれたのがわかる柔らかな表情が好きだな……。って、好きって何⁉

「ひゃあああ！」

「っ⁉　どうした、アリーシャ！」

私、今とても恐れ多いことを思ったのでは？

思わず悲鳴を上げてしまった。

殿下も驚き、私を見つめている。

「いえ、ちょっとおかしなことを考えてしまって、いえ、大丈夫です。お構いなく」

「そうか……？　火傷したのではない？」

「大丈夫です！」

私は何度もコクコクと頷く。

殿下を好き、これはいいの？　婚約者だから好きになっても大丈夫？

胸がドキドキと激しく鳴っていて、顔が熱い。じっとしていられなくて、いったん気持ちを落ち着かせようと殿下のカップに二杯目のお茶を注いだ。

「ありがとう」

殿下は弾んだ声でお礼を言い、私に向かって微笑む。

その笑顔がまた心臓に悪い……。

再びお茶を口にする殿下の横顔を、ちらちらと盗み見て観察してしまった。

見たところ特にこれといった変化はなく、私が殿下を好きだなんて大それた気持ちを抱いていることはわかっていないみたい。

まだドキドキは収まらないけれど、そこだけは安堵した。

「あぁ、本当においしい……」

殿下がぽつりと呟く。

感動すらしている様子に、私は不思議に思って尋ねた。

「そんなに気に入ってくださったんですね」

「あぁ。……アリーシャは私に色々なことを教えてくれる」

「私が、ですか？」

殿下はカップに視線を落としたまま、静かに頷いた。

私は殿下の言葉の意味がよくわからず、小さく首を傾げる。

「アリーシャが執務室にいてくれるようになって、部下が私に声をかけやすくなったと言うんだ。私はいつも用件だけを端的に話すけれど、アリーシャは誰かが来ると丁寧に挨拶をして笑顔で気を配ってくれるだろう?」

殿下の話は、私にとっては初耳だった。

最初は皆さんが目を合わせてくれなくて、怯えられているから少しでも場を和ませたくて笑顔で挨拶をしていただけなのに……。

「私はずっと、必要最低限の言葉を最短で伝えるべきだと思っていた。執務室の雰囲気が和んでいる方が部下との何気ない会話が生まれて、結果的に効率よく仕事が進むなんて思いもしなかった」

殿下が魔法省に入ったのは、確か十五歳のときだと聞いた。圧倒的な魔法の才能があったとしても、若くしかも側妃の子というだけで風当たりが強い時期もあっただろう。

今、魔法省の魔法使いたちが殿下に従っているのは、エーデルさんが話してくれたように殿下の実力を認められたから。でもそこに至るまでは、威厳ある態度を取っていなければならなかったのもあるのでは……とも想像した。

もとより口数の多い人ではないのかもしれないけれど、必要最低限の言葉を最短で伝えるというのは殿下が今の地位を築くのに役立ったことは間違いないと思う。

「私が婚約者として執務室にいられるのは、殿下のお力があるからですよ……?　魔法省の職員でもなく、ただの伯爵令嬢をそばに置いても問題にならないのは、部下の方々が殿下を信頼しているからだと思います」

私が来たのはただのきっかけで、うまくいき始めたのは殿下のこれまでの積み重ねがあったからだ。殿下は誠実で、努力家で、とても素晴らしい方だから……。

そんな方だから、私も好きになってしまった。

「アリーシャ……」

じっと見つめられると、息が止まるかと思うほどドキドキする。

これ以上は耐えられなくなって、そっと視線を落として冗談めかして忠告してしまう。

「あ、その、いくら前より効率よく仕事が進むようになったからといって、働きすぎは禁物ですよ？」

殿下は少し困った様子で、「そうだね」と答えた。

働きすぎだという自覚はあるらしい。

「エーデルにも兄上にもよく叱られる。できるだけ部下に任せろ、と」

「まぁ、皆さん心配なさってるんですよ。やっぱり働きすぎです」

そう思っているのは私だけじゃなかった。殿下を慕う人は皆、同じように心配しているのだ。

「どうしてそんなにお仕事をなさるのです？」

王族なら、ある程度は人に任せることができるのではと思った。クレイド殿下が誠実で責任感の強い方だから、とは予想がつくけれど……。

殿下は、気まずそうにカップに視線を落としながら話し始める。

「兄上がやらずに済むことは、すべて私が引き受けたいんだ。魔物討伐もそうだけれど、私は私に与えられた能力を余すことなく使って、兄上を支えたい。それが自分の存在意義だって教えてくれた人がいてね」

クレイド殿下は子どもの頃に母君に去られ、とても寂しい思いをしていたときに王太子殿下に救われたと言う。

「兄上がいなかったら、今頃は人の温かさも知らずにいたはずだ。誰かのために力を使うということが、どれほど生きがいになるかも知らなかったかもしれない」

王太子殿下とクレイド殿下は、互いに思い合う兄弟だった。世間ではそんな話は聞かないが、謁見の間でお二人が随分と親しげに見えたのは間違っていなかった。

「お兄様がお好きなんですね」

「……尊敬してる。この国になくてはならない人だと思っているよ」

王太子殿下のことを話すクレイド殿下はとても穏やかで、少し瞳がキラキラしていた。

微笑ましくなり、私は目を細める。

「殿下もですよ。殿下も、お兄様と同じくらいこの国になくてはならない方です。とても尊敬しています」

西側地域は、クレイド殿下が討伐隊の指揮を執る以前は、魔物に襲われ村ごとなくなって行き場を失う人たちも多かった。

日々恐怖を感じながら生きていくのは、想像しただけで胸が苦しくなる。

「ドレイファスの領民や近隣の者たちは、殿下にとても感謝しています」

それに、殿下が開発してくれた魔物除《よ》けや結界を作れる魔法道具のおかげで、討伐隊が来ない時期も移動がしやすくなった。平和な王都では実感しにくいだろうけれど、辺境に行けば行くほどクレイド殿下に感謝している民は多い。

「アリーシャ」

殿下はカップをソーサーに戻すと、真剣な目で私を見つめた。躊躇いがちに伸ばされた右手が、私の頬にそっと触れる。

「アリーシャも、なくてはならない存在だよ」

「わ、私がですか?」

そんなはずはない、と思わず苦笑いになる。けれど、殿下は少しも茶化すことなくきっぱりと言い切る。

「私にとって、アリーシャは絶対になくてはならない存在なんだ」

「えっ?」

殿下にとって? 私が?

じっと見つめられれば、胸が高鳴って苦しくなった。

こんな風にされて、勘違いしない人はいない。殿下は私のことを好きでいてくださるんだって、信じてしまいそうになる。

「――とてもありがたいお言葉です」

そう返すのが精いっぱいだった。

殿下はとても誠実なお方だから、『婚約者』に対してまっすぐに向き合ってくださっているだけだ。

そこに恋愛感情があると錯覚したら、きっと「もっと愛されたい」と願ってしまう。

父や母を慕っていた、子どもの頃もそうだった。

自分を見てほしくて、でも両親の目はいつも別のところに向けられていて、私の愛されたいという気持ちが満たされることはなかった。

一方的に愛されたいと願うのは、虚しい。笑顔でいればかわいがってもらえる？　言うことを聞いていい子でいれば、優しく接してもらえる？

見返りを求めても、何も返ってこないのはつらい。もうあんな思いはしたくない。

急に目を伏せて黙り込んでしまったから、殿下が不思議そうに私の名前を呼ぶ。

「アリーシャ？」

「あ……、はい」

今は殿下といるのに、昔のことを思い出して落ち込んでしまった。たとえお心がいただけなくても、こうして大切にしてもらえるだけで十分なのに……。

私は急いで笑顔を作り、何でもないふりをした。

「そうだ、アリーシャ。今日のお礼がしたいんだけれど」

「今日のお礼？　素敵なところへ連れていってもらったのは、私の方ですよ？」

「いや、でも楽しかったから」

「私の方が楽しかったですよ？」

「そんなことはない。アリーシャと出かけて私ほど楽しんだ人間はいない」

だんだんと話の規模が大きくなっていく。

とにかく殿下が今日を楽しんでくださったのは嬉しいけれど、お礼をしなきゃいけないというならばそれは私である。

「では、殿下のお礼は『私がお礼をする』というお願いを叶えてください」

「それじゃ『お礼』にならないよね？」

殿下は腕組みをして、真剣に悩んでいた。

おかしなことを言っているのは自覚がある。でも、私だって譲れないこともある。

「あの、もしお嫌でなかったらなんですけれど」

「ん？」

「殿下にはもっと寛いで、休んでいただきたいんです。本当ならもうお部屋に戻ってお休みになられた方がよいのでは、と……」

「えっ、それは困るな。もう少しアリーシャと同じ空気を吸わせてほしい」

ものすごく独特な表現だった。

空気って何？　この部屋のフレグランスが気に入ったってこと？

「えっと、ここでもうしばらくお過ごしになられるなら……。その、たとえばなんですけれど」

婚約者として、殿下に寛いでもらうにはどうすればいいか、休んでもらうには私に何ができるかを考えてみる。

そういえば、フェリシテが貸してくれた恋愛小説に婚約者と過ごすシーンがあったのを思い出す。

「膝枕はどうでしょう？　とある本によれば、クッションや枕よりも人の体温が癒し効果があるらしいのです」

「膝枕……!?」

殿下は目を見開いて愕然としていた。

はしたない女だと思われたかもしれない。自分で提案しておいてすごく恥ずかしくなってきたけれど、もう後には引けなかった。

小刻みに震える殿下は、真剣な顔つきで思案し始める。

「そんな……！　人間の頭部は一般的に体重の一割程度あるとされていて、私の場合は六キロ以上あるだろう。衝突エネルギーと速度によっては、アリーシャを骨折させてしまうかもしれない」

「殿下、ぶつかられるわけじゃないのでそこは大丈夫なのでは？　とにかく、私は大丈夫ですのでどうぞ！」

私は両手で自分の膝の上を指し、ソファーに寝転んで頭を乗せてくださいと頼んだ。

殿下はものすごく狼狽えていたけれど、しばらくの後ゆっくりと動き出す。

「失礼する……」

「はい、よろしくお願いいたします」

寛ぐ雰囲気どころか、互いに緊張感が増している。

この時点で失敗している気がするが、殿下がようやく膝枕をされてくれる気になったのだから、自分がすごくドキドキしていることは気づかれないようにしよう。

殿下のさらりとした髪がドレスの生地に流れ、殿下が私の太腿に頭を乗せた…………かと思われたけれど、まったく重くない。

「…………殿下、腹筋を使ってますね？」

「いや、そんなことはない」

殿下は即答するものの、どう見ても不自然に頭が浮いている。

しかもよく見れば、魔法も使って体を絶妙な角度とバランスで浮かせていた。お茶を淹れるのがうまいだけでなく、細かい魔法の加減まで簡単にできるらしい。

私への気遣いで、才能を無駄遣いしている。

「普通に頭を乗せてくれませんか……？　腹筋も魔法も使わずに」

「………………」

やっと私がしてあげられそうなことが見つかったのに、殿下に気を遣わせてしまっただけかと思うと悲しかった。

すると、まもなくしてとてもゆっくりと殿下の頭が下りてくる。今度はちゃんと重みがあって、私の言う通りにしてくださった。

横向きの体勢でいる殿下は、必死の形相でテーブルの上にあるカップの模様を瞬きもせずに見つめていた。まるで石像のように微動だにしないのも心配だ。

「どうですか……？」

「………………」

困ったな。まったく寛げていないみたい。

私も殿下も、どちらも緊張している空気が漂っていた。

失敗だったと反省していると、黙っていた殿下がぽつりと呟く。

「……幸せすぎて、頭がおかしくなりそうだ」

「!?」

思わず自分の耳を疑った私は、殿下の様子をじっと見つめる。ほんのり耳が赤くて、照れているのが伝わってきた。

嬉しい気持ちが込み上げてきて、つい殿下の頭をそろりと撫でてしまう。

さらさらでとても気持ちいい感触で、うっとりとしてしまった。どんな高級な布も、このなめらかな髪には敵《かな》わないわね……。

不敬だということも忘れ、私は殿下の頭を撫でていた。

「私は殿下のためにいるんですから、何でもおっしゃってくださいね？」

「それなら、アリーシャも同じように何でも言ってくれる？」

「えっ、それは、あの……努力します」

即答できず、口ごもる私。殿下には何でも言ってくれと言いながら、私はまだ遠慮していた。矛盾していると気づき、でもどうしようもなくてくすりと笑った。そんな私につられるようにして、殿下もまたふっと小さく笑う。

「ありがとう、アリーシャ」

とても優しい声音に、私は幸せな気分になる。

そのとき、扉をノックする音が聞こえた。

「は、はい！」

びっくりした！

上ずった声で返事をすると、エーデルさんが扉の向こうから声をかけてくる。

「ご歓談中、失礼いたします。そろそろアリーシャ嬢の就寝のお時間となりました」

「えっ、もうですか？」

いつのまにか、予定の時間を過ぎていたらしい。柱時計に目をやれば、エーデルさんが迎えに来るのも納得だった。

殿下はゆっくりと起き上がり、少し緩んだタイと襟元をご自分の手で整える。

エーデルさんが来たことで急に恥ずかしさが込み上げてきて、私は両手で顔を覆った。

「あの、ごめんなさい。本当にごめんなさい」

一体何に対して謝っているのか自分でもわからないが、とにかく謝罪の言葉が止まらない。

「アリーシャは、私を思いやってくれただけだ。欲に負けた私が悪い」

「いえいえいえ、私がいけないんです。殿下がまったく寛げなかったので」

「そんなことはない！」

私たちは揃って立ち上がり、やや気まずい空気が流れる。

扉の前まで無言で歩いていく殿下、私も黙ってそれについていく。

「今日は本当にありがとう。楽しい一日だった」

「はい、こちらこそありがとうございました」

こちらを振り返った殿下は、何かを決心したような面持ちで口を開く。

「私のことは、クレイドと呼んでくれないか？」

「お名前で？」

「君に名前で呼ばれたい」

婚約者なんだから、名前で呼び合うのは当たり前のことだ。私はこれまでずっと『殿下』とお呼びしていたが、名前で呼んでもいいらしい。

「クレイド、様？」

いざ呼んでくれと言われると、照れてしまう。

殿下は瞼を閉じて息を吞み、感極まった様子で「ありがとう」と微笑んだ。名前を呼んだだけでこんな風にされると、愛されているのではとまた期待してしまう。

「これからはお名前で呼ばせていただきます。婚約者ですから……」

「そうだ。君は私の婚約者なんだ」

婚約式以来の再確認だった。

殿下は緊張気味に私の肩に手を置くと、一瞬だけ頭にキスをする。

「ひあっ」

消え入りそうな声を上げてしまう。

こんなこと、今まで誰にもされたことがない。両親にも、前の婚約者にもされたことがなかったから心臓が大きく跳ねるくらいにびっくりした。

「おやすみ、私のかわいいアリーシャ」

殿下は麗しい笑みを浮かべてそう言うと、颯爽と部屋を出ていった。

一人残された私は、その場に力なく座り込む。

これって婚約者だから？　それとも、殿下は少しでも私にお気持ちがあるんだろうか？

あぁ、恋をしたことがないからわからない。誰か教えて……！

「お嬢様、いかがなさいました？」

殿下とほぼ入れ替わりで入ってきたマレッタが床に座り込んでいる私を見て驚いている。

ふかふかの絨毯はいつもきれいに掃除されていて髪の毛一本落ちていないけれど、こんな風に床に座る令嬢はいない。

「マレッタ……」

それは、自分とは思えないくらい弱々しい声だった。

「フェリシテを呼んできてくれないかしら？」

「かしこまりました」

マレッタは返事をしてすぐに私を支え、ソファーへと連れていく。さっきここに殿下と座っていたんだと思い出し、また心臓がドキドキし始めた。

「新しいお茶もお持ちしますね。お心が安らぐお香も」

「ありがとうございます……」

私の様子から何かが起きたと察したようで、マレッタは足早に部屋を出ていった。

こんな遅くに呼び出したら、フェリシテも驚くだろうな。でもどうしても話したくて仕方がなかった。

「はぁ……」

座面に力なく倒れ込んだ私は、初めての恋心をどうしていいかわからずため息をつく。

今日の殿下とのことを思い出しては、赤くなったり自然に笑みが零れたり、フェリシテが部屋を訪ねてきてくれるまでずっと繰り返していた。

閑話　王子様は婚約者に愛されたい

最愛の婚約者であるアリーシャは、今日も楽しそうに働いている。

クレイドはときおりその姿を盗み見ては、生き生きとした表情を確認して安堵していた。

今着ているアクアグレーのワンピースに黒のショートブーツといった控えめな装いは、誰かのために力を尽くそうとする彼女の健気さや清廉さにぴったりだと思う。

（アリーシャのことがずっと好きだった。長い間見守ってきたから、誰よりもアリーシャのことを知っていると思っていたのに……）

この十年、アリーシャだけを想ってきたクレイドだったが、婚約者となった彼女と実際に接することでそのイメージは日に日に変化していくことに驚いていた。

話しかけるときは少し遠慮がちで、でもクレイドの目をまっすぐに見つめてくれるところ。

護衛にも丁寧な態度で接し、たわいもないことで「ありがとう」と感謝の気持ちを伝えるところ。

何もしなくていいと伝えても、クレイドを気遣ってあれこれ動こうとするところ。

クレイドの知らない彼女の一面が見えるたびに、喜びや愛おしさが込み上げた。

（本当のアリーシャはこういう人だったのか。十年も見守っていたのに、毎日新しい彼女が見えてくるから不思議だ）

何不自由ない、ゆったりとした時間を過ごすことが彼女への贈り物だと思っていた。

離宮で好きなことをして過ごし、婚約者である自分を待っていてくれたら……という淡い夢の残骸が頭をよぎる。

アリーシャは常に誰かのためにがんばろうとしているのに、彼女を独り占めしたいとつい願望が漏れ出してしまい苦笑する。

その手に持っていたペンを置き、クレイドは小さく息をついた。

（領地での暮らしは、アリーシャにとって不本意なことばかりだと思っていた。まさかアリーシャが働きたがっていたとはまったく気づかなかった）

リズの手伝いがしたいと言われたクレイドは、これまで自分がアリーシャのために良かれと思ってやってきたことが根本から間違っていたのだと知り、愕然とした。

（アリーシャは働くことが好きだったのか……。無理は絶対にさせたくないが、こんな風に楽しそうな顔が見られるなら判断は間違っていなかったということだろう）

自分はこれまでアリーシャの何を見てきたのか。アリーシャに関する報告書をどれほど熟読しようが、遠い地にいる彼女に想いを馳《は》せようが、結局はすべて独りよがりだったと反省する。

（そういえば、これまで人の顔をじっくり見ながら会話をしたこともない。言葉の裏にある本音を探ろうとするのも初めてかもしれない）

幼い頃からクレイドをよく知る兄やエーデルとは、自分の本音がどこにあろうが何もかも筒抜けで、詳しく説明する必要もない。今さら改めて互いの表情をじっくり見ることもなかった。

魔法省の部下は、クレイドが何をしようとしているのか向こうが考えて先に動いてくれる。

クレイドがあえて彼らの気持ちを想像したり、本音を引き出そうとしたりすることはなかった。

アリーシャに会ってからも、自分は彼女に対する思い込みと先入観で行動していて、その心の内を丁寧に知ろうとしていなかったのだと気づかされた。

かわいくて、大切で、どうしても守りたい人。それなのに、本当の意味で大事にできていなかったとクレイドは悟った。

(王子妃教育など受けなくても、アリーシャは十分に素晴らしい)

リズからはわりと本気で「教育部門に欲しい」と言われたくらいアリーシャは重宝されている。

彼女が正当な評価を受けることは嬉しい。

あれほど隠しておきたいと思っていたのに、今はアリーシャの魅力をもっと多くの者に知ってほしいと感じるときもある。

懸念があるとすれば、アリーシャに王子妃教育を受けなくてもいいと言った王妃のことだ。

(王妃のアリーシャを見る目は、嘲りを含んでいた。アリーシャ自身を見ようともせず、その家柄や出身だけで「何もできない」と判断しているのだろう)

王妃派は、何の価値もない愚鈍な田舎娘をクレイドに与えたつもりでいる。

大切な人がそんな風に勘違いされているのは腹立たしいが、それも今だけだと我慢していた。

(兄上の報告を待つしかないのがはがゆいな)

昨夜こっそりとクレイドの部屋を訪ねてきた兄は、水面下で進めている計画が順調だと話してくれた。

――王妃派が大きな顔をしていられるのも今のうちだよ。まさか私にしてやられるとは思いもしないだろうね。

くすりと笑った兄は、神殿の者たちが見たら失神しそうなくらい悪い顔をしていた。そして、楽しそうだった。

王妃派の大臣たちは兄のことを操り人形にしているつもりで、実のところじわじわと首を絞められていっている。

（本塔で繰り広げられている醜い権力争いなど、アリーシャは知らなくていい。好きなことをして、いつも笑っていてほしい）

机に向かっているアリーシャは、目の前の仕事に集中している。クレイドはその様子を見ているだけで心が和んだ。

「…………殿下？　あの～、クレイド殿下？」

突然、エーデルの声がしてはっと我に返る。

さっきまで隣室にいた従者がいつのまにかそばにいて、手の届く距離から呼びかけられていた。

アリーシャも不思議そうな顔でクレイドを見ている。

「クレイド様、お疲れですか？」

「いや、ちょっと考え事をしていただけだ」

何でもないと言ってごまかしたクレイドだったが、エーデルは無言でにこにこと笑っていて「アリーシャ嬢に見惚れてぼんやりしていたんでしょう？」という声が聞こえてきそうだった。

クレイドは、本当にそれを言葉にされるのを防ぐつもりで手元にあった分厚い書類をエーデルに押しつけるようにして渡す。

「これを魔法研究所へ」

「えっ、もうできたんですか？」

エーデルは書類を両手で受け取り、抱えるようにしてそれを預かる。

魔法省の中にある魔法研究所は、新しい魔法を生み出したり古代魔法を解析したりする研究員たちの部門である。

東の遺跡で見つかった古い魔法陣の解析がどうしてもうまくいかないと、つい先日クレイドのもとへ相談が上がっていた。

「防御魔法と攻撃魔法を同時展開することで、あの場所を魔物から守っていたんだろう。ただ、複雑すぎて、術者が死んだ後は誰も制御できなくて放置されたようだな」

魔法を開発した者が自分以外にその詳細を明かすことを厭《いと》い、その結果一般に普及せずに廃れていくというのはよくある話で、エーデルは「なるほど」と納得した顔で頷く。

今回の解析に当たっていた研究員も自分が成し遂げるのだと意気込み、クレイドに相談がくるまでに随分と時間がかかったのも、何かと執心しがちな魔法使いによくあることだった。

クレイドが呆れ交じりに言ったところ、エーデルも共感していた。

「古代も現代も、人とはそう変わらないのかもしれないですね」

ここでふと、クレイドはアリーシャに声をかける。

「ところで、アリーシャは遺跡は好きだろうか？」

「え？　遺跡ですか……？」

考えたこともない、といった風に目を瞬かせるアリーシャ。

エーデルは、残念なものを見る目をクレイドに向ける。

ここで自分が質問を間違えたのだと気づいたクレイドは、少し気まずそうに説明した。

「いや、その、もしも興味があるのなら一緒に行ってもいいかと思ったんだ。大劇場では申し訳ないことをしたから……。埋め合わせというか、珍しくておもしろそうな場所にアリーシャを連れていきたいと……」

「どこの世界に、婚約者と遺跡にデートへ行く人間がいるんですか⁉」

エーデルから指摘され、クレイドはムッとした表情で「ここにいるかもしれないだろう？」と反論する。

アリーシャは二人のやりとりを見てくすりと笑い、持っていたペンを置いてクレイドに言った。

「クレイド様とご一緒できるなら、遺跡も楽しめるかもしれませんね」

その笑顔が愛らしく、クレイドは今にも抱き締めたい衝動に駆られる。しかしぐっと堪え、できるだけ余裕がある態度を心がける。

（落ち着け……！　アリーシャに触れるとまた心臓が止まるぞ……！）

先日、彼女の部屋で過ごした際にかっこいい婚約者になりきって頭に口づけをした。あのときは何でもないような顔をして部屋を出たが、廊下をしばらく歩いて曲がり角に差しかかったところで限界を迎えて倒れた。

打ちつけた鼻がとても痛かった。魔物にすら傷つけられたことがないのに、床で顔面を打つとは我ながら失敗だった。

少し後で部屋から出てきたマレッタは、うつ伏せで倒れているクレイドとそれを眺めるエーデルを見ても動揺せず、声をかけずに見て見ぬふりをしてくれた。

アリーシャの前で倒れなかったことだけが救いだった。

(君のためなら何だってする)

アリーシャに好かれたい。

私といて幸せだと感じてほしい。

ただ見守っていた頃にはなかった気持ちが溢れてきて、でもそれを叶えるには今の自分には足りない部分が多すぎる。

「どこへでも連れていく。遺跡だって……。あぁ、でも遺跡のある原生林にアリーシャを連れていくのは未知の感染症にかかる危険があるか。それはダメだな」

「え？」

「うん、わかった。ちょっと遺跡をつくってくるから待っていてほしい」

「はい？」

どうしてそうなったのかとアリーシャは首を傾げる。

しかしここで、エーデルが大きなため息をついてクレイドに忠告した。

「時間魔法は禁忌ですよ。遺跡をつくっている暇があったら、アリーシャ嬢が本当に行きたい場所をじっくり聞いてください。あなたはすぐに自分の力と才能で何とかしようとする」

その言葉に、アリーシャがはっとして「自分で何とかしようとする……社畜の法則」と呟いた。

クレイドはまた彼女の心に寄り添えなかったと猛省し、目を瞑って苦い顔をする。

(このままではいけない！　アリーシャに好きになってもらうにはまだまだ努力が必要だ……！

きちんと彼女の本音を聞いて、希望を叶えられる頼もしい婚約者にならなくては！）

世界で一番大切なアリーシャのために、完璧な王子になりたい。彼女を守り、支え、共に生きていけるように。

もう遺跡の話は終わったのだろうか、とこちらの様子を窺うアリーシャに気づき、クレイドは苦笑する。

（まずは、アリーシャに不安な顔をさせないようにしよう）

クレイドは席を立ち、彼女の方へ近づいていく。そして、柔らかな笑みを浮かべて言った。

「少し休憩した方がいい。お茶を淹れようと思うんだが……手伝ってくれるか？」

アリーシャなら、何もかもやってあげるよりもきっとこの方が喜ぶはず。そう思って誘ってみたところ、彼女は嬉しそうに目を輝かせた。

「はい、ぜひお手伝いさせてください」

その反応を見て、クレイドは「よかった」とホッとする。

エーデルは二人の微笑ましい様子を見てから、そっと部屋を出ていった。

第五章　募っていく恋心

クレイド様の執務室で、私は今日もリズさんからのお仕事を黙々と片付ける。

王子妃教育は相変わらず延期のまま。けれど、エーデルさんが依頼してくれた家庭教師の先生が三名決まり、一昨日から午前中は王子妃教育に近い講義を受けることができている。

王族に近い有力貴族たちの名前を覚え、彼らの力関係を知り、王子妃としての人間関係を新たに築くために必要な会話術を身につける。いきなり途方に暮れそうになりつつも、すべてクレイド様のためと思えばがんばれる。

リズさんから任された翻訳の仕事と家庭教師の先生たちのおかげで、私の毎日は充実していた。

今、クレイド様は魔法使いたちとの訓練を行っていて、執務室にはいない。

そろそろ戻ってくる頃だな……と思いながら、私はフェリシテと一緒にクレイド様の帰りを待つ。

「所作がさらにおきれいになられましたね」

仕事が一段落したところで休憩していると、護衛のリナさんがそう言って褒めてくれた。

お世辞かもしれないけれど、重いドレスを着た状態での移動にも慣れてきたという実感はあったから、誰かに認められるとホッとした。

「ありがとうございます」

私は笑顔でお礼を述べる。
たわいもない会話の最中に、窓から見える木々の様子から季節の移り変わりを感じた。
お父様は今頃どうしているかしら？
ふと思い出したのは、領地のこと。王都から派遣されてきた文官たちが支えになってくれている
そうなので、ドレイファス伯爵領はきっとこれから財政を立て直せると思う。
ただ、父はきちんと当主として仕事をしているかは疑問だった。まさか彼らに丸投げしているの
では……と不安が頭をよぎる。
こちらに着いてすぐに手紙を出したのに、まだ返事がない。ふた月も経《た》って返事がないのは心配だ。
う〜んと頭を悩ませる私を見て、リナさんが尋ねる。
「恋煩いという雰囲気ではありませんね」
「ええ、領地に残してきた父のことを思うと悩みが尽きなくて……」
護衛の騎士の皆さんとは、この二カ月で随分と親しくなった。
特にリナさんは、私と同じ貧乏伯爵家出身ということでとても親近感を抱いている。二十二歳に
なった今も婚約者がおらず、生家から持ってこられる縁談はとても喜べないお相手ばかり。だから
今回、私の護衛騎士にと話が来たときは「これで縁談を断る理由ができた！」と跳び上がるくらい
嬉しかったのだと話してくれた。
王子妃の護衛に就くことは、騎士としてとても名誉なことらしい。守る相手が私というのがちょ
っと申し訳ない気持ちになったけれど、リナさんが助かったならよかったと思う。
「お父上からの手紙が来ていないか、確認させますね」

「ありがとうございます」

リナさんは、さっそくメイドに伝えてくれる。

窓際でレースを編んでいたフェリシテが、私の気を紛らわせようといたずらっぽく笑って提案する。

「ねぇ、誰が一番早く編み上がるか競わない？　リナさんも一緒に」

「私ですか⁉　い、いえ、仕事中ですので私は……」

フェリシテが冗談でそう言うと、リナさんは全力で首を横に振る。

編み物に限らず「じっと座って作業するのが苦手なのです」と言う。貴族令嬢としてはかなり致命的な性分なのだと嘆いていた。

「皆それぞれ得意不得意がありますもんね。リナさんは編針を持つよりも騎士として励んでいる姿が素敵ですから」

私が笑いかけると、リナさんは感激したように見つめ返す。そして口元を手で押さえ、「嬉しいです……！」と言った。

「連勤を勝ち取る甲斐《かい》があるものです」

嬉しそうなリナさんだったが、私はその言葉に「ん？」と引っかかる。

護衛の人たちは、隊長はエメランダさんでそのほか八人の騎士がいる。朝昼晩の三交代で私に代わる代わるついてくれているが、そういえばリナさんがそばにいる時間が妙に長いような……。

ここに加えて訓練もあり、報告会もあるそうなので働きすぎではないかという懸念が浮上した。

私は恐る恐る尋ねる。

「あの、勤務体制って誰が決めているんですか？」

「基本的には、自己申告の早い者勝ちです」

「早い者勝ち?」

その言い方だと、皆が仕事をしたがっている風に聞こえる。

フェリシテは「あぁ……」と納得した様子だった。一体どういうことなんだろう、と私が疑問を抱いているのを察したリナさんは、誇らしげに話し始める。

「アリーシャ様は『ありがとう』とか『何か困ったことはないですか?』とか、いつもこちらを気遣ってくださるじゃないですか? 私たちに何気ない話もしてくださいますし、対応が丁寧でお優しいので、私たちもやる気が出るといいますか……。それに殿下とのやりとりも微笑ましいですし、できれば朝昼の勤務連続で入って見守りたいのです」

以前、図書館に行ったときは「私たちはお嬢様の持ち物です。荷物に行き先を聞くことはないでしょう?」と言っていたリナさんだったが、今は「人として扱われるってこんなに幸せなんですね」と言う。やや遠い目をしていたのは、誰かにつらい仕打ちを受けたことがあるのかもしれない。

でもすぐに目を輝かせ、私を見つめて言った。

「アリーシャ様の護衛は取り合いです。アリーシャ様をお選びになった殿下に感謝しています」

「えっと……、それは何というか……」

私はクレイド様に選ばれたわけではない。けれど、今ここで掘り返すようなことでもなく笑ってごまかした。

フェリシテはリナさんを見て、「ここにも社畜が……」と呆れたように笑う。

そこへ、扉をノックする音が聞こえてきた。

少し速いノックの仕方から、エーデルさんがクレイド様と共に戻ってきたのだと思った。

ガチャッと扉が開く音がして、丸めた地図らしき大きな紙を持ったエーデルさんとクレイド様が執務室に入ってくる。後方には、大柄な男性を先頭に五人の騎士がいた。

クレイド様は訓練後特有の険しい空気を纏っていて、以前の私なら恐ろしくて体が強張ってしまったことだろう。

今の私には、凛々しくて素敵なクレイド様が帰ってきたとしか思えず、人の心はこうも変わるのかと自分でもちょっと驚く。

「おかえりなさいませ」

席を立ってそう言うと、クレイド様とぱっと目が合った。その瞬間、柔らかな笑みに変わり、私も笑みを深める。

「ただいま、アリーシャ。変わりはない？」

「はい、何も」

クレイド様は、いつものように尋ねる。私も、いつもと同じように返事をした。

微笑み合うと和やかな空気が流れ、もう随分と婚約者らしくなれたような気がする。

ここへ戻ってきたとき、出迎えた私にクレイド様が笑いかけてくれる瞬間が好きだった。でも今日はクレイド様とエーデルさん以外にも騎士たちがいて、いつもと様子が違う。

彼らは革の鎧《よろい》や剣を装備していて、クレイド様と共に訓練場からやってきた魔法騎士隊の方々だろうと予想する。

「突然、大勢で戻ってきてすまない」

「いえ、そんなことは」

クレイド様は、ご自身の後方を気にしながらそう言った。私が怯えていないのを確認してから、彼らに「入れ」と言って入室の許可を出す。

この方たちは……と私が尋ねようとしたところ、クレイド様が振り返って私のことを紹介した。

「私の婚約者のアリーシャだ」

こうして紹介されるのは、初めてのことだ。

少し緊張しつつも、できるだけ優雅に見えるように挨拶をする。

「初めまして。アリーシャ・ドレイファスと申します」

一番先頭にいた騎士の方は、四十代くらいで隊長格に見えた。体も大きく、いかにも隊を率いている貫禄《かんろく》を感じる。

彼らにとったら私は主の婚約者だ。どういう反応をされるだろうか、認めてもらえるだろうかという不安でドキドキする。

クレイド様がいる場では冷たくされることはないだろうけれど……と思っていたら、予想外にフランクな反応が返ってきた。

「ご丁寧にありがとうございます。私は、魔法騎士隊で指揮官を任されているディエンと申します。むさくるしい男共が押しかけてすみません、はははは」

彼は豪快に笑い、部下の騎士たちも明るい笑顔を見せてくれていた。

指揮官を始め、クレイド様の執務室に来られるほどの部下なら全員が貴族のはずなのに、いい意味で貴族らしくない人たちだった。

私はつられて笑顔になり、安堵の息をつく。

そのとき、クレイド様がディエンさんにそっけなく言った。

「もういいだろう？　あちらの部屋へ行け」

「殿下、まだ挨拶しかしておりません」

「十分だろう？」

クレイド様は、私とディエンさんたちの間に立ちはだかるようにして「早くしろ」と急かす。もしかして、とても急いでいるんだろうか。

そうだったら私が邪魔をして申し訳なかった……と思っていると、クレイド様がこちらを向いて彼らが来た理由を説明してくれた。

「魔物の動きが鈍い冬の間に、まだ魔物討伐が終わっていない南西部へ向かうことになった。その準備で色々と話し合う必要があって彼らはここに……」

「討伐へ？　ということは、ここを留守になさるのですか？」

「あぁ」

突然の知らせに、驚いてすぐに言葉が出てこない。

本格的な冬が来る前にって、それはいつから？　どれくらいの期間、留守にするの？　どれくらい危険な任務なの？

聞きたいことはたくさんあるのに、どれも口にしてしまえば私の不安が伝わってしまいそうで、聞くのが躊躇われる。

婚約者としては、こんなとき何をどう伝えるのが正解なんだろう。

御身が心配だと口にしたら、クレイド様や魔法騎士の皆さんを信用していないと受け取られるかもしれない。

それに……毎日会えなくなるのが寂しいだなんて、なおさら言えなかった。魔物討伐隊がどれほど人々の暮らしと心を守ってくれるか、辺境出身の私はよくわかっている。

私なら大丈夫、寂しいくらい我慢できる。クレイド様が安心して討伐へ行けるよう、平然としていなければ……！

婚約者としてクレイド様のご負担にならないよう、どうにか笑顔を作る。

「そうですか！　どうかご無事で……いってらっしゃいませ！」

「…………」

最善の言葉を選んだつもりだった。けれど、クレイド様は眉根を寄せて悲しそうな顔になる。

予想外の反応に、私は動揺してしまう。もしかして素直に疑問や不安を口にした方がよかったのかと思った一瞬のうちに、クレイド様は背後を軽く振り返って言った。

「そうだった、彼らがどうしても君を一目見たいと言いだして連れてきたんだ」

「私を、ですか？」

「……私がアリーシャを閉じ込めていると、噂になってるらしい」

クレイド様が、気まずそうに笑う。

確かに今の私は離宮と魔法省だけを行き来していて、婚約式まで済ませたのにその招待客はゼロで、社交界にも出ていない。私だって最初は軟禁されていると勘違いしていたくらいだ、噂になるのは納得だった。

騎士の方々の視線は私たちに集中していて、まるで安否確認をされているみたいな空気を感じる。

私はクレイド様と目を合わせ、二人して困った顔になる。

「閉じ込められてなんていません、私がここで働きたいと言ったばかりに……」

きっぱりと噂を否定すると、皆さん納得してくれたようだった。

「いや〜、ご婚約者様の無事が確認できてよかった！」

ディエンさんはにこりと笑い、隣室へと消えていく。

ほかの方々も「お元気そうでよかった」と笑いながら歩いていった。

「本当に安否確認にいらっしゃったのですね」

「すまない。まもなく婚約の披露目があるからそこで姿を見られると言ったんだが、どうしてもと皆が……」

クレイド様は気まずそうに謝罪した。

私たちの婚約が決まり、もうすぐ三カ月が経つ。そのタイミングでお披露目の舞踏会が開かれるので、わざわざ執務室を訪れなくてもそこで会えたのに……とクレイド様は不満げだった。

ディエンさんたちも悪気があったわけじゃなく、善意というか好奇心で私の様子を見に来てくれたようだから許してあげてほしい。

私は、空気を変えようと笑顔で提案する。

「あの、よろしければ私にお茶を淹れさせてください」

「君にそんなことさせるわけには……！」

「いいえ、やらせてください。ティーセットも揃っていますから、メイドを呼ぶまでもありません」

クレイド様は渋ったが、私はいそいそと準備を始める。

初めて婚約者として紹介してもらったこともあり、私ははりきっていた。騎士の皆さんには、私たちがうまくいっていると思ってもらいたい。

茶葉はドレイファス領の山間部で生産されているハイグロウンティーで、以前から魔法省の人たちに好まれているらしく、つい先日マレッタに教えてもらってびっくりした。

魔法騎士隊の皆さんのお口にも合うといいな、と願う。

「私だけの……私だけの……なのに」

「え？」

隣を見ると、クレイド様が悔しげに何かを呟いていた。でも、すぐに「何でもない」と笑顔に変わる。

「この茶葉を使ってはいけませんでした？」

「いや、アリーシャのすることに間違いなんてない」

クレイド様はそう言い切ると、私の手からティーポットをそっと受け取ってカートに載せた。

「お茶を淹れてくれてありがとう」

「い、いえ……」

その微笑みにどきりとして、うっかりそのままクレイド様を見送ってしまいそうになる。

仲のいい婚約者同士だと思ってもらうためには、私が彼らをもてなさないといけないのだ。

私はクレイド様と共に隣室へ入り、騎士の方々にお茶を振る舞う。

「どうぞ」

「ありがとうございます！　麗しの姫君から直々に茶をいただけるなど感無量です」

ディエンさんは大げさに喜ぶ。

クレイド様は「アリーシャに絡むな」と言ってちょっと嫌そうに眉を顰めているけれど、ディエンさんのことを本気で咎《とが》める気配はない。

エーデルさんは我関せずで、テーブルの上に広げた地図に赤い印をつけていっていた。

クレイド様はずっと私のことを気にかけてくれていて、騎士の方々が私にクレイド様とのことを聞こうとするたびに落ち着かない様子だった。

全員分のお茶を用意すると、私の役目は終了する。

「クレイド様、それではまた……」

「あぁ、夕食には必ず間に合わせる」

クレイド様は私の左手をそっと握り、名残惜しそうに見つめた。

うまくいっていると皆さんにわかってもらうためかな……と思いつつも、胸がざわめき、少し頬が熱くなる。

繋いだ手がするりとほどけるようにして離れたとき、騎士の方々が唖然とした様子でこちらを見ているのに気づいた。

さっきまで雑談をしていたはずなのに、しんと静まり返っている。

ところが次の瞬間、わっと歓声のようなものが上がり盛り上がった。

「殿下が婚約者様に優しい言葉を！」

「あぁ、殿下にこんな幸せな日が来るなど奇跡だ！」

「ついにクレイド殿下に春が……！」

「これが幻覚だとしてもめでたいぞ」

口々に感想を述べる部下たちに、クレイド様は頭痛がするかのように右手で額を押さえ、無言だった。呆れているのか、クレイド様は小さくため息をつく。

「アリーシャ、すまない」

「いえ、大丈夫ですよ？　皆さん、クレイド様を慕っておられるのですね」

婚約者を監禁していない、仲良くしているというのは伝わったみたいだし、目的は達成した。それに、祝福されているのが伝わってきて嬉しかった。

私が「それでは失礼いたします」と言うと、エーデルさんがさっと扉を開けてくれる。

パタンと扉が閉まり、賑《にぎ》やかだった声は一切聞こえなくなった。防音魔法が施されているのだと気づき、ここでも「魔法って便利だな」と実感する。

執務室も離宮もすべてクレイド様の魔法で監理・制御されていて、私がどこにいようが機密情報をうっかり知ってしまうことはないし、逆に言えば私がここにいて何をしているのかは外に漏れることはない。でもそれもあって、噂が立ってしまうのだろう。

「これは『閉じ込められている』って勘違いされるのも無理ないわね」

思わず苦笑いになる。

仕事に戻る前にティーセットを片付けようとしたところ、フェリシテが私を制して微笑みかける。

せっかくだから私たちの分も淹れようと提案され、私はそれもそうだなと思った。

ところが、茶葉の缶を手にしたタイミングで隣室の扉がガチャリと音を立てて開く。

「アリーシャ、さっきの茶葉や湯はそこにある？」

出てきたのは、クレイド様だった。

「茶葉はこちらのボックスの中に捨てましたが、お湯はまだ残っています。おかわりが必要なら、すぐに新しく淹れ……」

私が話している途中で、クレイド様は足早にこちらに向かってやってくる。その雰囲気は少し緊張感をはらんでいて、おかわりが欲しかったという風には見えない。

私とフェリシテは揃って一歩下がり、ティーセットやポットのあるワゴンから少しだけ離れた。

クレイド様は、「借りるよ」と一言告げてから執務室の扉を開ける。そして、外にいた護衛騎士に短く告げた。

「これを鑑定部へ回してくれ。出所は言うな」

「かしこまりました」

鑑定、という言葉に私は驚く。

執務室に運ばれてくる飲食物や食器は、すべて浄化魔法がかけられてから運ばれてくるので安心だとエーデルさんから聞いていた。

鑑定が必要になるなんて、まさか茶葉が悪くなっていたか何か混入していたとか……？

不安から眉根を寄せる私。

「あの、クレイド様。どなたか具合が悪く……？」

私が淹れたお茶のせいで誰かが、と思うと泣きそうになった。すぐに医師の手配もしなければ、と思ったもののエーデルさんがまだ部屋から出てきていないことに違和感を持つ。

クレイド様は、難しい顔つきで何か思案していた。

「具合が悪いどころか……その、逆なんだ」

「逆？」

どういうこと？

私は目を瞬かせる。

クレイド様は私の手を取り、「見たらわかる」と言って隣室へと向かった。フェリシテも小さな足音を立てながら、私たちの後をついてくる。

扉を少しだけ開けその隙間から三人で顔を覗かせれば、やけに元気いっぱいの騎士様たちとばっちり目が合った。

私の姿を見たディエンさんは、腕の筋肉を自慢するかのようにして話す。

「おおっ！　姫君の茶は格別にうまかったです！　しかも力が漲《みなぎ》るようで、訓練後と思えないほど体力も気力も回復しました」

「すごい、これならもう一度訓練に行けるな」

「見てください！　剣に重力魔法をかけて五倍に重くしても余裕で振れます！」

意気揚々と語り、いかに自分が元気かをアピールし合う騎士様たち。エーデルさんは冷めた目を向けているが、そんなことはお構いなしではしゃいでいる。

全員がさっきよりも明らかに元気になっていて、やる気に満ちていた。

「これは一体何が……？」

理解が追いつかない。

クレイド様を見上げると、彼もまたよくわからないといった風に困惑していた。

「茶を飲んだら徐々にこうなって……。私も飲んだが、彼らのように変化はなかった。回復薬や体力増強剤といったようなものが含まれているようには思えないし、何が何だか」

「クレイド様だけ何ともないんですか？」

確かに変化は見られない。

じっと観察するも、クレイド様はいつものクレイド様だった。

「私は、全員に同じように同じお茶を淹れました」

「うん、それは見ていた。瞬きもせずに見ていたからアリーシャが何も入れていないのは私が保証できる」

「瞬きもせず？」

一部始終見ていたという比喩みたいなものだろうか。クレイド様は真顔で冗談をおっしゃるタイプなのかもしれない。

もしも実際にそうだとしたら、クレイド様の目の乾きが心配だ。

クレイド様は私が少し驚いて首を傾げたからか、話を先に進める。

「たとえば、茶葉や湯、ポットに何らかの薬が混入されていたり、魔法がかけられていたりしても、私の場合は自分の魔力が強すぎてほかの何かから干渉を受けることはない。私だけが何も感じない、というのはよくあることなんだ」

「そうなんですか……!?」

婚約者のことなのに、私は何も知らなかった。

少し落ち込む私に、クレイド様は「とにかく鑑定部から結果が来るのを待とう」と告げる。

元気すぎる騎士様たちも、結果が出るまではこの部屋から出せないと言う。

「あああああ！　戦いたい！」

「訓練をさせてください！」

「今なら一級災害魔物にも勝てる気がする！」

興奮気味に叫ぶ彼らは、昂《たかぶ》っていてまったく話し合いができない。

一体何がどうなって、こんな混沌《こんとん》とした状況になってしまったのか？

エーデルさんは「縄で椅子に縛りつけておきますか……」と呟いていて、その目は本気だった。

扉を閉めたクレイド様は、私の肩にそっと手を置くと優しい眼差しを向ける。心配しなくてもいい、そう言っているように見えた。

「彼らが暴れるようなことはないと思うが、念のためアリーシャは離宮へ戻ってくれ」

「よろしいのですか？　私には彼らに何かしたのかも……という疑いがあるのでは？」

まだ鑑定結果は出ていないが、口にすると罪悪感に苛《さいな》まれる。

フェリシテは「アリーシャが何かするわけないじゃない」と言って信じてくれたが、状況的には私しか犯人はいないのだ。

不安から、胸元でぎゅっと拳を握り締める。

クレイド様はそんな私の髪を撫で、少しだけ笑ってみせた。

「今のところ、彼らに害があったわけじゃない。むしろ力が増している。あくまで念のための鑑定だから、部屋で待っていてほしい」

「……わかりました」

葛藤はあったものの、私はクレイド様のお言葉に従い、離宮で待機することにした。

問題があったのは、茶葉？　それともお湯かポット？

考えてもわからないけれど、結果が出るまで私はずっと原因を考えていた。


窓の外には、オレンジ色の美しい夕焼けが広がっている。夕暮れ時になると窓から見える本塔の屋根がきれいに染められ、穏やかな風景に落ち着いた気分になる。今日ばかりは、とてもそうは思えないけれど――――。

今、私の部屋にはクレイド様とエーデルさん、フェリシテ、マレッタが集まっている。

クレイド様と私、フェリシテが席に座っていて、エーデルさんとマレッタはテーブルの前に立っている。

猫脚の白い大理石のテーブルの上には、四種類のポットが並んでいた。

エーデルさんは鑑定部からの報告書を手に、私たちに向かって説明を始める。

「右側がアリーシャ嬢の淹れたお茶、その隣がフェリシテ嬢、そして左側にあるのが私の淹れたお茶です」

どれも同じ茶葉で同じ分量を計測し、同じ茶器を使って淹れたので、茶褐色の色合いも香りもそっくりだ。教えてもらわなければ、どれが自分の淹れたお茶かわからない。

エーデルさんは、その手に持っている小型の計測器にそれぞれのお茶をスプーンで少量ずつ入れていく。

「これで何がわかるんです？」

フェリシテが計測器を覗き込み、不思議そうな顔で尋ねる。

作業を続けるエーデルさんは、目線をスプーンや計測器に向けたまま答えた。

「お茶の中に含まれている魔力を計測します。これは、神殿で苦痛を軽減できる聖水を作っているのですが、それを作るときに効果を計る測定器なんですよ」

「はぁ……？」

何が何だかさっぱり、という反応を見せるフェリシテ。声に出さないだけで、私も彼女と同じようにまったくわからない。

「わかりやすく言うと、光の魔法が感知できればここが光ります」

計測器には半透明の灰色の宝石がついていて、光の魔法を感知するとそれが白く光るのだという。

やってみると、一番右側にあった私の淹れたお茶にはそれが反応した。ずっと灰色だったのに、数分経つと淡く白く光り始める。

「どうして……？」

私は光の魔法なんて使えない。

お金がなくて十歳のときの測定すら受けていないけれど、これまで私が魔法を使えたことは一度もないのだ。

「光の魔法が使えれば、もっと……、自分でもわかるはずですよね？」

隣に座っているクレイド様の方を向き、そんなことがあるのかと信じられない気持ちで尋ねた。

ところが、クレイド様は腕組みをして納得した様子だった。

「魔法の才能があっても、その自覚がない者もいる」

「え……」

「アリーシャは、自分の意志で体外に魔力を放出できないタイプなんだろう。光属性の魔法の才能はあるが、自分では操れず、お茶を淹れたときに自然と祝福がかかるのか……」

祝福とは、光属性の魔法の一種だ。個人の技量や魔力量にもよるけれど、祝福は人々の体を癒し回復させてくれる。

フェリシテは私の手をじっと見つめ、観察しながら疑問を口にした。

「アリーシャ様の手から祝福が出ているってことですか？」

見た目は、普通の手にしか見えない。何かが光っていることも、特別なオーラが出ていることもまったくない。

私も、自分の手のひらを広げてまじまじと観察する。

「私がポットを使ったり茶葉を移したりすることで、祝福がお茶に……？」

そんなことまったく知らなかった。

子どもの頃はまだそこまで極貧じゃなかったからメイドがいたし、成長してからは自分のためにしかお茶を淹れたことはなかった。というより、お金がないからほとんど水だけを飲んでいたわけで……。

クレイド様は、私が検証用に淹れたお茶をティーカップに注ぎ、ごくりとそれを飲んだ。

「アリーシャの淹れた茶を口にした者は、体力と気力が回復する。祝福には味や見た目を変化させる作用はないから、ディエンたちもわからなかったのだろうな」

やはりクレイド様にはまったく変化がない。涼しい顔で、冷静にそう分析した。

「以前、お茶を淹れる練習をしたときにマレッタに飲んでもらいましたが……？」

あのときマレッタに変化はなかった。

私が見つめると、彼女もまた不思議そうな顔をしている。

「マレッタは魔力がゼロです。だから影響がなかったのではないかと」

エーデルさんは、体内に魔力がなければ祝福の効果を受けることはできないのでは……と予想していた。

魔力がゼロだと魔法薬もほとんど効かないので、祝福の影響を受けないのも納得できる。

「クレイド殿下のように魔力がありすぎても効かず、マレッタのように魔力ゼロでも効かない。アリーシャ嬢の祝福は実験し甲斐がありそうですね」

興味深い、とエーデルさんは笑った。

一方で、さっきほんの少しだけ口にしたフェリシテは次第に頬が緩んできていた。

「すごいわ。このお茶を飲んだら、日々の疲れが吹き飛んじゃった！　お風呂に入ってマッサージを受けて、おいしいものをたくさん食べた後みたい。気分がとてもいいわ～！」

ほわんとリラックスした様子のフェリシテは、とても嬉しそうだった。いつもの彼女よりも明らかに上機嫌になっている。

マレッタはすかさずフェリシテのそばに寄り、これ以上の異変がないかをさりげなく見守っていた。

「フェリシテ、大丈夫？」

「うん！　すっごく楽しいわ！」

魔力がない人には、ほんの少しでも効果が強めに出るみたい。

本当に大丈夫かしら……とフェリシテの様子を窺っていると、クレイド様がそっと私の手を握って優しい目で言った。

「アリーシャが淹れたお茶は、これまでの人生で飲んだお茶の中で一番おいしかった。満たされた心地になり、幸せな気分になるなと思っていたが、まさか祝福がかかっていたとは」

「いえ、あなたの場合は気のせいです。何も効かないんですから」

エーデルさんは容赦なく指摘する。

「クレイド殿下のような普通の体質でない人はいったん置いておいて、魔法騎士や研究員で実験はしていきたいと思います。鑑定部からの報告では、効果に個人差がある可能性が高い……と」

お茶を飲んだ人の本来の体力や気力、魔力などの大きさによって、効果も大きくなるというのが鑑定部の報告結果だった。

クレイド様は「さすがアリーシャ」と褒めてくれたものの、私は喜びよりも困惑の方が大きかった。

「私が光の魔法を……？」

子どもの頃から、私にも魔法が使えたらいいなと思ったことは何度もあった。魔法が使えれば、人の役に立てるかもしれないし、それで報酬も得られると思っていたから……。

でも、騎士の方々の変化やフェリシテの様子を目の当たりにすると、「私はおかしなクスリを作ってしまったのでは……」と恐ろしくなってきて顔が引き攣る。

エーデルさんによれば、フェリシテはごく一般的な令嬢なので、お茶を飲んでも疲れが取れて気分がよくなるくらいの影響しかないようだ。けれど、膨大な魔力を持つ魔法騎士たちが飲むとかなりの影響力が出てしまうらしい。

「栄養剤と表示して販売すれば、もっと働けるようになりますね」

「エーデルさん、こんなものを飲まなくても皆さんたくさん働いてますよ？」

「冗談ですよ」

にこりと笑う彼は、冗談としつつも半分以上は本気であるように感じられる。「回復して元気になるんだから、元気な人間を働かせても倫理的に問題ないのでは……」と呟いていたのは聞こえなかったことにした。

クレイド様も「絶対にダメだ」と強く否定する。

「アリーシャにこんな力があると知られれば、神殿の上層部が放っておかないだろう。あれこれと理由をつけて、神殿に閉じ込めようとするはずだ！」

「自分が真っ先に閉じ込めておいて、何をおっしゃってるんですか？」

「うっ」

エーデルさんにそう言われ、クレイド様は言葉に詰まる。

監禁は勘違いだったし、私は「気にしていませんから」とそっと告げた。

それにしても、私が淹れたお茶はクレイド様には効かないのか……。ずっとクレイド様に休んでほしいと思っていたから、回復のお手伝いができなくて残念に思う。

やや気落ちした私を見て、隣に座っていたクレイド様がぎゅっと手を握った。

「不安か？　大丈夫、アリーシャのことは何があっても私が守る」

真剣な表情で宣言され、胸がどきりとする。ありがとうございますという声が、とても小さくなってしまった。

私たちを見て、満足げな表情をしたエーデルさんは話を締めくくる。

「今後はクレイド殿下以外にお茶を淹れないようにお願いします。詳細はじっくり調べていきましょう」

「わかりました。どうかよろしくお願いします」

クレイド様とエーデルさんは私のお茶のせいで仕事が滞っているので、再び魔法省へと戻っていく。夕食を一緒に取ることも叶わず、クレイド様は申し訳なさそうな顔で去っていった。

突然の出来事にびっくりして、少し考える時間が欲しいと思った私は、マレッタに頼んで部屋まで食事を持ってきてもらうことにした。

待っている間、お茶の効果が早くも薄れていつもの落ち着きを取り戻し始めたフェリシテがぽつりと呟く。

「このお茶を飲めば、いつも以上にがんばれるってすごいね」

テーブルの上には、まだ私の淹れたお茶が入ったポットが残っている。

昼間に見た騎士様たちの様子が脳裏によぎり、やはり人を異様な状態にしてしまうのだと思った。

フェリシテはティーポットから私の顔に視線を移し、そして宣言する。

「もうアリーシャはダメ男製造機じゃないわ。社畜製造機よ！」

「えええ!?」

「リナさんだって護衛につきたくて社畜化してるし、今度はお茶で魔法騎士まで……！　エーデルさんの言ったように、もうお茶は淹れないようにしなきゃ」

私たちの目は部屋に残されていたポットに自然と向かい、「お茶は今すぐ処分しよう」ということで意見が一致した。

空は薄紫色に変わっていて、これから美しい夜空に変わるというのに景色を楽しむどころではなかった。


離宮の一階にあるダンスホールに、華やかで情熱的なバイオリンの音色が響いている。

一流のバイオリニストの生演奏のような臨場感があるが、実際に音を出しているのは蓄音機型の魔法道具だ。

マリーゴールドみたいに可憐なオレンジ色のドレスを纏った私は、いつもよりさらに高いヒールを履いてダンスレッスンの最終確認に挑んでいる。

背の高いクレイド様に似合う淑女になりたくて、衣装を選ぶフェリシテに「クレイド様の隣にいるときにシルエットが美しく見える衣装を」と頼んだのは私自身で、でもダンスを踊るのにこの踵の高さは無謀だったかもしれないと内心では少し後悔していた。

ボルドーの衣装を纏ったクレイド様は、向かい合ったときにいつもより顔が近いことに気づき、少し照れたように笑った。

着飾った姿で向かい合うだけでもドキドキするのに、抱き合うみたいに密着してホールドし、ダンスを踊るのはとても難しい。

何度も練習してきたことがすべて吹き飛び、頭が真っ白になってしまったくらいだ。

クレイド様もじっと動かず立ち止まったままで、随分と曲が進んでからぎこちなく一歩踏み出した。私はそれをきっかけにようやくステップを踏み始めることができ、まだ始まったばかりなのに冷や汗が出そうだった。

私たちの婚約発表が大々的に行われるのはいよいよ明日で、失敗するわけにはいかないという緊張感がさらに私を追い込む。

「すまない、誰かと踊るのは初めてなんだ」

「え？」

見上げれば、クレイド様は困ったような顔で目を逸らしていた。

躓《つまず》いたのは最初だけで、とてもそうとは思えない優雅な足運び。私のことをリードしてくれて、靴先がぶつかることだって一度もないのに「初めて」とはどういうことなのか。

クレイド様は、舞踏会やパーティーに参加したことはほとんどなく、ダンスは講師とのレッスンのみで、人前で踊ったことは一度もないのだと続けた。

「こんなにお上手なのに」

信じられない、と思わず呟く。

クレイド様は、繋いだ手に視線を向けたまま言った。

「私が参加したところで、誰も喜ばないから。それに面倒事を引き寄せたくなかった」

「あ……」

魔法省と離宮だけを行き来して暮らす私の耳に、クレイド様の悪い噂はまったく入ってこない。でも、王城の舞踏会へ行けばきっとそうはいかない。『第二王子は容姿が醜く、性格は冷酷で無情』

という悪意に満ちた噂がドレイファス領にまで届いていたくらいだから、王都ではどれほどいわれない批難に晒されてきたのだろう。

クレイド様は、お優しい方なのに……！

社交界の理不尽さに、悔しさが込み上げる。

それに、力のない自分が悲しかった。

ところが、俯いて黙り込んだ私とは反対に明るい声が降ってきた。

「でも、これでよかったと思っている」

「え？」

「初めて踊る相手がアリーシャだなんて、最高に幸せなことだ」

「クレイド様……」

驚いて顔を上げると、クレイド様は幸せそうに目を細めている。

その笑顔を見ていたら、弱気になっている場合じゃないと思えた。

「クレイド様がいてくだされば、私は喜びます。誰も喜ばないなんて……、そんなこと言わないでください。噂を信じない人もいるはずです」

「アリーシャ」

クレイド様と繋いでいる私の手に、無意識のうちに力が籠る。

この方が本当に素晴らしい人なんだって、たくさんの人に知ってほしいと心から思った。

「これからは社交場に出ることもあるでしょう。私がクレイド様のお人柄が伝わるようにがんばります」

王妃様とフォード大臣が選んだ無価値な家の娘でも、少しずつ真実を広めるお手伝いはできるかもしれない。決意する私を見て、クレイド様はふっと笑った。

「ありがとう、アリーシャ。実は私も少し考えていたんだ、君のためにも噂を変えていかなければ……と」

「私のため？」

「アリーシャを、酷い男に嫁がされるかわいそうな花嫁にはしたくない」

予想外の言葉に、私は呆気に取られる。

ご自分のことより私のことを思いやってくれるなんて、その気持ちに胸が熱くなった。

「……じゃないですよ」

「ん？」

よく聞き取れなかったのか、クレイド様が顔を寄せる。

私は小さく首を振り、何でもないですと笑った。

この方に嫁げるなら、私はかわいそうな花嫁なんかじゃない。私はクレイド様のことが好きだから、周囲からどう思われようとそうならないのだ。

もしもクレイド様が私の気持ちを知ったら、どう思われるだろう？

くるりとターンすると、キラキラと輝くオレンジ色のチュールドレスがひらりと揺れる。

息遣いが聞こえてきそうな距離にはまだ慣れないけれど、曲が一番盛り上がるラストにはようやくしっかりと見つめ合って踊ることができた。

好きな人と踊るダンスがこんなにも幸せなんだと、また新しい発見になった。

いよいよお披露目の当日。

王城にはたくさんの馬車が到着し、色とりどりの衣装を纏った貴族たちが続々と姿を現す。

私の部屋では、マレッタを始めメイドたちが朝から準備に大忙しだった。

フェリシテは、新しく増えた使用人や侍女たちにテキパキと指示を出し、すっかり頼もしい侍女の顔になっている。

「とてもきれいです、アリーシャ様」

「さすがは殿下、婚約者様にお似合いのデザインがよくわかっていらっしゃいますね」

二十代後半の侍女たちが、めいっぱい着飾った私を見て褒めてくれる。

サファイヤブルーのドレスは輝く水晶がたくさんちりばめられた豪奢なデザインで、肩や二の腕部分はレースで格式高い雰囲気を感じる。

十分すぎるほどに華美なはずなのに、落ち着いて見えるところが気に入っていた。

「うまくできるかしら……?」

今の私は、どう見ても貧乏伯爵令嬢じゃない。第二王子の婚約者に恥じない装いにしてもらった。

でも頭の中は、挨拶のマナーやダンスのステップでいっぱいで、婚約式のときのように時間が経つにつれて緊張感が増していく。

――コンコンコン。

この控えめなノックの音は、クレイド様だ。私を迎えに来てくれたのだとすぐにわかる。

「お通しして」

メイドに告げると、彼女はすぐに扉を開けた。

予想通りクレイド様で、私と揃いのサファイヤブルーがアクセントになったシルバーグレーの盛装を纏っていた。

いつもの魔法省の制服姿とは違い、華やかな雰囲気がいかにも王子様といった印象になっている。大劇場で観た、王子様役の人の何倍も素敵だと思った。

「アリーシャ、すごくよく似合ってる」

クレイド様は私を見た瞬間、喜びで揺れるような笑顔になる。はぁ……と息をつき、ずっと私を見つめていた。

私も自分のドレスに視線を落とし、そしてはにかみながらクレイド様のそばに近づいた。

「ありがとうございます。クレイド様もとてもよく似合っておられます。本当に、素敵です」

私がそう言うと、彼はそっと私の左手を取った。

何だろうと不思議に思ったそのとき、小指にかわいらしい花模様の指輪を贈られた。

「きれい……」

きらりと光る指輪は、見つめていると目が離せなくなるような不思議な感覚になる。

クレイド様は、私の手元を見て満足げに言った。

「よかった、今日に間に合って……。アリーシャに似合う指輪を作らせていたら、予定より遅くなってしまったんだ」

贈り物はこれまでにも数えきれないほどもらっている。衣装に装飾品、バッグに帽子、何から何までクレイド様からの贈り物だけれど、わざわざご自分で手配してくださったんだと思うととても嬉しかった。

「大切にします。ありがとうございます」

笑顔で告げると、クレイド様もまたにこりと笑った。

「本塔は危険がいっぱいだからね。指輪はずっとつけていて」

「？　わかりました」

これは婚約者の証《あかし》か何かなんだろうか？

クレイド様は、指輪があれば安心だと言う。邪魔にならないよう小指に合わせたとも言い、ここでも気遣いが垣間《かいま》見える。

「さぁ、行こうか」

会場に向かうため、クレイド様と腕を組んで歩き始める。

婚約式のようなぎこちなさもなく、取り繕った笑顔でもなく、随分と私たちの関係は変わったなとしみじみ思った。

「今日の披露目には、陛下と王妃殿下、兄上、それに王妃派の貴族を中心とした招待客が大勢集まっている。それに、近隣国の大使も……」

「すごく盛大なお披露目ですね」

クレイド様によると、国の行事や式典に並ぶ規模だとか。これまで華やかな社交場にクレイド様が出席したことはないので、ほとんどの貴族と交流がないらしい。

「親しげに話しかけてくる者がいても、気にしなくていいから。アリーシャは……」

「何もしなくていい、だなんておっしゃらないでくださいね？」

「あ……」

クレイド様はバツが悪そうな顔をする。

私はふふっと笑い、彼の顔を見上げて言った。

「この日のために、皆さんの顔と名前を必死で覚えました。クレイド様の婚約者として、私にも役目を果たさせてください」

クレイド様は、噂のように冷たい人ではない。けれど、極端に社交が苦手なのだと先日エーデルさんが嘆いていた。これまでの環境を思えば、そうなっても仕方ない。

それならば、私が代わりになりたいと思ったのだ。

「ちょっと緊張していますけど、クレイド様が隣にいてくれるならがんばれます。覚悟はできていますから……その、大丈夫です」

最後の方が少し弱々しくなってしまった。

説得力がない……。

クレイド様は私の言葉に少し驚いたような顔になり、でもすぐに慈愛に満ちた目を向けた。

「では私も、アリーシャのために努力しよう」

笑い合えば、きっといい日になるような気がする。

私は、クレイド様の婚約者になれてよかった。そう思ったとき、クレイド様が突然一歩距離を詰め、屈んで顔を寄せた。

「っ！」

少し冷たい唇の感触を頬に感じ、クレイド様の髪の匂いがふわりとする。

心臓が大きく跳ね、私は息を呑んで目を瞠る。

クレイド様は、大切なものを扱うように私の頭をそっと撫で、優しく抱き締めた。

しばらくの間、無言の時間が流れる。どうしていいかわからない私は、自分の心音がクレイド様に聞こえてしまうのではと心配しながら、腕の中でただじっとしていた。

どうしてクレイド様はこんなことを……？

婚約者なら、頬にキスをしたり抱き締めたりするのは普通のことなの？

私の頭の中は、クレイド様のことでいっぱいになる。

「あぁ、誰にも見せたくない……。披露目なんて断ればよかった」

クレイド様が嘆く。

その声はあまりに切実で、本気で後悔しているのが伝わってきた。

「あの、クレイド様……？」

私は期待してもいいのだろうか。

クレイド様も、少しは私のことを想ってくれているって希望を持ってもいい？

恐る恐る腕を上げ、抱き返そうとしてみるが――。

「今すぐ連れ帰って閉じ込めたい」

突然に聞こえた不穏な声。

私はぴたりと手を止め、クレイド様を見上げた。

「冗談に聞こえませんよ？」

「…………」

返事はなく、無言でぎゅっと腕に力を籠められる。

本気なのか冗談なのか、戸惑っていたら背後から呆れ交じりの声がかかった。

「そろそろお時間ですよ？　そういうことは戻ってからにしてください」

私はびくりと肩を揺らし、慌ててクレイド様から離れようとする。ところが、逞《たくま》しい腕がなかなか離してくれない。何だかおかしくなってきて、私はくすくすと笑ってしまった。

結局エーデルさんに無理やり引きはがされ、私たちはお披露目に臨んだ。

大広間にはすでに招待客の全員が揃っていて、クレイド様が私を伴って姿を現すとざわめきが走った。

人波がざっと割れ、王族のいる場所まで道ができる。

クレイド様と私はその中央をゆっくりと歩いていった。私たちに向けられる視線は、好奇や敵意など様々だ。

「あれが第二王子のクレイド殿下……？」

「何て美しい方なんでしょう……！　お近づきになりたいわ」

「お噂とは違い、王太子殿下に劣らぬ風格では？」

「さすがは魔法省の長官、威厳がおありだ」

会場には感嘆の声が聞こえ始め、クレイド様の凛々しくご立派なお姿に唖然としている人も多かった。

当然、婚約者である私にも多くの視線が突き刺さる。

私は、クレイド様の婚約者だ。初めての社交で失敗は許されない。

令嬢方からは「あれは誰？」「見たことがない顔ね」とひそひそ声が漏れ聞こえ、値踏みされているのがまざまざと伝わってくる。

社交界デビューもしていない、国境沿いの貧乏伯爵令嬢のことなんて誰も知らない。

誰かが「ドレイファス伯爵家よ」と家名を口にしたところで、知名度がなさすぎて何の情報も出てこないのだ。

一部の者は「王妃様とフォード大臣が選んだらしい」という情報は掴んでいて、そのおかげで私のことを悪《あ》し様に言う者はいなかった。

ひたすら好奇の視線に晒され緊張したけれど、ここで怯《ひる》んではクレイド様の婚約者として情けないと気を引き締める。

ざわめく大広間を、私は笑顔で歩き続けた。

王族の方々の前へ到着した私たちは予定通りに挨拶をする。それが終わると、陛下の口からクレイド様の婚約が宣言された。

「第二王子のクレイドとドレイファス伯爵令嬢のアリーシャが、このたび正式な婚約を結んだ。皆の者、盛大に祝ってやってくれ！」

会場は拍手と歓声に包まれ、まるで皆が私たちの婚約を歓迎しているようだ。

恐ろしい……。笑顔の裏で様々な駆け引きが行われているのかと思うと、しかもこれからそういう世界で生きていかなければならないんだと改めて思い知らされる。

「アリーシャ」

クレイド様が、そっと私の肩を抱いた。

笑顔は保っていたつもりだったのに、緊張で体が強張っていたみたい。クレイド様に肩を抱かれて呼びかけられただけで、途端に安心して体が軽くなった気がした。

このような場に出るのはクレイド様も慣れていないのに、私のことを守ってくれるんだと思うと胸が温かくなる。

私はクレイド様を見上げ、目で「大丈夫です」と伝えた。

なめらかなバイオリンの音色が響き、人々はホールでダンスを始める。

私もクレイド様と一緒にホールへ移動し、初めてのダンスを披露した。練習通りにステップを踏めばいい、曲に合わせて楽しんでいるように笑顔を意識して……うまくいくようイメージしながらクレイド様と向き合う。

目と目を合わせ、幸せな婚約者同士であることをアピールする。

ここでもご令嬢方からはクレイド様に羨望の眼差しが向けられ、「どうして婚約者に立候補しなかったのか」と悔やむ声までばっちり聞こえてきた。

私はなるべく気にしないように心がけ、今はダンスに集中する。

「アリーシャはすごいな。皆が君に見惚れている」

何をどう勘違いしたのか、クレイド様が突然そんなことを囁いた。その表情は少し寂しげで、冗談を言っているようには見えない。

私は苦笑いで「まさか」と言う。

ところが、次第にクレイド様のお顔が険しくなっていく。周囲にいた貴族令息に、厳しい視線を向けていた。

「舞踏会が終わったら、全員の記憶を消してから帰すか」

「え？」

記憶の操作は王国法で禁止されていますよね？

というより、そんなことまでできるんですか？

クレイド様は、優雅なバイオリンの音色とは正反対に物騒なことを口にする。その目も声色も本気だと感じられた。

「皆はクレイド様に注目しているんですよ。私じゃありません」

だから周囲は気にせず、ダンスを楽しもう。そう訴えかけると、クレイド様はまた優しい顔つきに戻ってくれた。

「こうしてアリーシャと踊れる日が来るなんて、夢みたいだ」

「私も夢みたいです」

軽やかなステップを踏み、優雅なターンの後は目を合わせて微笑み合う。

たった一曲。とても短い時間だったけれど、私にとっては一生忘れられない楽しい時間になった。

曲が終わり、初めてのダンスは無事に終了する。

さぁ、この後は大臣や各国の招待客へのご挨拶が待っている。ここからが本番と言ってもいいくらいだ。

「アリーシャ、行こうか」

クレイド様はそう言って手を差し伸べた。

私はその手を取り、笑顔で「はい」と答える。

「⁉」

そのとき、なぜか背筋がぞくりとして反射的に振り返った。

誰かの視線を感じ、その人を探そうとしてすぐにわかった。壇上の椅子にかける王妃様が、とても冷たい目で私を見ていたのだ。

「なぜ……?」

以前、謁見の間で初めてお会いしたときには、にこやかな笑顔をなさっていた。陛下にはご立腹の様子だったけれど、私はご自身が選んだ「都合のいい家の娘」だから、こんな風に睨まれることはなくて……。

何か気に障ったんだろうか?

理由がわからず、不安に駆られる。けれど、ちょうどこのタイミングでご挨拶が始まってしまった。私たちに声をかけてきたのは、王弟である公爵のご家族だった。

「初めまして。アリーシャ・ドレイファスと申します」

事前の調べでは、公爵様は陛下の三つ下の弟で性格は温厚。政治には関与せず、東の領地からめったに出てこないそうだ。

今日、王都まで家族を伴ってきてくださったのは純粋に甥《おい》の婚約を祝ってのことらしい。

「よき縁に恵まれてよかった。お二人に幸せが訪れることを祈ります」

「ありがとうございます」

クレイド様は、まっすぐに公爵を見て笑みを浮かべる。その様子に、公爵は少し安心したように頷いていた。

優雅な音楽が流れる大広間で、私はクレイド様と寄り添って多くの招待客と挨拶を交わした。

舞踏会も終盤になり、そろそろ挨拶もすべて終えたかという頃になって、隣国エディユンの大使夫妻とそのお嬢さんにご挨拶を行うことになった。

いつのまにか私の背後にいたエーデルさんから「魔法省は、魔法道具づくりが盛んなエディユンとこれから親交を深めていく予定です」と密かに教えられる。

そんなことを聞いてしまうと、うまくやらなければというプレッシャーを感じどきりとした。

「クレイド殿下、このたびは誠におめでとうございます。私も二十歳で妻と婚約しましたので、お二人を見ていると懐かしい気持ちになります」

大使の方は、朗らかな雰囲気でそう話す。

クレイド様は私を紹介し、奥様も交えて会話に応じた。

しばらく談笑していると、まだ七歳のお嬢さんには退屈だったようで、彼女が疲れた表情を見せ始める。

こんなに幼いうちから異国に来て、舞踏会にも出席して、とても立派だ。同時に、かわいそうに……とも思う。

『あちらでジュースでもいかがですか？』

私はエディユンの言葉で話しかける。

お嬢さんはパッと顔を上げ、驚いた顔をしていた。

通常であれば、訪問先では訪問先の言葉を使う。でも七歳ではまだ外国語は話せないだろう。魔法道具の翻訳機はあるけれど、こういった社交場でそれを使うのはあまり推奨されないらしい。

私でよければ、おしゃべりの相手になってあげたい。そう思い、クレイド様に許可を求める。

「クレイド様、ご息女様とあちらでお話ししてきてもよろしいですか？」

「それは構わないが……。いいの？」

「はい。お友だちになりたいです」

私はクレイド様の許可をもらい、大使のお嬢さんのルカちゃんと一緒にテラスのテーブル席へと向かった。

歩いている途中、自然に手を繋いできたのがかわいくて、思わず胸がきゅんとなる。

席に着くと、さっそく給仕のスタッフにジュースを二つ頼んだ。護衛の騎士たちは少し離れたところから私たちを見守っていてくれて、さすがにこの状況で私に話しかけてくる人はいない。

『この国のぶどうジュースはとてもおいしいわ。冷たいデザートもとてもおいしくて、お母様にあまり食べすぎてはダメよと言われるの。アリーシャ様はシャーベットの作り方をご存じ？』

自国の言葉では饒舌《じょうぜつ》に話し出す様子も、またかわいらしかった。

私はルカちゃんがこの国に来てどんな暮らしをしているのか、家庭教師の先生に何を習っているのかを尋ね、舞踏会が終わるまでの時間を楽しく過ごす。

『街へ出かけたとき、とってもかわいいウサギのぬいぐるみを買ってもらったの。今度アリーシャ様にも紹介してあげるわね！』

『ありがとう。私もかわいいぬいぐるみは大好きだから、ぜひ見せてもらいたいわ』

ルカちゃんは、この国に来てたくさんのものをもらったと話す。ドレスは多すぎて全部着られないわ、と笑っていた。

『サファイヤのついた懐中時計というのを王妃様からいただいたの。とってもかわいいけれど重たいからお部屋に置いてあるわ』

『……王妃様から？』

思わぬところでその名が出てきて、私は一瞬言葉に詰まってしまった。さっきの恐ろしい形相を思い出すと、笑顔が引き攣りそうになる。

『王妃様はとてもきれいで、おしゃれに詳しい方なんだって！　アリーシャ様もおしゃれは好き？』

無垢《むく》な瞳のルカちゃんは、王妃様とのお茶会に招待されたときのことを楽しそうに話してくれた。

私はうんうんと相槌を打ちながら話を聞く。ルカちゃんが眠そうな目をし始めた頃になり、私は『そろそろ戻りましょうか』と提案した。

私はルカちゃんと共に席を立ち、エディユンの護衛騎士に声をかける。

それと同時に、リナさんがさりげなく私の隣にやってきた。

クレイド様のところまで案内してもらうと、大使夫妻のもとへ戻ったルカちゃんと手を振って別れる。滞在中、また会う約束をしてその場を離れた。

「アリーシャ、ありがとう。君のおかげでゆっくり話ができた。疲れただろう？　そろそろ戻ってもいいはずだ」

クレイド様はそう言うと、私の腰に手を回して歩き始める。

エーデルさんに視線を送れば、彼は「どうぞ」と言って扉の方を指し示した。今回は二人揃った姿を見せるのが目的だったため、最後までいなくてもいいらしい。

大広間を出た私たちは、離宮へと戻っていく。

「あの……クレイドさ……！」

外に出ると強めの風が吹いてきて、私の声はかき消された。王妃様のことを尋ねようと思ったが、夜の寒さに私は「うっ」と声を漏らして目を瞑る。

クレイド様はすぐにご自分の上着を私の肩にかけてくれて、そのぬくもりがとても心地よかった。

「ありがとうございます」

お礼を言うと、クレイド様は柔らかな笑みを浮かべる。そっと手を繋がれ、私たちはまた歩き始めた。

離宮に到着し、私の部屋の前でクレイド様は足を止める。

「今日は本当にありがとう。ゆっくり休んで」

「……はい」

王妃様のことを相談しようかと思ったけれど、護衛がいる廊下では無理だ。

舞踏会でクレイド様もお疲れだろうし、わざわざ部屋に入ってもらって「王妃様に睨まれました」だなんて、いちいち報告するようなことではない気がする。

社交界には陰湿ないじめがあると聞くし、睨まれたくらい些細なことだ。クレイド様が注目されていたから、それで機嫌が悪かったのかもしれない。

私は睨まれるくらい何でもない、と胸の奥に仕舞う。

「アリーシャ？」

クレイド様が私の顔を覗き込む。

はっと気づいた私は、慌てて笑顔を取り繕う。

「大丈夫です、おやすみなさい」

訝しげな顔のクレイド様は、私の様子を気にしてくれていた。

その顔を見ていたら、心配をかけたくないと思った。

なかなか離れようとしないクレイド様は、エーデルさんから「女性を長く立たせてはいけません」と窘められ、ようやく踵を返すのだった。

第六章　どうしても会いたくて

今朝は冬らしい寒さで、吐く息が白くなって消える。

保温効果ばっちりの糸で紡がれたドレスを着て、その上からダークブラウンのケープを羽織った私は、魔物討伐隊のお見送りに王城の広場まで出てきていた。

以前、クレイド様から『魔物の動きが鈍い冬の間に、まだ魔物討伐が終わっていない南西部へ向かうことになった』と聞いていた、例の討伐遠征が今日から始まるのだ。

鎧姿の騎士たちが溢れる広場で、私は見送りのためにフェリシテや護衛騎士と共にクレイド様のいる場所へと進んでいく。

「南西部は、確か大きな山に囲まれているんですよね。通信機が使えないところもあるとか……。これまではさほど魔物被害に遭っていなかったと聞いていましたが、これほどの軍勢で討伐に向かわなければならないくらい一大事なのでしょうか？」

私の疑問に、護衛騎士のエメランダさんが答えてくれる。

「三年前に領主が代替わりして、騎士団や自警団の規模を縮小したらしいのです。見通しが甘かったのでしょうね、今までは大丈夫だったから……と縮小したら討伐が追いつかなくなり、今では村を追われる人まで出てきているとか」

昨年の時点で、すでに王都から討伐隊を派遣する提案をしていたらしい。けれど、領主がなかなか受け入れず、今になってようやく返事を寄こしたそうだ。

「領民に被害が出ているのに、どうして今まで放置していたのですか？」

「見栄もあったと思いますが、何か知られてはいけないことがあったのでは、と魔法省では考えています。討伐隊が派遣されるということは国の干渉を受けるとも解釈できますので、領主はそれを嫌がったのではないかと」

基本的に、自領のことは領主が何とかする。けれど、その力がないと判断されれば国からの調査を受けることは知っていた。

ドレイファス領の場合は、調査しても「ただの貧乏です」というシンプルな事実しかなく、こちらはいくら国に干渉されても構わなかったのだが、国としては特に利益が見込めないのでまったく干渉してこなかった。

南西部にある問題のケイルズ地方は、魔法石が採れる山がいくつかある。お金がないわけではないのに領民を苦しめた当主の責任を、国はしっかりと追及するのだろう。

そして、たっぷり追徴税を取るつもりなのは想像できた。

「クレイド様は『五日で戻ってくる』とおっしゃっていましたが、それほど早く移動できるのですか？」

「はい、南西部は遠すぎるので転移魔法陣を使います。クレイド様の魔法で、数百人を一度に転移させるそうです」

「数百人も、クレイド様お一人の魔法で？　そんなことができるなんて、本当にすごいのですね。

……相当なご負担のかかることなのでは？」

心配のあまり眉根を寄せる私に、エメランダさんはにこりと笑って「問題ありません」と言う。

「クレイド様は王国一の魔法使いですから。普通ではあり得ないことでも、平然とやってのけてしまうのです」

「でも……心配です」

どれほど本で魔法の知識を学んでも、実際に私の体で体験できるわけではない。

他国と戦争をしていた時代には、魔力を使い果たして亡くなった魔法使いもたくさんいたそうで、私は不安に駆られる。

「祝福のかかったお茶が、クレイド様にも効き目があればいいのに……」

遠征での疲労回復に役立てばと思い、私は魔法騎士の方々に飲んでもらうためのお茶を用意し、今朝エーデルさんに渡していた。普段はお茶を振る舞わないようにと言われていたけれど、エーデルさんも今回ばかりは受け取ってくれた。

「心配性なところは、婚約者同士でお揃いですね」

エメランダさんがふふっと笑う。

「あ……私はクレイド様ほどでは」

昨夜のことを思い出した私は、思わず苦笑いになった。

クレイド様はここに残していく私に何かあったら……と、離宮の一室を埋め尽くすほどの武器や護身用具を運んできたのだ。

フェリシテも同じことを思い出したようで、呆れ交じりに言う。

「大事な婚約者が心配なのはわかりますが、対魔物用の散弾銃や自動捕縛用のロープとか、あと『周囲の男を全員排除する魔法付与ネックレス』とか、どう考えても過剰防衛ですよね」

ずらりと並んだ光景を見て、「いつどこで使うのだ」と私たちは揃って困惑した。

エメランダさんも、さすがにあれは大げさだと困り顔だった。

「あぁ、噂をすればクレイド様のお姿が」

広場の中でも、城門の近い場所にクレイド様はいらっしゃった。指揮官のディエンさんやエーデルさんの姿も見える。

魔法省の隊服に漆黒のマントをつけたクレイド様は、凜々しい顔つきで何やら打ち合わせをしているような雰囲気だった。

少し待っていた方がいいか、と思ったときにその会話が聞こえてくる。

「あんなにかわいくて優しいアリーシャが、ほかの男に狙われないか心配で仕方がない。やはり護衛騎士を増やした方がよかったのでは？」

「!?」

まさかの言葉に、私は言葉を失い立ち止まる。

とても冗談を言っているようには感じられなくて、切羽詰まった雰囲気にクレイド様が本気でそう思っているのだと伝わってきた。

「たった数日ですから耐えてください。十年会いに行けなかったことに比べたらすぐですよ、すぐ」

旅装束のローブを纏ったエーデルさんは、さらりと答える。それに対し、クレイド様はふいと目を逸らして不貞腐《ふてくさ》れたように言った。

「その話はするな……！　私はもうこの十年などなかったことにした」

「できませんよ」

エーデルさんは呆れていて、憐れみの目を向けている。

ここでクレイド様は何かにはっと気づき、目に見えて狼狽え始める。

「あぁ、私はいつのまにこんなに贅沢に慣れてしまったんだ？　アリーシャがいてくれるだけでも奇跡なのに、毎日一分一秒も逃さずアリーシャと一緒にいたいと思うようになってしまった……！」

立て続けに語られるクレイド様のお気持ちに、私は一気に顔が熱くなるのを感じた。

私がいるだけで奇跡って、しかも毎日一分一秒も逃さず一緒にいたいって……!?

鼓動が激しくなり、胸がきゅっと苦しくなる。クレイド様がそんなにも私のことを想ってくださっているなんて、嬉しくて涙が滲んだ。

婚約者だから大切にしてくれているんだと思いながらも、私のことを好きになってくれたらいいなと願っていたから、感激のあまり力が抜けてその場に座り込んでしまいそうになる。

「よかったね、アリーシャ」

フェリシテに微笑みかけられ、私は真っ赤な顔で小さく頷く。

でも、ふと気になったことがあった。

エーデルさんの言った『十年会いに行けなかった』ってどういうことなんだろう？　私たちはつい数カ月前に初めて会ったばかりのはず……。

クレイド様は「なかったことにした」と言うし、都合の悪いことでもあるんだろうかと気になってくる。

そのとき、前方からクレイド様の声がした。

「アリーシャ⁉」

愕然とするクレイド様の反応から、聞いてはいけないことを聞いてしまったのだと直感する。でも、嬉しくて嬉しくて笑みが零れるのを堪えきれなかった。

「クレイド様、すみません。あの、お話を聞いてしまいまして……」

「…………」

次の言葉が見つからずに困っていると、エメランダさんとフェリシテに背中を押されて前に出る。クレイド様の正面までやってきた私は、どうしていいかわからず沈黙した。

「アリーシャ」

頭上から低い声が降ってくる。

ドキドキしながら顔を上げると、クレイド様が苦悶の表情を浮かべていた。

浮足立つ私の目の前で、クレイド様は絶望の色を滲ませる。彼にとっては、聞かれたくなかったことなのだと伝わってきて、「私はこんなに嬉しいのにどうして？」と困惑した。

クレイド様は、何かを覚悟したように口を開く。

「……本当にすまない、アリーシャ。かっこいい王子を演じきれなくて……！」

「え？　え？」

「あんなことを聞かせるつもりじゃなかった。すまない、許してくれ」

まさか謝られると思わなかった私は、少し狼狽えながらクレイド様の様子を窺う。

かっこいい王子とは、一体何のことだろうか。演じるも何も、クレイド様はかっこいい王子様なのに……。

「クレイド様？　謝られるようなことは何もありませんよ？『かっこいい王子様』がどういう王子様なのかわかりませんが、クレイド様はクレイド様ですから……」

恐る恐るそう告げれば、クレイド様は驚いた目で私を見た。

じっと見つめられると恥ずかしくて、私は視線を落としながら告白する。

「お気持ちを知れて、私は嬉しかったです。クレイド様が私を想ってくださっているとは思いませんでしたから」

「え？」

今度はクレイド様が不思議そうな顔をする。

あれ？　私は何かおかしなことを言った？

互いに「なぜ？」という目で見つめ合う。

「もしかして、今まで伝わっていなかったのか？」

クレイド様は、ぽつりと呟くように言う。

「私なりに、アリーシャを大事にしてきたつもりなんだが」

「はい、大事にしてもらっていると感じていました。でも、それは婚約者に対しての責任といいますか、真面目で誠実な方なんだなと……」

「いや、私はそういうつもりで君を大事にしてきたわけでは」

「つまり？」

それは、好きだから大事にしてくれていたということですか？

どうやら、クレイド様はずっと私に気持ちを伝えてくれていたらしい。態度で……態度で⁉

最初に大きくすれ違っていたのに、さらにここでもすれ違ってしまっていた。

「あああぁ、すみません！　私が聞けばよかったのですよね⁉」

自分で言っておきながら、すぐに「いや聞けるわけがない！」と心の中で否定する。

恥ずかしくてさらに顔が熱くなった。

クレイド様は顔を顰め、しばらくの無言の後でそっと私を抱き締める。

「アリーシャ」

「は、はい」

耳元で声がして、息が止まるくらいにドキドキした。

抱き締められている緊張や皆に見られている恥ずかしさが混ざり合い、クレイド様の腕の中で硬直する。

「戻ってきたら今度こそゆっくり話そう。情けなくてかっこ悪い話もあるんだが、それでも……聞いてほしい」

クレイド様は、私の様子を窺うように告げた。

「私も、お話ししたいです」

都合のいい家だから選ばれただけの婚約者でも、クレイド様のことを好きになってしまった。その気持ちを、正直に伝えたい。

クレイド様は腕の力を緩め、私の髪を撫でてかすかに笑った。

それを見ると、幸せすぎて胸が締めつけられるようだった。

「よかったですね」

「そうですね、よかったですね」

すぐそばで、エーデルさんとフェリシテがうんうんと頷きながらそう言った。護衛騎士の皆さんも、温かい目で見守ってくれている。

冷やかされるのも困るけれど、こうして皆に優しく見守られるのもまた別の恥ずかしさがあった。

「すぐに帰ってくるから、待ってて」

出発の時間が迫り、クレイド様はそう言って私から離れる。ようやくクレイド様のお気持ちが知れたのに、すぐにいなくなってしまうことがとても寂しくて、胸が締めつけられるようだった。

それでもどうにか笑顔で「いってらっしゃいませ」と伝え、無事を願いながらクレイド様の出立を見送った。


クレイド様たちが王都を離れ、三日目のこと。

通信機を使った連絡は、昨日の夜から途絶えている。

これはアクシデントでも何でもなくて、山脈に眠る魔法石の影響だから連絡が途絶えるのは予定通りだとリナさんから教えられたものの、クレイド様の状況が気になって仕方がない。

クレイド様が遠征からお戻りになるまでは、私は離宮で過ごすことになっている。ここならクレイド様の許可がなくては誰も入ってこられないので安心……、とクレイド様の計らいだった。欲深い貴族が接触してくるのを防ぐためには、ここにいるのがいい。

離宮から一歩も出ない暮らしに一時的に戻った私は、リズさんから依頼された仕事も私室で行っているがあまり集中できずにいた。

「アリーシャ様、お菓子はいかがですか？」

マレッタが気を利かせて、いちじくのパイと温かい紅茶を運んできてくれた。私はフェリシテを誘い、一緒にそれをいただくことにする。

「私はもう侍女なのに、こんな風に一緒に食べるわけには……」

困り顔のフェリシテに対し、強引に押し切ったのは私だ。

「今だけはお願い。どうしても落ち着かないの」

縋るような目で見れば、フェリシテは仕方がないなという風に笑った。

マレッタは「すぐにフェリシテ様の分もお持ちします」と言って部屋を出る。

向かい合って席に着くと、フェリシテが昔を懐かしむように言う。

「そういえばアリーシャが私に甘えてくれるなんて、これもすごい変化よね。今まではどんなに苦しくても『大丈夫』ってそればかりで……。あぁ、口調が戻っちゃった」

「ふふっ、今は誰もいないから」

視線を下げたとき、ふと小指のリングが目に入った。

クレイド様が贈ってくれたそれは、お披露目の夜以来ずっと身につけている。

「きっと無事に戻ってくるわよ。クレイド様がお戻りになったらまた監視の日々なんだから、今のうちに自由を満喫しましょう」

「別に監視をされては……」

フェリシテは「また街に出られたらいいね」と言って笑った。

そこに、厨房《ちゅうぼう》へ行っていたはずのマレッタが少し慌てた様子で部屋に戻ってくる。

「アリーシャ様」

その雰囲気の険しさに、クレイド様に何かあったのかと不安がよぎる。

私の顔色からそれを察したマレッタは、「いえ」と否定した後で用件を告げた。

「王妃様がこちらへお越しです」

「王妃様が？」

私とフェリシテは、急いで立ち上がる。

王妃様どころか、離宮に客人が来ることは一切なかったので動揺してしまった。しかも今はクレイド様が不在なのだ。

なぜわざわざここまでやってきたのかわからない。

「殿下から『誰も入れるな』と命じられていましたが、侍女ならばともかく王妃様を追い返すこともできず……」

マレッタは、申し訳ありませんと謝罪する。

でも、使用人たちが王妃様を追い返すことなどできないのは当然だった。仮病を使ったとしても「見舞いたい」という理由をつけられたら結果は同じで、会わずに済ませるという選択肢はなかった。

「嫌な予感しかしませんけれど……？」

フェリシテの正直すぎる意見に、マレッタも納得の顔で「はい」と賛同する。

「お披露目の夜以降、一度もお会いできていないのよね」

「それは、アリーシャが王妃様のご機嫌伺いに行きたいって手紙を出しても、侍女に『そのような時間はございません』って冷たく断られたからじゃない」

あの日のことが気になって、王妃様と会ってお話ししてみようと思った私は、ご機嫌伺いと称して訪問を申し出た。けれど、そっけなく断られて取りつく島もないといった状況だった。

「どうしていきなり……？」

クレイド様との仲を聞かれるんだろうか？

もしかして王子妃教育を再開するとか？　でも、それならわざわざ王妃様がいらっしゃる必要はない。たとえば父や領地に何かあったとしても、王妃様から聞くことではないし……。

いくら考えても、王妃様の訪問の目的はわからなかった。

「とにかく行きましょう」

王妃様を長く待たせるわけにはいかず、私はマレッタに身支度を整えてもらい、一階にある応接室へと向かった。


しんと静まり返った応接室に、私と王妃様の二人きり。

優雅な所作でお茶を飲む王妃様を前にして、私は形ばかりの笑みを作るのが精いっぱいだった。

別に叱られているわけでも、睨まれているわけでもない。それなのに、威圧感のようなものがあった。

「クレイドによくしてもらっているみたいね」

「はい、大事にしていただいております」

それもう過分なほどに。

ありがたいという本音は、隠すようなものではないと思った。

「あなたをクレイドの婚約者に、と推薦したのは私とフォード大臣だというのは聞いているわよね？」

「はい」

クレイド様がこれ以上の力を持たないよう、無力なドレイファス家の私が選ばれた。それを思い出したことで顔が強張るのを感じながら、私は改めてお礼を伝える。

「婚約者に推薦していただき、本当にありがとうございました」

きっかけはどうあれ、王妃様とフォード大臣の画策によって私はクレイド様に出会えたのだ。それについては感謝していた。

頭を下げる私を見て、王妃様は世間話のようにさらりと告げる。

「ここしばらくのあなたたちを見て、やっぱりこの婚約はなかったことにすべきと思ったの。もともと私たちが決めた話なんですもの、別に構わないわよね？」

「っ!?」

耳を疑うような言葉に、私は驚いて息を呑む。

王妃様は、そんな私を見て和やかな笑みを浮かべていた。

私は震える声で理由を尋ねる。

「どうしてですか……？　私に至らぬところがあるとはわかっています。けれど、すでにお披露目を終えた今、婚約をなかったことにするとはどんな事情があるのですか？」

嫌だ、クレイド様と離れたくない。

その一心で王妃様に縋る。

「あなたがいるとクレイドが喜ぶじゃない」

「え……？」

王妃様は、悲痛な面持ちの私を弄ぶようにくすりと笑った。その目の奥には、憎しみや怒りが潜んでいるようにも見える。

この方は、クレイド様を苦しめたいのだと痛感した。

「わからない？　あなたは、私たちがクレイドへの嫌がらせとして選んだ婚約者なのよ？　ドレイファス伯爵家なんて何の力もない家の娘を妃にすれば、この先クレイドがこれ以上の力を持つことはない。知識も教養もない、退屈な田舎娘だと思ったから選んであげたのよ」

私との婚約は、クレイド様への嫌がらせ。

わかってはいたものの、はっきりと口にされるとずきりと胸が痛む。

はぁ……と呆れてため息をついた王妃様は、蔑みの目で私を睨んだ。

「期待外れもいいところよ。クレイドはあなたに不満を抱かず、ちっとも嫌そうな顔をしない。披露目の舞踏会で仲睦《なかむつ》まじい様子を見たら、とても気分が悪くなったわ。しかも、エディユンの大使夫妻まであなたのことを褒めていて、これであの国がクレイドと関係性を深めたら、王太子の立場がなくなるじゃない」

「そんな」

王太子殿下のお立場がなくなるなんて、あり得ない。

だってクレイド様は、兄君のことを慕っている。だから、たとえ誰が味方になろうと兄弟で争うなんて思いもしないだろう。

「本当に忌々しい……！　あの女が産んだ王子だけあって、どこまでも目障りだわ」

王妃様は、もうクレイド様への憎しみを隠そうとしない。側妃だったクレイド様のお母様を今も恨んでいるのだと伝わってきた。

妃同士の争いは、クレイド様には関係のないことだ。理不尽な恨みを向けられるクレイド様がかわいそうで、王妃様に対して怒りが込み上げる。

私の存在なんて、王妃様にとってはただの使い捨ての駒にすぎない。それでも反論せずにはいられず、私は拳をぐっと握り締めて静かに訴えかけた。

「クレイド様は、決して王妃様や王太子殿下の敵にはなりません。それは、王太子殿下もわかっておられるはずです。第一――」

クレイド様は、とてもお心の優しい方だ。この国になくてはならない人だ。

懸命な訴えも、最後まで言い切ることもできずに一蹴された。

「おまえごときが、誰に意見しているのです？　今日中にここを出ていきなさい。すでに新しい婚約者は用意したから、もうおまえは必要ありません」

無慈悲にそう言い渡され、私はショックのあまり呆然となる。

「クレイド様に、新しい婚約者が……？」

王妃様は立ち上がり、冷たい目でこちらを見下ろした。

「逆らえば、父親や領民がどうなるかわかっていますね。それに、クレイドも」

そう言われると、これ以上言い返すことはできなかった。

私の大切なものは、すべて王妃様の手の中にあり、私はどれも自分の手で守ることができない。

どれほどクレイド様に大事にしてもらっても、私が何かを返してあげることはできないんだと思い知らされた。

「クレイド様……」

無力な自分が情けなくて、悲しくて、俯いた拍子に涙の粒が零れた。

パタンと扉の閉まる音がして、王妃様が出ていったことに気づいたけれど、その背を追いかけることもできず、椅子に座ったまま泣くことしかできなかった。


巨大な城門は、王家の権威を表している。

私とフェリシテを乗せた馬車が大きな扉をくぐったとき、流れていく景色を見て「もう二度とここへ来ることはないのだろう」と虚しい気持ちになった。

王妃様の突然の来訪、そして婚約解消を告げられた私は部屋に戻ることも許されなかった。

応接室に迎えに来たフェリシテの手には二つの鞄があり、それを持って早く出ていけと言われたと彼女は悔しげに話した。

私につけられていた護衛騎士たちはその任を解かれ、近衛に囲まれて本塔へと連れていかれてしまった。

私たちはマレッタが持ってきてくれたフード付きの上着を纏い、離宮の裏手で待っていた馬車に乗り込んだ。

　御者も護衛も初めて見る顔で、その投げやりな態度には「面倒な仕事を押しつけられた」という気持ちが表れていた。

　護衛の騎士が「王妃様の命令でドレイファス伯爵領までお送りいたします」と教えてくれただけマシかもしれない。

「まさか野営とかしないわよね？　ちゃんと宿に泊めてもらえるのかしら？」

　馬車の中、フェリシテが眉根を寄せてそう言った。彼女もまた、突然のことで戸惑っているのが感じられる。

　窓の外には、馬に乗った護衛騎士が二人。彼らの荷物の少なさから想像すれば、宿に泊まるつもりだろうと予想がついた。

「野営はしないみたいだけれど……。ごめんなさい。巻き込んで」

　私はフェリシテに謝罪する。せっかく一緒に王都に出てきてくれたのに、こんなことになって申し訳なかった。せめて、フェリシテだけでもお兄様の邸宅に逃がせたら……と後悔する。

「何言ってるのよ！　アリーシャは何も悪くないじゃない！　王妃様の横暴がいけないのよ」

　フェリシテは、両の手をぎゅっと握って怒りを露わにする。

「きっとマレッタが殿下を呼んできてくれるわ！　婚約解消なんてできるわけない！」

　私たちが馬車に乗り込む直前、マレッタは別れを惜しむふりをして私の耳元で囁いた。

　――私は今から城を出て、殿下のところへ向かいます。離宮のメイドには、何の命令も出ていませんから。

マレッタがすぐに離宮を出たとして、クレイド様のところまでは王都から南にある砦へ行き、そこから転移魔法陣で移動する必要がある。

早くても二日はかかり、討伐隊が通信できない場所にいるのであればさらに時間がかかるはず。

マレッタの気持ちは嬉しいけれど、クレイド様にお会いできたとしても私たちの婚約を元通りにするのは難しいかもしれない。

「クレイド様には、もう新しい婚約者がいるらしいの。王妃様がそう言ってた」

「どういうこと？　二重に婚約はできないでしょう？」

フェリシテの言う通り、同時に二人と婚約することはできない。クレイド様に新しい婚約者がいるということは、すでに私との婚約は解消されたということになる。

「父のサインがあれば、どうにでもできるわ。……もしかすると、婚約が決まったのと同時に解消するときの書類も用意されていたのかも」

「なんてあくどい人なの!?　ますます許せない！」

たとえば、クレイド様が王都に戻ってきて新しい婚約に抵抗したとしても、私との婚約が解消された事実に変わりはない。

すべて王妃様の思い通りだ。

「初めて好きになった人だったのに……」

「アリーシャ」

王妃様に婚約解消を告げられたとき、私は父のことや領地のことよりも真っ先にクレイド様のことが思い浮かんだ。

クレイド様と離れたくないと思った。

断れなくて、お金もなくて、どうしようもないから受けた婚約だったのに、今では何を差し置いても大切な存在になってしまった。

苦しくて堪らなくて、気を抜いたらまた涙が溢れてきそうになる。

――戻ってきたら今度こそゆっくり話そう。

――すぐに帰ってくるから、待ってて。

出立の朝、クレイド様はそうおっしゃった。

でも、それはもう叶わないだろう。

馬車の揺れが大きくなり、王都から西へ向かう街道に出たのだとわかる。このままドレイファス伯爵家に戻るしかないという現実はわかっているのに、どうしてもクレイド様が恋しかった。

「帰りたくない……。クレイド様に会いたい」

ふとそんな言葉が漏れ出した。

こんなことを言ってもどうしようもないのに。私には何の力もないのに……。

今すぐクレイド様のところへ行きたいと思ってしまった。ただ、そんなことをすればフェリシテに迷惑がかかってしまう。

これ以上何か言ってしまわないように口をつぐむ私を見て、フェリシテは言った。

「ねぇ、アリーシャ。私のことを頼ってよ」

「？」

「殿下に会いに行って。このままおとなしく帰るなんてダメよ」

フェリシテは私の向かい側から隣へ移動し、そっと耳打ちする。

「あのね、考えたんだけれど……」

私たちの目は、窓の外に見える護衛騎士に向かう。

彼らは私たちのことをまったく見ておらず、積み荷を運んでいるくらいにしか思っていないみたいだった。

フェリシテはそれをわかっていて、私にある作戦を提案した。

うまくいくかはわからないけれど、クレイド様に会える可能性があるのならそれに賭けてみたかった。この先、婚約者としてそばにいられないとしても、最後に一目会いたい。

ちゃんと「好きです」と伝えたい。

私はフェリシテを頼り、クレイド様に会いに行くことを決めた。

王都の隣街にある宿に着いたら、私はできるだけわがままそうに見えるように心がけ護衛の一人に訴えかけた。

「ねぇ、私はルヴィル家の娘なのよ⁉　どうして私まで王都を離れなきゃいけないの⁉」

「そんなことを言われても……」

御者も護衛二人も、第二王子の婚約者の顔をわかっていない。ただ「アリーシャ・ドレイファスと侍女を送り届けろ」と命じられていた。

フェリシテ・ルヴィル男爵令嬢の名前を聞けば、たいていの貴族はその脳裏に金貨がちらつくものだと本人が作戦会議の際に言っていた通り、彼らは私の口ぶりから「ルヴィル家のお嬢様が怒っている」ということに焦った様子だった。

すぐにばれるかもしれないと内心ひやひやしていたものの、私はフェリシテの作戦に乗り、わがまま娘になったつもりで傲慢に告げる。

「あなた、どこの家の者？　詳しい説明もなくこんなことして、許されると思ってるわけ？」

「王妃様のご命令ですから……」

「はぁ⁉　私に命令できるのは私だけよ！　それに、お父様の許可がないなら誘拐よ、誘拐！」

「ゆっ、誘拐⁉」

護衛騎士は、ただ命じられて仕事をしているだけだ。そういう相手の都合は全部忘れて、無茶苦茶な理屈を作り上げる。

フェリシテに借りた小説に出てくる、わがまま令嬢のセリフが役立った。

私はふんと顔を背け、吐き捨てるように言った。

「もういいわ。お父様に連絡して、馬車を出してもらう！　私は別荘へ向かうから、ドレイファス領には帰らない」

「えええ……」

肩にかかる髪を手でさっと払い、宿の店主がいるカウンターへと進もうとした私に、騎士たちは焦って「お待ちください！」と言って止めた。

そして、騎士の二人はひそひそと相談を始める。

「ルヴィル家に出てこられたら、面倒なことになるぞ。当主の怒りを買った家が金や物資の流れを止められて、えらい目に遭ったという話を聞いたことがある」

「だが……王妃様のご命令に背くのか？」

「こんな些細な任務のために、一族に影響が出るのはごめんだろう？　それに、送り届けたいのはドレイファス伯爵家の娘だ。侍女の方はおまけだろう、大丈夫だよ」

フェリシテの予想通り、彼らはルヴィル家を敵に回すのを嫌がった。

追い打ちをかけるように、私は待たされて苛立っているという演技をする。

「いい加減にしてよ、もう待てないわ！　あなたたちの家なんてすぐに潰せるんだからね⁉」

ルヴィル家が傲慢で恐ろしい家みたいに感じられるが、正当な理由もないのに権力をふるうような家ではない。

心の中では、フェリシテのお父様やお兄様に「すみません……！」と必死で謝罪する。

結局、護衛騎士の二人はわがままお嬢様に逆らえず、全面的に折れてくれた。

宿の者に頼み、王都のルヴィル家に使いを出すことになる。

「明日の朝、私たちはここを発《た》ちます。ルヴィル男爵令嬢におかれましては、ここで迎えの馬車をお待ちください」

彼らの顔がちょっと引き攣っているのに構わず、私は満面の笑みを浮かべて言った。

「話のわかる方々で助かるわ。あなたたちのことはお父様に言わないであげる」

「あ、ありがとうございます……」

気位の高い令嬢を気取り、できるだけ優雅に見えるように顔を上げて宿の部屋へ戻っていく。

ばれずに済んだと思うと気が緩んでしまいそうで、必死に背筋を伸ばして前を向いて歩いた。

三階の部屋に戻ると、フェリシテはテーブルの上にある食事に手をつけずに待っていてくれた。

「うまくいった？」

期待と不安が混ざった声で、彼女は尋ねる。

私は笑顔で頷き、フェリシテのそばに寄って報告した。

「ええ、計画通り。……でも、本当にいいの？　もしあの人たちに入れ替わりがばれたら……。フェリシテが酷い目に遭わされたらって心配で」

今になって、私は不安に駆られる。

懸命に演技して作戦はうまくいったものの、フェリシテを犠牲にするのは心苦しかった。

彼女は私とは反対に、あははと明るく笑う。

「ばれないように気をつけるわ。婚約解消でショックを受けて、落ち込んでるんだっていうふりをしておく。それに、実はこれを持ってきたから大丈夫よ」

「え？」

足下に置いてあった鞄を手にした彼女は、中から小さな銀色の筒を取り出す。見覚えのあるそれは、クレイド様が私の部屋に大量に置いていった護身用具の一つだった。

「鞄に荷物を詰めたときに、チェストの引き出しに入ってたのが目に留まって」

この筒の先端を相手に向け、強めに握るだけで雷撃が出るという。三十人くらいなら痺《しび》れて動けなくできるらしい。

クレイド様のお手製で、私のために夜な夜な作業台に向かっていたとエーデルさんが呆れていた。

「出番がない方がいいけれど、自分の命には代えられないし。あぁ、二つあるからアリーシャも一つ持っていってね」

「私の分まで……」

本当ならもっと威嚇になるような武器を持ってきたかったけれど、ともフェリシテは言った。これって勝手に持ち出してよかったのかしら？

いや、もう深く考えない方がいい！　生きていくにはこういうしたたかさも必要だわ！

私はフェリシテが差し出したそれを受け取り、上着のポケットの中に仕舞った。

翌朝になり、私たちは予定通り身分を入れ替えて二手に分かれた。

乗ってきた馬車が宿を出発してしばらくすると、フェリシテを迎えに来たルヴィル家の馬車が到着する。

私は昨夜のうちにフェリシテに書いてもらった手紙を御者に見せ、王都に引き返すのではなく南の砦へ向かってほしいとお願いした。

ところが、御者は困り顔で難色を示す。

「この馬では王都周辺までしか行けないよ。南へ走るなら、長距離用の馬車じゃないと」

「あ……」

確かに、私たちが乗ってきた四人掛けの重厚感ある馬車とは異なり、この馬車は二人掛けで軽量の開閉可能な幌《ほろ》付き馬車だ。一頭の馬に引かせるこの馬車で、長距離の移動ができないのは想像できた。

「どうしよう」

うまく入れ替われても、いきなり躓いてしまった。

困っていると、御者は別のルートを提案してくれる。

「すぐ南にあるジングの街へ行けば、砦近くの村まで行ける乗り合い馬車がある。そこで宿に金を払って馬車を出してもらえば、砦まで行けると思うよ」

「そうなんですか⁉」

今から出発すれば、昼過ぎにはジングの街へ到着する。そこまでなら乗せていけると彼は言った。

「ありがとうございます！　よろしくお願いします！」

順調にいっても三日かかると言われた旅程だけれど、私にはもうこの方法しか残されていない。

すぐに馬車を出してもらい、ジングの街へと向かった。

陽がちょうど頭の真上にのぼった頃、私は旅装姿の人々が行き交うジングの街に到着した。

ここは商人たちにとって交易の拠点となっている街で、王都で店を構えることができない小さな商会も数多く集まっていると聞いた。各地との交流が盛んなので、旅人や出稼ぎに向かう労働者も多く、乗り合い馬車があった。

私はルヴィル家の御者にお礼を言い、停留所の近くで降ろしてもらう。

「ここから南へ行く馬車は……」

すぐ出発する馬車は満員で、私はその次の切符を買う。

鞄の中には銀貨三枚と換金できそうな髪留めが入っていたので、しばらくはそれで何とかなりそうだ。

出発までに軽食と水を買い、停留所の待合室で座って食事を取る。

クレイド様に会いたい。その一心で、行き当たりばったりの一人旅をしているなんて自分でも信じられない。それくらい、どうしても会いたかった。

時間が来て、目的の乗り合い馬車を見つけた私は鞄を抱えてそれに乗り込む。

馬車には女性が三人、男性が五人乗っている。木の板に薄い布を敷いただけの座席は座り心地が良いとは言えず、大きな揺れが起こるとお尻に衝撃がドンッと伝わりとても痛かった。

終着地の村に着くのは、夕暮れを少し過ぎた頃になるだろう。

鬱蒼《うっそう》と木々が生い茂る森に入ると、辺りは薄暗く気味が悪い。最初は世間話をしていた女性たちもすっかり無口になり、馬の蹄《ひづめ》と車輪の音がやけに大きく聞こえる。

私は無意識のうちに、左手の小指に嵌めていた指輪を握っていた。

クレイド様との再会に一歩ずつ近づいている、それだけが私の心の支えだった。

「あとどれくらい……？」

隣に座っていた女性がふと疑問を口にする。

森に入って随分と経つから、そろそろ抜けるだろうかと思ったそのとき。

突然、ガタンッと大きな音がして車体が斜めに傾いた。

「きゃあっ！」

「何だ⁉」

御者が手綱を引き、馬車はその場で停車した。

男性客が様子を見に幌から顔を出すと、「ぬかるみにハマっちまった」と御者の嘆く声が聞こえる。

思わぬアクシデントに、乗客の間には戸惑いの空気が流れた。

「おい、何か落ちてるぞ」

「え？」

降りていった男性客から声が上がる。

私も身を乗り出して外を見ると、ランプ型の魔物除けの魔法道具が地面に転がっていた。ぬかるみに車輪がハマったときに衝撃で落下したらしい。

「欠けてるな。これじゃ魔物除けの効果が半減するぞ。予備はどこだ？」

「御者台にある袋の中に……」

早くしろ、と客に急かされた御者は急いで御者台に戻る。森の中で長く留まれば魔物が集まってくる可能性があり、客が急かすのは当然だった。

ここは王都に近いので、ドレイファス領よりは遥かに魔物が少ない。とはいえ安心はできず、私は息を潜めて辺りの様子を窺っていた。

ところが、御者が小さな声で「ない……」と呟く。

「は？」

「ここに入っているはずなのに……」

あるはずの予備がない、と御者は悲愴な顔つきでそう言った。

そんなバカなと乗客から声が上がる。

「まずいな」

「魔物除けがないのなら、とにかく早く森を抜けるしかない」

男性客の言うことはもっともで、まずはぬかるみにハマった車輪をどうにか押し出し、すぐに出発するしかなかった。

薄暗い森に響く獣の声や鳥の羽ばたきに、いつ魔物に遭遇するかと恐怖心を煽《あお》られる。こうしている間にも、魔物が忍び寄ってきているかも……と思うとぞっとした。

全員が馬車を降り後方へ回ろうとしたそのとき、御者台から「ひっ！」という悲鳴が上がる。

私はその声にびくりと肩を揺らし、御者が見ている方向に顔を向ける。針葉樹の木々が生い茂る森の奥から、赤く光る目がいくつもこちらを窺っているのが見えた。

「っ！」

徐々に近づいてくるそれはオオカミの魔物だった。土や埃《ほこり》がこびりついた、硬そうな灰色の長い毛並みをした魔物が四頭もこちらに向かってきていた。

「最悪だ……！」

「くそっ」

男性たちは武器を手にするも、まともに戦えそうな雰囲気の人は誰もいない。

たとえ護衛がいたとしても、迫っているのは成人男性と同じくらいの大きさのオオカミの魔物が四頭だ。逃げ切るのは難しい。

「誰かを囮《おとり》にしてその間に走り抜けるか？」

「そんなことしてもすぐに追いつかれる。こいつらは変異種の魔物だ、獲物は絶対に逃がさない」

「神様、助けて……！」

男たちは口々にそう言い、どうやって生き残ろうか必死に考えていた。

赤い目は私たちを獲物としてしっかりと捉えていて、走って逃げようにもあっという間に追いつかれて噛みつかれるのは想像がつく。

私は恐怖で足が震え、自分で自分の体をぎゅっと抱き締めた。

絶望で目の前が真っ暗になりそうだった。

クレイド様に会いたくて、ただそれだけだったのに……！　こんなところで死んでしまうなんて絶対に嫌！

そのとき、カタカタと小刻みに震える指先が何か硬いものに触れる。

「あ……」

昨夜、フェリシテに渡された銀色の筒。ポケットの中に入れたままだった護身用具の存在を思い出した。

慌ててそれを取り出した私は、これを使えば助かるかもしれない……と希望の光が見えた気がした。

「確かこの先端を相手に向ければ……」

強く握る、それだけで雷撃が出ると聞いている。でも、今ここで放てば魔物もろとも乗客全員に被害が及ぶかもしれない。

私が皆より前に出て、魔物に近づけば……。

両手で小さな筒を持ち、震えながら一歩ずつ前へ進む。

何をしてでも生き延びたい、私はとにかく必死だった。

「大丈夫、クレイド様が作ってくれたものだから……！」

もつれそうになる足を必死で動かし、武器を構えた男性たちの間を通り抜けて前へ出た。

——グルルルルル……。

四頭の魔物は、弱そうな私に一斉に目を向ける。薄く開いた口からは涎《よだれ》が滴っていて、私を食らおうと今にも飛びかかってきそうだ。

「おいっ！　普通の護身用具じゃ傷つけることすらできないぞ！」

薄暗く冷たい森の中、私を止めようとする男性の声が大きく響いた。

私は前を向いたまま、振り返らずに答える。

「私は……生き延びなきゃいけないんです」

魔物に筒の先端を向けて構えた瞬間、一頭が私に狙いを定めて駆け出す。私は恐怖で顔を顰めながらも、思いきりぎゅっと筒を握った。

「っ！」

バンッという破裂音がして、辺りは眩しい光に包まれ私は反射的に目を瞑る。手のひらには少しの振動が伝わってきて、でもそれだけだった。

一体何が起こったの⁉　魔物は倒せた？

光が消えて目を開けたときには、四頭の魔物は黒焦げになって地面に横たわっているのが見えた。居合わせた乗客と御者は全員呆気に取られていて、誰も声を発しない。

私も無言のまま、護身用具を握り締めて呆然としていた。

クレイド様、これって護身用具ですよね……？　殺傷力が高すぎます……！

そのとき、馬車の前方で地面がぱぁっと輝き出す。地面に浮き出た美しい魔法陣は、見覚えがあった。

ふわりと広がる漆黒のマントに、さらりとした蒼色の髪がなびく。そこに現れたのは、あれほど会いたくて堪らなかったクレイド様だった。

「アリーシャ、無事か⁉」

その顔には焦りが滲んでいて、初めて聞くような切実な声音だ。

「クレイド様……！」

また会えた。本当にまた会えた。

驚きと喜びで腰が抜けてしまい、駆け寄ってきたクレイド様に抱き留められる。

あぁ、本物だ。力強い腕の感触にそう思った。

腕の中は温かく、安堵で涙がじわりと滲む。私はまだ震えが収まらない腕で、クレイド様を抱き締め返した。

「会いたかった……！」

絞り出すような声が漏れる。

夢じゃないかと思うほど嬉しくて、さらに力を込めて抱き締めた。縋りつくようにして離れない私に、クレイド様は優しく頭を撫でながら尋ねる。

「アリーシャ、本当に怪我《けが》はない？　どこも痛くない？」

「は、はい」

「よかった……！　指輪が強力な魔法を感知したから、何事かと思って」

「指輪？」

私は、自分の左手の小指を見る。

見た目には特に変化はなく、私は顔を上げてクレイド様を見つめた。

「魔法を感知して、何かあれば私に知らせるように作ってあったんだ。この状況、私の作った護身用具を使った？」

「は、はい」

クレイド様は、地面に落ちている銀色の筒を見て状況を理解してくれていた。

「なるほど、それに反応したのか。護身用具を使ったから、指輪がアリーシャの位置を私に教えてくれた。それでこうして転移してこられた」

「位置を教える？」

「………………」

彼は隊服の襟元を少し開き、身につけていた銀糸のようなものをするするとひっぱり出す。ネックレスにしては簡素だと思ったら、そこには指輪が通してあった。

「この指輪が赤く光ると緊急で、音も出る」

「私のものとお揃いですね」

銀色に光る指輪は花びらとリーフの模様が彫られていて、太さは違うものの私が小指に嵌めているものと同じデザインだった。

お揃いで作ったなら教えてくれればよかったのに……と私が不思議そうな目をすると、クレイド様は少し気まずそうに目を逸らす。

「………………勝手に作ったら嫌がられると思って、その、言えなかった」

「嫌がりませんよ⁉」

私は目を見開き、そんなことがあるわけないと否定する。

「ついでに白状すれば、護身用具を使わずとも魔物が近づいたらその魔力や殺気を感知して、指輪が自動的に結界を張る」

「え？」

「アリーシャを結界で守りながら、元凶である対象をじわじわ凍らせるようにも設定してある」

「えええ!?」

二重に対策がとられていた。ただのアクセサリーだと思っていたのに、普通の指輪とはまったく違った。「教えてほしかったです……」と呟く私に、クレイド様は「教えたら怖がられると思って」と言いにくそうに答えた。

安心したら涙が溢れてきて、私は顔を歪《ゆが》ませながら言った。

「もう会えないかと思いました」

城を追い出され、ドレイファス領へ向かうのをやめて必死にクレイド様のいる南を目指して……。魔物に襲われたときは、クレイド様に会えないまま死んでしまったらと本当に怖かった。

「アリーシャ、会いたかった」

ぎゅっと抱き締められ、さらに涙がぽろぽろと零れる。

ずっとこのままでいられたら……なんてことを思っていたら、背後から恐る恐るといった風に声がかかった。

「あの～、早く移動しないとまた魔物が寄ってくると思うんです」

「!?」

慌てて振り返れば、同乗者の男性の一人が申し訳なさそうな顔をしていた。

馬車の陰からは、女性たちも顔を出してこちらを見ている。

私は人前で何ということを!?　しかもこんな非常時に！

顔が真っ赤になるのを感じた。

「そうだな、もう数体が迫ってきている」

クレイド様は冷静にそうおっしゃった。

「え？　クレイド様には魔物が近づいてきているとわかるんですか？」

私を含め、全員がクレイド様のお顔を凝視する。

魔法使いとそうでない一般人の感覚が違いすぎて、なぜそんなことがわかるのか理解できない。

クレイド様が「魔力探知でわかる」と口にした瞬間、その場にいた全員が慌てふためいた。

「わぁぁぁ！　早く馬車を出せ！」

「急げ！」

皆がこうなるのも無理はない。

さっきみたいに魔物に狙われて、生き延びられる確率の方が低いのだから……。

「あんたらも早く乗れ！」

出発準備は瞬く間に整い、御者がまだ乗り込んでいない私たちを急かす。

ところがクレイド様は、この場に留まるおつもりだった。

「私たちのことは気にせず置いていけ。ここの魔物はすべて片付けておくから安心しろ」

「は……？」

何を言っているんだと、御者の顔にはそう書いてあった。けれど、クレイド様が魔法省の制服だと気づいた彼は次第に顔を引き攣らせる。

「も、もしかして王子殿下でいらっしゃいますか……？　いや、まさかそんな……でもさっき『クレイド様』って」

転移魔法で突然現れた、魔法省の制服姿の青年。私が彼をクレイド様と呼んだことで、御者は正体に気づいてしまった。

名乗ってはいけないわけではないけれど、本当のクレイド様は世間の噂と違いすぎる。

クレイド様ははっきりとそうだとは答えず、でも否定もしなかった。

「早く行け。到着したらきちんと上に報告するように」

「はい……!」

御者は手綱を握り直し、前を向く。

馬車はすぐに出発し、次第に遠ざかっていった。

次第に強まる、魔物の気配。私にもわかるくらい、禍々《まがまが》しい気配がそこら中に漂っている。

「あの、私がいてはお邪魔になるのでは……?」

小声でそう尋ねれば、クレイド様は左腕で私を支えるようにして抱き、穏やかな笑みを浮かべて言った。

「大丈夫。こうして一緒にいた方が安全だよ。すぐに終わるから、少しだけ待っていて?」

これから魔物がやってくるという、恐ろしい状況には似つかわしくない笑顔だった。

クレイド様は右手を上に上げ、黙って目を閉じる。すぐに彼の手のひらから無数の青白い冷気の塊が放たれ、それらは森の中へと消えていった。

「え?」

今まで感じていた恐ろしい気配はすべて感じなくなり、ときおり低い唸り声のようなものが聞こえてきたが、それもまたすぐに聞こえなくなった。

「終わったよ」

クレイド様は、付近にいた魔物をその姿が現れる前にすべて討伐してしまった。血や体液のにおいが出ないよう、一瞬で凍らせたのだと言う。

「王都へ戻ったらここの領主に連絡して、回収させよう。十日くらいなら凍ったままだから」

「十日も」

王国一の魔法使いは、規格外だった。

呆気に取られる私を見て、クレイド様は少しためらいがちに尋ねる。

「アリーシャ、こんなところですまないが一刻も早く話がしたい」

鬱々《うつうつ》とした雰囲気の森の中で、たった二人きり。魔物がいなくても不気味であることには違いなかったが、クレイド様の言葉にはっとした。

「私もお話ししたいです……！」

色々なことが起こりすぎて頭がついていけていないけれど、私はそのためだけにここまで来たのだということを思い出した。

クレイド様に会って、好きだと伝えたい。それはとてもシンプルなことなのに、こうして向かい合うと急に言葉が出てこなくなる。

「えっと、その」

何から話せばいいのかわからず、私はもごもごと口ごもる。

「そういえば遠征はもう……？」

こんなところにクレイド様がいていいのだろうか、と突然思い出した。

彼は「構わない」ときっぱり答え、魔物の討伐自体はもう終わったのだと言った。

「お早いですね？」

「アリーシャが用意してくれたお茶があっただろう？　あれのおかげで随分と士気が上がったというか戦力が過剰になってすぐに片付いたんだ」

「えっ」

思いがけない報告に信じられない気持ちだった。

会話が途切れると、クレイド様は婚約が解消されたことを知っているのだろうかと疑問が生まれる。すでにご自身に新しい婚約者が用意されていることも、ご存じだろうかと上目遣いで彼を見た。

クレイド様は私の聞きたいことを察してくれたようで、少し緊張気味に口を開いた。

「少し前、マレッタからの通信があったんだ。王妃が私とアリーシャの婚約を勝手に解消した、と」

「ご存じでしたか……」

クレイド様から改めて聞くと胸が締めつけられ、私は下を向く。

私はもう、クレイド様のそばにいられない。その現実が悲しくて、唇が震えた。

「本当に申し訳ありません。私が力不足だったばかりに」

「違う。王妃が婚約を解消しようとしたのは、君が私を幸せにしてしまうと気づいたからだ。アリーシャは精いっぱい私のためにがんばってくれた」

クレイド様は私の肩に手を添え、真剣な目で語りかける。

その声がとても優しくて、私はやはりこの方が好きなのだと胸が熱くなる。

「私はアリーシャが好きだ。婚約者は君じゃなければダメだ。やっと手に入れた愛する人を手放すなんてできない」

きっぱりと言い切ったクレイド様は、私の手をそっと握る。

意を決したような表情とほんの少し朱に染まった頬は、クレイド様の強い想いを表しているようで私の心は喜びで震えた。

クレイド様が、私を好きだと言葉にしてくださった。しかも、婚約者は私でなければダメだとまで……！

また涙が止まらなくなってしまった私は、クレイド様の瞳をじっと見つめ返す。

彼はそんな私に優しい眼差しを向け、そしてさらに想いを語ってくれた。

「私は十年前、アリーシャに会って君を好きになった。それからずっと、君だけを想っていた」

「十年前……」

出立の前に、エーデルさんもそんな言葉を口にしていた。

クレイド様によれば、十年前に私たちは出会っていたという。

私が八歳の頃、父は王都に住む音楽家たちに支援を行っていたので、ドレイファス領と王都を行き来するのに娘の私がついていくこともあった。

「アリーシャと会ったのは、私が神殿で魔法属性の判定を受けた日だった。情けないことに、私は自分の希望が叶わなくて自棄になって……」

クレイド様は、どうしてもお兄様と同じ光の魔法が欲しかったのだと苦笑いになる。

魔法属性は生まれ持ったものだから、どれほど望んだとしてもどうにもならないけれど、当時のクレイド様の絶望を想像すると胸が痛んだ。

「ほとんどすべての魔法が使えるのに、一番欲しかった光の魔法だけが使えない。それが悔しくて悲しくて、私は神殿を飛び出して王都を彷徨《さまよ》った。そのとき、アリーシャに出会ったんだ」

「あ……」

昔出会った、蒼い髪の男の子がおぼろげに蘇《よみがえ》ってくる。ちょっと不貞腐れた表情の男の子が、音楽家の住む一軒家の庭にいたのだ。

「あの子がクレイド様？」

私は驚いて息を呑む。まさか王子様が一人でいるなんて思いもよらなかった私は、年の近い少年としか思っていなかった。

クレイド様はクスッと笑い、目を細める。

「あぁ、そうだ。思い出してくれた？」

「は、はい」

「君は私に、天使像の話をしてくれたんだ。覚えてる？」

「覚えています……」

私ったら、王子様に偉そうになんてことを！

あのときはただ、神殿で聞いた天使像のお話みたいだなって本当にそう思ったのだ。

——世界を守るために神様から力を分け与えられた、二人の天使の兄弟よ。一人は光の魔法、もう一人はほかの魔法を与えられたって礼拝で聞いたわ！

——力が異なる二人がいるから、世界は平穏でいられるの。

思い出すと恥ずかしくて逃げたくなった。

魔力測定も受けていない八歳の子が、クレイド様に何を言っているのか？

子どもの大胆さってすごい。

絶句する私の前で、クレイド様は微笑む。

「アリーシャは、『二人で全部の魔法が使えるなんて、特別な二人って感じですごい』と言ってくれたんだ。『どちらかが欠けてもダメ』とも……あの日私はとても救われた」

嬉しかった、とクレイド様は付け加えた。

私はそこまではっきりとは覚えていなくて、何だか申し訳なくなる。

「クレイド様は、あのときからずっと……？」

「そうだよ。アリーシャのことが好きだった」

まっすぐな目が、その想いの大きさを伝えてくる。鼓動が速くなり、「自分はこんなにも愛されていたのか」と堪らなく嬉しかった。

「たとえ婚約者がいても、アリーシャの幸せを願っていた。ずっと見守っていこうと、それでいいと思っていたのは本当だよ」

「クレイド様……？」

「君のことがもっと知りたくて、でも会いに行くことはできなくて……。諦めようとしても諦めきれず、誰とも結婚せずに生きていこうと思っていた。でも兄上が、侯爵令息との婚約を解消した君と一緒になればいいと後押ししてくれたんだ」

「王太子殿下が？」

この婚約は、王妃様とフォード大臣が決めたものだとばかり思っていた。

実際にそうなんだろう。

でも王太子殿下が後押ししてくれたとなれば、話が違ってくる。

「兄上は、王妃の魂胆をわかった上で、私に君との婚約をくれたんだ。私がアリーシャを好きだったから、表向きは都合のいい家から選んだということにして、王妃が君を選ぶように手を回した」

このことは、王太子殿下の側近とクレイド様、それにエーデルさんしか知らないという。

王妃様は、すべて自分の思い通りに事を運んでいるつもりで、実は王太子殿下に操られていたということになる。

「アリーシャとの婚約が決まって、これからは私が君を甘やかして幸せにしたいと思った」

贈り物をたくさん用意してくれたこと、最高の場所で婚約式を挙げたこと、離宮で贅沢な暮らしを送れたこと。それらは全部、クレイド様の私を幸せにしたいというお気持ちからだった。

「部下からの報告で、君が好きな色も、好きな花も、好きな食べ物も何でも知っていた。勝手にそんなことをして悪いとは思ったけれど……君が気に入ってくれるよう手を尽くしたつもりだ」

「そうだったんですね。どうりで私の好みのものばかりだと思いました」

どこまで調べていたんだろう?

ずっと見守っていてくれたんだという感動と、そこまでするのかという驚きと、並々ならぬ執着を感じて少し混乱した。

「あの……」

「ん？」

「なぜもっと早く教えてくださらなかったのですか？」

「⁉」

私の疑問に、クレイド様はぴたりと動きを止めてその表情に焦りを滲ませる。

触れてはいけない部分だったのだろうかと不安になりつつも、彼の返事を待った。

「その、もっと早く言えばよかったのだが、できれば言いたくなくてつい」

「……？」

じっと見つめると、クレイド様は観念した様子で項垂れる。

「アリーシャに嫌われたくなかった。気持ち悪いと思われたら……と不安で」

いとも簡単に魔物を片付けてしまう人が、私に嫌われたくなかったから言えなかっただなんて。

言葉に詰まるくらい驚いた。

「アリーシャのことが好きだったから、どうしても隠したかった」

わずかに赤く染まる頬は、本当に私のことを好きだと想ってくれているからで、私もクレイド様も二人して俯いてしまった。

でも、もう一つ疑問が生まれる。

「クレイド様……。婚約者として暮らしてみて、私の嫌な部分が見えたと思うんです。遠く離れていた頃にはわからなかった、ダメな部分がたくさんあったでしょう？」

この十年で、私は変わった。子どもから大人になり、見た目だけじゃなく考え方や性格も変わったと思うのだ。

十年前に一度会ったきりで、クレイド様は私のすべてを知っているわけではない。理想と現実の違いというか、がっかりしたところがあるんじゃないかと不安だった。

すると、クレイド様はとても幸せそうな笑顔で答えた。

「一緒にいると新しい発見ばかりで、さらに好きになった。アリーシャの人を思いやれる優しさとか、気配りができるところ、働くのが好きでいつも一生懸命なところ、ちょっと遠慮がちなところ、かわいい声で私の名前を呼んでくれるところ、困ったときに目を逸らしつつも笑みを浮かべたままのところとか……」

クレイド様はよどみなく私の好きなところを挙げ、本当にそう思ってくれているみたいだった。

かぁっと赤くなる私を見て、嬉しそうな顔をする。

「これからもずっと、自分の目で君のことを知っていきたい」

「これからも……?」

「あぁ、ずっと一緒にいてほしい」

私の左手を持ち上げたクレイド様は、甲にそっと唇を押し当てる。

「アリーシャのことは、絶対に離さない」

そう宣言したクレイド様は、私を引き寄せ抱き締めた。

腕の中に包まれていると、本当にずっとこうしていられるんだと思えてくる。

ずっとクレイド様のそばにいたい。この方と結婚したい。私だって、ほかの人ではダメなんだと強く思った。

目尻に涙を浮かべた私は、クレイド様を抱き締め返す。

「私もずっと一緒にいたいです。クレイド様が好きなんです」

ようやく気持ちを伝えられ、ほっとして大きく息をついた。

「私にとってクレイド様は、世界中の誰よりも素敵な王子様です」

こんなにも私を愛してくれる人はいない。ちょっと過保護で心配性だけれど、いつだって私のことを守ろうとしてくださった。ときおり見せる不器用さが、かわいらしくもある。

こんなにも人を好きになれることは、きっとないだろう。

クレイド様は感極まった様子で、そのお顔をくしゃりと歪ませる。

「アリーシャ」

「はい」

「私に幸せをくれてありがとう」

抱き締める腕の力が一層強まり、その愛情の深さを感じた。

まだまだ乗り越えなければいけないことはあるけれど、クレイド様と決して離れることはないのだと思えた。

エピローグ　王子様が離してくれません

転移魔法で城へ戻ってきた私は、強い魔力の影響で足がふらつき、クレイド様に横抱きにされながら移動するはめになった。

最初は人目が気になったけれど、城内がとても私たちを気にしてなんかいられない状態であることに気づくまでに、そう時間はかからなかった。

ドンという鈍い音に、何度も発生する小刻みな揺れ。まるで、本塔の中で戦闘でも起こっているのかと思った。

「これは何事ですか？」

私がここを離れて丸二日も経っていない。それなのに、城で一体何があったの？

近衛騎士や魔法省の職員の姿は見かけるものの、メイドたちは避難した後のようでその姿を見かけることはなかった。

「兄上かな。止めないと」

「王太子殿下がこの揺れの原因なのですか……？」

信じられないといった目で、私はクレイド様を見つめる。

彼は私を抱きかかえたまま、本塔の最上階へ急いだ。

ところどころ壁が剝がれ、窓も割れていて、何か大きな衝撃があったのだとわかる。

「殿下！　アリーシャ様！」

謁見の間にほど近い廊下で、エメランダさんとリナさんが私たちの姿を見つけて駆け寄ってくる。

二人とも私の無事を喜んでくれて、でも今戻ってきたら危険だと眉根を寄せた。

「状況は？」

クレイド様が二人に尋ねる。

エメランダさんは謁見の間に目を向け「止められませんでした」と報告した。目線の先には、吹き飛んだ扉がぐにゃりと歪んで転がっている。

「王太子殿下がこれを……？」

私の問いかけにリナさんは「はい」と答えた。

クレイド様は二人にここで待てと命じ、すぐさま謁見の間へと向かう。

荘厳な雰囲気だった謁見の間は、扉だけでなくところどころ壁の一部が欠けていて、すっかり風通しが良くなってしまっていて私は愕然となった。

響いているのは、怒りに満ちた低い声。穏やかで神聖な雰囲気だった王太子殿下が、真っ白い光の魔法を全身に纏いながら恐ろしい形相で大臣らを見下ろしていた。

「誰が勝手なことをしていいと言った？　貴様らをこれまで生かしておいたのは、己の過ちに気づきやり直す慈悲を与えていたにすぎないのに」

「ひぃぃぃぃぃぃ！」

フォード大臣をはじめ、五人の男性たちが床に這《は》いつくばって怯えている。

「見せしめに誰を始末しようか？　ここで血に染まった装飾品になるか、それとも馬に繋いで街中引きずり回す方が目立っていいかな」

大臣らは魔力で作り出した光の輪で拘束されていて、王太子殿下らしき人に容赦なく足蹴にされている。

王妃様が壁際で座り込み、震えながらそれを見ていた。

この方は本当に王太子殿下なの……？

唖然とする私は、その異様な光景を前に沈黙するしかなかった。

「兄上、ただいま戻りました」

「あぁ、おかえり。クレイド」

王太子殿下はクレイド様の姿を見ると、途端に雰囲気が和らぐ。以前私がお会いしたときの、優しい兄の顔だった。

「アリーシャ嬢もおかえり。つらい思いをさせてすまなかったね」

「た、ただいま戻りました。謝罪などめっそうもございません」

王太子殿下に謝ってもらうことなど何もない。

今どういう状況なのか、説明は聞きたいけれど……。

ちらりと王妃様を見れば放心状態で、クレイド様と私が戻ってきたことすらわかっていないみたいだった。

少しの間、静寂が広がる。壁も調度品もボロボロになっていて、欠片が落ちる音が聞こえた。

クレイド様は、王太子殿下を見て呆れ交じりに進言する。

「兄上、落ち着いてください。『神の御子』が破壊行為など、大問題ですよ」

こういうのは私の役目なのですが、とも言った。

ようやく落ち着きを取り戻したのか、王太子殿下は「やりすぎたかな」と呟く。ただし、怒りは相当に大きいらしく、冷酷な目で大臣らを見下ろした。

「アリーシャ嬢を追い出し、新しい婚約話を進めようだなんて許せるわけがない。しかも、この者たちはクレイドが今回の魔物討伐で失敗するよう、あちこちに罠を仕掛けろと指示していたこともわかっている。自分たちが王都でのうのうと暮らせているのは、クレイドのおかげだっていうのに……。とんでもないバカの集まりだと思わない？」

そんなことまで画策していたなんて、と私は驚く。

魔物討伐の失敗は、討伐隊が大きな被害を受けて作戦続行が不可能になるということだ。当然、たくさんの命が失われる。彼らのしようとしたことは到底許されない。

王妃様が嫌っているクレイド様を追い落とす、それこそが出世の道だと勘違いした結果なのだろうか？

そんなバカげたことに巻き込まれる国民は堪ったものじゃない。もちろん、クレイド様も……。

こんな話を聞き、おつらくはないのだろうかとクレイド様が心配だった。

でも、私が彼を見上げるとなんてことないようにかすかに笑った。

「こんな……こんなことが……」

そのとき、フォード大臣が恨めしそうに呟いた。

どうして自分がこんな目に遭わなければいけないんだ、とまるで反省をしていない様子だった。

王太子殿下は、軽蔑の眼差しを彼に向ける。

「これまで、陛下はおまえたちを野放しにしていたが、私が全権を譲り受けたからにはしっかりと罪を償ってもらう」

「全権を……？」

「あぁ、ようやく陛下が承諾してくれたよ。もう形ばかりの国王はやめて、『これからは病気療養に専念する』とのことだ。おまえたちにはまだ伝えていなかったか？　まぁ、処分されるおまえたちには今後の国政など関係がないか」

王太子殿下は、密かに計画を進めていたらしい。

クレイド様もご存じだったようで、淡々と彼らの処遇を提案する。

「兄上、この者たちは魔法省でお預かりしましょう。近衛は何かとやりづらいと思いますので」

「あぁ、よろしく頼む。抵抗するようならどのように扱おうと構わない」

「王妃はどのように？」

クレイド様は、呆れた目で王妃様を見ていた。

王妃様に責任があることは間違いないが、王太子殿下にとっては実の母親であるため、処分は難しいだろう。

「王妃は、そうだね……」

王太子殿下がゆっくりと近づいていくと、ここで初めて王妃様が反応を見せた。

「わ、私は何も、何も知らない。わからない」

「わからないのでしたら、城にいても仕方がないですよね。隠居してください、遠い地で」

「なっ……！」

たった一人の息子にそう言われ、王妃様はぎりっと歯を食いしばる。そして、何もかもクレイド様が悪いのだと泣き叫んだ。

「おまえがいるから……！　おまえがいるからいけないのよ！　何の取り柄もない、妃になる覚悟もない女が陛下に愛されて……おまえの存在が許せないの！　私はただ王妃として、王太子を守ろうとした！　愚かな女の息子が力を得て、この国を滅ぼさないよう手を尽くしただけよ！」

髪を振り乱して叫ぶ姿はとても哀れで、かわいそうな人に思えた。クレイド様に恨みを向けることでしか、陛下に愛されなかった悲しみを忘れるすべがないなんて……。

「連れていけ」

待機していた魔法省の方たちに、王太子殿下が命じる。王妃様やフォード大臣、それにほかの男性たちも連行されていった。

王太子殿下は、玉座についてため息をつく。

「はぁ……これからまた新たに大臣の人選を行わなければ。今度は欲に目が眩《くら》まない、国を愛してくれるまともな人間を選びたいところだ」

皆に神聖視される王太子殿下が、こんなにも頭を悩ませているとは。

かける言葉が見つからない。

「アリーシャ嬢には迷惑をかけたね。あの人のことはずっと監視して泳がせていたんだけれど、クレイドの婚約を白紙に戻そうとするほど愚かだったとは……。婚約解消の書類は偽造されたもので何の効力もないのに、それを信じた者たちが王妃の命令に従ってしまった。つらい思いをさせて本当にすまなかった。これに懲りず、クレイドのそばにずっといてもらいたい」

ため息から一転、王太子殿下は兄の顔でそうおっしゃった。

私は「はい」と返事をして、そこで気づく。自分は今、クレイド様に抱きかかえられたままだということに。

「クレイド様、下ろしてください」

「えっ」

そこは驚くところじゃないでしょう⁉

私の方が目を丸くする。

「絶対に離さないと約束したし……」

「こういう意味じゃないですよね⁉」

慌てる私、でも離そうとしないクレイド様。その様子を見た王太子殿下は、声を上げて笑った。

「あはははは、クレイドがこんなわがままを言うなんて！」

こちらは、笑い事でありませんよ？

私が必死で「お願いします」と頼み込むと、クレイド様は渋々といった表情で下ろしてくれた。

愛情深いところは嬉しいけれど、人前でこれはやめてほしい。

「アリーシャが足りない」

「こんなにそばにいますよ？」

「何日も離れていたから足りないんだ」

クレイド様は、王太子殿下の前だというのに私を後ろから抱き締める。

もしかして、お互いの気持ちを伝え合ったら歯止めが利かなくなった……？

その後もしばらくの間、クレイド様は私から離れなかった。


離宮に平穏が戻ったのは、それから十日ほど経ってからだった。

フェリシテはドレイファス伯爵領へ到着してすぐ、ルヴィル家の邸へ戻り、結局入れ替わりはばれずにやり過ごせたらしい。

迎えに行った女性騎士らと共に再び王都へ戻ってきて、今は以前と同じように私の侍女として離宮にいる。

マレッタも変わらずメイドの仕事に励んでいて、私とクレイド様が想いを通わせたことを喜んでくれていた。

エーデルさんは、今日もクレイド様のために忙しく動き回っているが、戻ってきてから仕事が増えた。

「クレイド殿下、そろそろお時間です」

「もう少しだけ」

執務室にいるクレイド様は、私を抱きかかえながら椅子に座り、書類に目を通している。

今日はここにいられる時間が少なめで、「アリーシャを補給したい」というご要望でこんな状態になっていた。

「エーデルさん、どうして止めてくださらないんです？」

「いやぁ、仕事がはかどるみたいなんで」

笑顔でそう言われると、自分の椅子に座りたいと思っている私がわがままみたいだ。

とはいえ、本当に時間が来たときは、エーデルさんがクレイド様を引きはがす。つまり、今はまだ限界じゃないということだろう。

「あ、そういえばドレイファス領から手紙が来ていました」

「手紙？　父からですか？」

渡された一通の封筒を見ると、間違いなく父の字だった。手紙の内容は私の暮らしを尋ねるところから始まり、領地の近況報告だ。

街や農村部へ視察に向かい、領主として人々の話を直接聞いたり、家令のエレファスから帳簿の見方を教わって赤字の原因や借金の返済計画を確認したり、父が初めて仕事に向き合っていることが書かれていた。

「お父様がちゃんと働いているなんて……！」

信じられない気持ちで思わず声が漏れる。

ドレイファス領に派遣された文官たちは、その数が増えて今は十五名にもなっている。赤字改善には数年かかる見込みだが、エーデルさんの優秀な弟さんも十五名のうちの一人として力を貸してくれているので、当初の見通しよりは順調らしい。

「ドレイファス領に転移魔法陣を作れば気軽に移動できるけれど」

クレイド様は、もう何度目かの提案をくれている。

でも私は「いいえ」と首を横に振った。

「これでいいんです。私が近くにいると、父はまた以前のように戻ってしまうでしょうから」

残念だけれど、私たち親子は離れていた方がいい。気軽に戻れるようになれば、また私もあれこれ手を出してしまいそうだし、父も怠ける可能性が出てくる。

現実を受け止めるまでに随分と時間がかかったが、私も、父も、相手に依存しないよう気をつけなければ……。

「それなら、すぐに返事を書く？」

クレイド様はそう言って私から手を離す。

「いえ、この後の王子妃教育が終わってからゆっくり書きます」

「アリーシャ、あまりがんばりすぎないようにね」

ご自分の方が数倍働いているのに、クレイド様が心配そうな瞳を向けてくる。

私はくすりと笑い、気をつけますと答えた。

王太子殿下の計らいで、私の王子妃教育はようやくスタートし、遅ればせながら立派な淑女を目指してがんばっている。

クレイド様は、そんなことしなくていいのに……と私を甘やかすけれどこれは私の希望でもあるのだ。

「私は『強くて優しい魔法使い様』の婚約者ですから。しっかりお支えできるようにならなければ」

ふふっと笑ってそう言うと、クレイド様はちょっと困ったように眉尻を下げる。

今、王都と南東部地域では「第二王子様は庶民のことも助けてくださる、強くて優しい魔法使い様だった！」という称賛の声が飛び交っている。

噂の出どころは乗合馬車の御者や乗客で、私たちがクレイド様に助けられた一件が噂になって瞬く間に広がったのだ。

あのとき、クレイド様はご自身が第二王子だとはっきりと言わなかったのに……と疑問に思っていたのだが、エーデルさんから「王太子殿下がここぞとばかりに噂を広めたのだろう」と聞いて納得できた。

王太子殿下の権力が増し、王妃派の古参だった大臣らが失権した今、クレイド様が悪意ある噂に黙っている必要はない。王太子殿下はこれからクレイド様を表舞台に引き上げたいとお考えのようで、今回の噂はその足がかりとしてちょうどよかったのだろう。

「アリーシャがそばにいてくれれば名声なんていらない。権力より報酬より、アリーシャと一緒に過ごす時間が欲しい」

「クレイド様……」

ねだるような目でそう言われ、私はかぁっと赤くなる。

クレイド様は、恥ずかしがる私を見て嬉しそうに笑った。

するとエーデルさんが、思い出したかのように「あっ」と呟く。

「そういえば、もう今年からはクレイド様がドレイファス領に魔物を売りに行かなくてもいいんですね。その分の予定が空きましたので、お二人でおでかけなさってはいかがです?」

「え?」

ドレイファス領に魔物を売りに行く?

そんなことは今まで聞いておらず、私は目を丸くした。

「今年は、ってことはまさか毎年来てたんですか?　どうして?」

「…………」

答えはない。

クレイド様は、気まずそうに目を逸らしていた。

毎年秋になると現れる、黒衣の冒険者様。もっと大きな街で売った方がお金になるのに、なぜかいつも魔物の素材を売ってくれていたあの人の存在を思い出す。

ドレイファス家は、その利益のおかげで冬を越すことができていたのだ。

「クレイド様」

私の知らないところで、ずっと支えてくれていたのかと胸がじんとなる。

でもクレイド様は、知られたくなかったという風に言い訳をした。

「いや、言い忘れていたというか、言わなくてもいいかと思っていただけで、その……」

クレイド様が陰ながら支えてくれていたという事実は、まだほかにもあるのかもしれない。

じっと見つめると、彼は観念したように息をついて肩を落とした。

「……アリーシャを助けたかったんだけれど、君は詐欺を警戒していて寄付金は受け取ってくれなかっただろう？　だからこういう方法しかなくて……。完璧な王子様なら、もっとスマートに助けられたはずなのに」

クレイド様は、縋るようにぎゅっと私を抱き締める。

完璧な王子様にこだわる彼にとっては不満でも、ずっと助けてくれていたんだという愛情が嬉しかった。

「ありがとうございます、クレイド様」

不器用でかわいい人。完璧じゃないかもしれないけれど、私にとっては世界でたった一人の愛しい王子様だ。

恥ずかしそうに目を伏せるクレイド様を見つめ、私は微笑む。

「さぁ、本当にもう時間がありません。参りましょう」

エーデルさんに声をかけられ、私たちは立ち上がる。

私はかけてあった大きな上着を取り、これから出かけるクレイド様にそれを着せた。

「アリーシャ、いってくる」

振り返ったクレイド様は、まだ執務室の中なのにそう言った。廊下までお見送りするつもりだった私は、ちょっと不思議に思うものの笑顔で答える。

「はい、いってらっしゃ……」

最後まで言うより先に、顔を寄せたクレイド様と唇が触れ合う。

驚いて息を呑み、瞬きも忘れて硬直してしまった。

「では、また後で」

幸せそうに微笑んだクレイド様は、執務室の扉を開けて出ていった。一人残された私は、両手で顔を覆いその場にしゃがみ込んで動けない。

せめて廊下までお見送りをしたかったのに、きっと私の顔は真っ赤になっていることだろう。

追いかけるにしても、どんな顔でまた「いってらっしゃい」をやり直せばいいのかわからない。

お見送りを断念した私は、しばらくの間ふかふかの絨毯の上で初めてのキスを思い出しては動揺して過ごした。

番外編

ダークブラウンで統一された室内には、窓際に深緑色の革張り椅子が二脚と猫脚の小さなテーブルのみ。

南側は壁一面が窓なのに、向こう側にある草木により緑一色に覆われていて薄暗い。

王子様の私室なんてイメージすら持っていなかったけれど、部屋というよりは隠れ家《が》といった雰囲気に少しわくわくした。

「ここがクレイド様の私室なのですね」

部屋を見回して楽しそうにする私に、クレイド様は不思議そうに首を傾げる。

「何もないけれど……。せっかくお茶をするのにここでいいの？」

「はい、ありがとうございます」

今日の午後は、私は王子妃教育も仕事もなくお休みになっている。それに合わせエーデルさんがクレイド様のご予定を調整してくれて、長めの休息時間を確保することができた。

いつも通りの温和な笑みを浮かべたエーデルさんは、小さなテーブルの上にティーセットを置くと恭しく礼をして部屋を出ていった。

私たちは向かい合って座り、ゆったりとした時間を過ごす――――つもりだったけれど、クレイド様は腕組みをして悩んでいた。

「ここにアリーシャが来てくれるなら、家具を入れ替えた方がいいか？　いっそ増築して同じフロアに何もかも……」

「増築？」

話が飛躍している。クレイド様の表情は真剣そのもので、冗談を言っているようには見えない。そんな必要はないと、私は慌てて止めた。

「どうかこのままで！　クレイド様のお部屋ですから、私のために変える必要はありません！」

「でも私のものはアリーシャのものだから、ここだってアリーシャが過ごしやすいようにした方がいいと思う」

「えええ……」

揺るぎない意志を感じる、まっすぐな瞳。

クレイド様が、きりっとした表情でおかしなことを言う。その雰囲気につい流されそうになるけれど、ここはさすがに私も頷けなかった。

「こんなに素敵な部屋を変えるのはもったいないです。私は好きです」

「アリーシャがそう言うなら……」

納得してくれた様子に安心して、私は紅茶のカップに口をつけた。

爽やかなレモンの香りにほんのり甘い味がして、幸せな気分になる。

自然に口角が上がり、本来の目的を忘れそうになったところではっと気がついた。

「クレイド様、今日はプレゼントがあるんです」

「え？」

プレゼントという言葉は大げさだったかもしれない。

クレイド様が珍しく驚いた顔をしたから、急に照れてしまって口ごもる。

「あの、そんなきちんとしたものではなくて、えっと、申し訳ないんですけれど」

ポケットの中から、透明の液体の入った小瓶を取り出す。手のひらより小さい小瓶には、赤いリボンが結んである。

私がそれをそっとテーブルの上に置くと、クレイド様はゆっくりとした所作で受け取ってくれた。

「中庭の木々から採れる実を元に作ったオイルです。髪につけると艶が出て、いい香りがするので……。クレイド様にもお贈りしたいなって思って……」

これをプレゼントするかは、実はすごく迷った。

普通の人なら過労で倒れるくらいに働いているのに、クレイド様の髪は艶があって滑らかそうで、お手入れなんて必要ないのではと思うくらい美しいから……。それでも完成したら見てもらいたくなって、クレイド様にもプレゼントしたい気持ちがうずいてしまった。

喜んでくれるだろうか、それとも困らせるだろうか？

ドキドキしながらクレイド様の反応を窺う。

「これを、私に？」

両の手のひらの上に小瓶を載せたクレイド様は、小刻みに震えているように見える。

出会ったばかりの頃なら「怒りで震えている!?」と誤解しそうな状態だけれど、今の私には彼が怒っていないことはわかった。

「ありがとう、一生大事にする」

クレイド様は感極まった様子でそう言った。

ここまで喜んでくれるなんて想像以上で、ものすごく嬉しい。

でもそこから、小瓶を掲げて拝み始めたのは予想外だった。どうしよう、そんなにすごいものではないんだけれど……。

「あの、もしよろしければ少しだけ……つけてみてもいいですか？」

「え？」

「ここにもう一本あるので」

ポケットから小瓶を取り出した私は、立ち上がってクレイド様の後ろに移動した。

振り返ったクレイド様は嫌がるそぶりはなく、でも遠慮がちに私を見て言った。

「そんな……アリーシャが……本当にいいの？」

私はくすりと笑ってしまう。

「いいも何も、私がお願いしたんですよ？」

「では……」

クレイド様は前を向き、髪を結んでいた紐を解く。

さらりとした蒼い髪が肩を流れ、私はそっとそれに触れた。

自分で言い出したことなのに、緊張感が高まっていく。髪の毛に触れるだけでこんなに緊張するのは、きっと相手がクレイド様だからだ。

毛先にオイルをちょっとつけて馴染ませるだけなのに、ぎこちない動きになった。

「ど、どうですか？」

「ど、どうだろうか……？」

二人の声が重なり、しかもなぜか互いに口ごもっている。

どうやら緊張していたのは私だけではなかったらしい。

少しの沈黙の後、振り返ったクレイド様は悔しげな様子で声を振り絞って言った。

「甘い香りがすぐに消えた気がする。心が穏やかになる効果があると思う。でもこの類のものを使ったことがないから良し悪しがわからない……！　自分の不甲斐なさがつらい」

「悪いのは私です！　こんなにサラサラなのに使う必要なんてないのに……」

無駄な時間と、気を遣わせてしまった！

謝罪しようとしたとき、クレイド様の大きな手が私の手を包み込む。

「でも、アリーシャがこうして近くにいてくれるのが幸せで、生きててよかったと思った」

「!?」

ふいにそんなことを言われ、胸がどきりとした。

上目遣いの効果もあってか「君がいないと生きていけない」という切実さが感じられ、「かわいい」と胸がきゅんとなる。

この手を離してもらえないと心臓が壊れる、そう思ったのにクレイド様はさらにぎゅっと強く握った。

「あぁ、いつまでも立たせていてすまない」

「え？」

次の瞬間、一人掛けの椅子が突然広がり、二人掛けのソファーに形を変える。「魔法だ」と気づくのとほぼ同時に、今度は私の体がふわりと浮いてクレイド様の隣にそっと下ろされた。

残ったオイルで手がべたついているのでは……と心配したけれど、気づけばさらさらになっていてこれもクレイド様の魔法のおかげだった。

「アリーシャ、ありがとう」

「私こそ、ありがとうございます」

麗しい笑みを浮かべたクレイド様に見つめられ、さらに鼓動が速くなった私はただ頷くことしかできない。

クレイド様は不要なものを贈られたというのに、ずっと私の手を握ったままで上機嫌だ。その嬉しそうな顔を見ていると愛おしさが込み上げてきて、「今度はクレイド様にきちんと使ってもらえるものを贈ろう」と、心の中で決意するのだった。

あとがき

このたびは『婚約したら「君は何もしなくていい」と言われました　殿下の溺愛はわかりにくい！』をご覧いただき、ありがとうございます。

本作は、フェアリーキスさんでの三作目の書籍です。

愛が重すぎて伝わらない、クレイドのかわいそう&かわいい不憫さを読者の皆様に感じていただけたなら嬉しいです。

闇落ちする一歩前でギリギリ踏み止まっているキャラが好きなので、十年もストーカーに励んできたクレイドはとても気に入っている不憫なイケメンです。「一言告げればすれ違わずに済むのに……」という残念さも、楽しんでいただければと思います。

この書籍を手に取ってくださった皆様にとって、くすっと笑えて楽しい気分になれる一冊になっていることを願います。

イラストは憧れのm／g《めぐ》先生。

クレイドの必死さとアリーシャのかわいらしさが表情に表れているのが感動でした。

表紙は『キラキラした宝石箱みたいな世界で監禁』といった印象で、何かおかしい状況だけれど恋があって幸せなことはわかる……そんな作品の世界観がぎゅっと詰まっているように思えました。

最後になりましたが、いつも不憫を果てしなく追求してくださる編集さん、m／g先先生、関係者の皆様、作品づくりにご尽力いただき心よりお礼を申し上げます。

恋愛ぽんこつヒーローを生み出すために、これからも精いっぱいがんばります。

読者の皆様、どうか今後とも愛すべき不憫なイケメンを一緒に見守っていきましょう！　それでは、また次回作にて……。

本当にありがとうございました！

柊《ひいらぎ》　一《いち》葉《は》

Chiyoharu Asagi
あさぎ千夜春
Illustration
あとのすけ
絶対に結婚したくない令嬢、辺境のケダモノと呼ばれる将軍閣下の押しかけ妻になる
フェアリーキス
NOW ON SALE
一生懸命なあなたが大好きです！
――だなんて、今さら言えない!!!!
とある事情のため、固い決意で荒野のケダモノと噂の軍人マティアスのもとに嫁いできたフランチェスカ。しかし17歳も年上で人嫌いの彼から本気と受け取ってもらえず、白い結婚を提案される……が、全くめげなかった！　領主の妻として認めてもらうため町おこしの一大イベントを企画して奮闘。知恵を絞ってアイデアを出し、笑顔で人々を魅了していく姿にマティアスの心にも変化が。しかし二人にはそれぞれ相手に言えない秘密があって!?
フェアリーキスピュア
fairy kiss

婚約したら「君は何もしなくていい」と言われました　殿下の溺愛はわかりにくい！

著者　柊 一葉　　© ICHIHA HIIRAGI

2023年10月5日　初版発行

発行人　藤居幸嗣

発行所　株式会社 J パブリッシング
〒102-0073　東京都千代田区九段北3-2-5 5F
TEL 03-3288-7907　FAX 03-3288-7880

製版所　株式会社サンシン企画

印刷所　中央精版印刷株式会社

ISBN：978-4-86669-610-2
Printed in JAPAN